La princesa descalza

books4pocket

Cristina Dodd

La princesa descalza

Traducción de Mireia Terés Loriente

SP
FIC
DODD
2011

EDICIONES URANO

Argentina - Chile - Colombia - España
Estados Unidos - México - Perú - Uruguay - Venezuela

Título original: *The Barefoot Princess*
Copyright © 2004 by Christina Dodd

© de la traducción: Mireia Terés Loriente
© 2007 by Ediciones Urano
        Aribau, 142, pral. – 08036 Barcelona
        www.edicionesurano.com
        www.books4pocket.com

1ª edición en books4pocket enero 2011

Diseño de la colección: Opalworks
Imagen de portada: Peter Lott
Diseño de portada: Epica Prima

Impreso por Novoprint, S.A.
Energía 53
Sant Andreu de la Barca (Barcelona)

Fotocomposición: books4pocket

ISBN: 978-84-92801-75-6
Depósito legal: B-25.949-2010

Impreso en España – *Printed in Spain*

Prólogo

Érase una vez, en el pequeño reino de Beaumontagne, vivía una princesa que decidió que, de mayor, se dedicaría a luchar contra los dragones. Sus dos hermanas mayores le dijeron que sólo los príncipes luchaban contra los dragones, pero la princesa Amy se negó a escuchar a aquellas pesimistas. No era una chica como las demás. Le encantaba correr y gritar, pretender que un palo era una espada y dedicarse a luchar con las armaduras alineadas a ambos lados de los grandes pasillos de mármol, subirse a los viejos robles y rasgarse los vestidos de seda.

Por desgracia, el único dragón con el que tenía que batallar era su abuela, una formidable anciana con unas opiniones muy firmes sobre cómo debía comportarse una princesa. A pesar de los múltiples intentos de derrotar a la abuela, Amy siempre acababa comportándose como debía… o en los hombros de algún fornido lacayo, pataleando y gritando, mientras sus hermanas lloraban y su padre, el rey, la miraba preocupado.

Amy odiaba a su abuela, el dragón, y por la noche, en la cama deshecha, rezaba para que la abuela muriera. Amy sabía que era perversa, pero no le importaba. Odiaba a la abuela. La odiaba, la odiaba, la odiaba.

Y entonces, un día, el rey envió a las princesas al extranjero. Se acabaron las banderas en alto cuando Amy pasaba por delante, se acabaron los interminables barandales que tentaban a una princesa a deslizarse por ellos, se acabaron los ponis, las niñeras y los juegos. Amy sabía que quien las había mandado al extranjero no había sido su padre. Estaba segura que la culpable había sido su malvada abuela, y a ella la culpó, porque las había enviado a la fría y sombría Inglaterra; por su propia seguridad, les había dicho. Separó a la princesa Sorcha de sus hermanas Amy y Clarice. A ellas las envió a un internado donde a nadie le importaba si Amy quería luchar contra dragones o si se comportaba como una princesa.

Y entonces, un día, recibieron las peores noticias del mundo. El rey había muerto, lo habían matado en la guerra y Amy se dio cuenta que había sido culpa suya. De algún modo, su malvado deseo se había saltado a la abuela y había matado a su padre. Amy tenía que encontrar el modo de arreglarlo.

Por aquel entonces, tenía nueve años. Entonces, dejó de fingir que luchaba contra dragones y empezó a enfrentarse a ellos de verdad.

Capítulo 1

Devon, Inglaterra, 1810

Si Jermyn Edmondson, el marqués de Northcliff, hubiera sabido que lo iban a secuestrar, no hubiera salido a dar un paseo.

O quizá sí. Necesitaba un poco de emoción en su vida.

Se quedó mirando muy serio el banco de niebla que se acercaba por encima del revuelto océano verde y que cubría la isla de Summerwind. A sus pies, las olas rompían con fuerza contra las rocas del acantilado. El viento le agitaba el pelo y le levantaba los laterales del sobretodo desabrochado como si se trataran de las alas de un ave marina negra. La sal le provocaba picor en la nariz y las gotas de la espuma marina le mojaban la cara. En ese rincón de Devon todo era salvaje, fresco y libre… excepto él.

Estaba atado a ese lugar. Y estaba aburrido.

Indignado, dio la espalda a las constantes, tediosas y rompedizas olas y se dirigió hacia el jardín, donde los azafranes de primavera habían empezado a verdear en la tierra estéril.

Sin embargo, la visión de los pequeños puntos dorados y violetas en medio del apagado y marrón manto invernal no le produjo ningún placer. En aquella propiedad no había nada con lo que un hombre de sus intereses pudiera entretenerse.

Lo único que animaba un poco las noches eran los bailes, abarrotados de señores campechanos, debutantes nerviosas y madres ladinas a la caza de un título para sus hijas.

Y, aunque había decidido que ya tenía edad de casarse, por eso le había pedido a su tío Harrison que le facilitara una lista de las jóvenes solteras y le propusiera una que pudiera ser una buena esposa, no aceptaría como compañera para toda la vida a una chica que considerara que un largo paseo por un camino bucólico era entretenido.

Así pues, a menos que pudiera salir a montar o a navegar, y el accidente con el carruaje que había sufrido hacía dos meses había reducido de forma brusca las posibilidades de cualquier actividad física, los días se hacían interminables, eternos, llenos de largos paseos al aire libre. Y de lectura.

Miró el libro que tenía entre las manos. Dios santo, estaba harto de leer. Además, los periódicos de Londres no llegaban con regularidad. Incluso había empezado a leer en latín, cosa que no había hecho en los últimos trece años. Desde la muerte de su padre. Desde que había dejado este lugar para siempre.

¡Ojalá se hubiera mantenido alejado para siempre!

El orgullo lo había hecho marcharse de Londres. Detestaba ser un inválido, y todavía detestaba más ser el centro de la empalagosa atención mientras se recuperaba. Cuando el tío Harrison le había propuesto que viniera a descansar a la abadía de Summerwind, Jermyn pensó que no era tan mala idea.

Ahora ya no estaba tan seguro.

En la glorieta se sentó en una silla de mimbre y se rascó el muslo lesionado. En el accidente, había sufrido una grave fractura y el médico de pueblo al que había llamado hacía dos noches le había dicho con su tosco acento de Devon: «La mejor medicina es el tiempo y el ejercicio. Camine hasta que se le canse la pierna, pero no la fuerce. Camine por un terreno plano. Si cae y vuelve a romperse el hueso recién colocado, se arriesga a sufrir daños permanentes».

Jermyn lo echó con un gruñido. No ayudó el hecho que, el día anterior, hubiese decidido bajar por el empinado y sinuoso camino que llevaba hasta la playa y se hubiera caído pues la pierna todavía estaba muy débil. Le costó un mundo llegar hasta la casa. Y fue ese dolor el que lo hizo llamar al médico, así que ahora no le hacía ninguna gracia que le dijeran que tendría que dedicarse a pasear por la galería, como una viuda o un niño.

Abrió el libro y se permitió perderse en la historia de *Tom Jones*, una historia de cuando Inglaterra era verde y cálida y la juventud era un bien que había que saborear.

Las entretenidas aventuras escritas por Fielding lo capturaron en contra de su voluntad hasta tal punto que dio un respingo cuando alguien dijo:

—¿Milord?

En la puerta de la glorieta había una doncella con un vaso en una bandeja y, ante el gesto con la cabeza de Jermyn, se acercó, ofreciéndoselo.

Él se dio cuenta de tres cosas. Jamás hasta ahora la había visto. El vestido azul que llevaba era muy viejo, mientras que la cruz que llevaba colgada del cuello era excepcionalmente refinada. Y lo miraba a los ojos sin ningún tipo de deferencia mientras le ofrecía la bebida.

Él no cogió el vaso de inmediato. En lugar de eso, se quedó contemplando su pálida piel, que contrastaba mucho con la piel bronceada de las ordeñadoras locales. Tenía los ojos de un color verde muy poco habitual, como el mar revuelto ante la inminente llegada de una tormenta. Tenía el pelo negro, recogido en un moño alto y varios mechones rizados se habían escapado de la cinta que los aprisionaba. Apostaría que todavía no había cumplido los veinte; era bonita, tanto que le extrañaba que ningún granjero le hubiera propuesto matrimonio. Sin embargo, su expresión era severa, incluso austera.

Quizás aquello explicaba su soltería.

Sin que le diera permiso, la chica habló:

—Milord, debe bebérselo. Se lo he traído expresamente. Le hará bien.

Entre enfadado y divertido, Jermyn dijo:

—Yo no te pedí que me lo trajeras.

—Es vino —dijo ella.

Era una muchacha muy descarada que no tenía los modales que él exigía a sus criados. Pero era nueva. A lo mejor tenía miedo de las represalias del mayordomo si regresaba a la casa con el vaso intacto.

—Está bien. Lo acepto —levantó el vaso pero se detuvo cuando vio que ella no le quitaba los ojos de encima, como si esperara a que bebiera un sorbo. Con un tono muy cortante, añadió—. Es todo.

Ella dio un respingo como si, de repente, la presencia del marqués la hubiera sorprendido, como si hubiera olvidado que era un noble de verdad al que debía temer y obedecer. Lo miró, hizo una delicada reverencia y se retiró, sin apartar la mirada del vaso.

Él se aclaró la garganta.

Ella lo miró a los ojos y a Jermyn le pareció ver un destello de amargo resentimiento.

Y entonces, con un movimiento brusco de cabeza, se alejó corriendo por el jardín.

Aunque lo más interesante fue que, en vez de dirigirse hacia la casa, se dirigió hacia la playa y se movía con el paso firme y seguro de una señora que controla todo lo que sucede a su alrededor. Jermyn tendría que hablarle de ella al mayordomo. Esa muchacha tenía que aprender a cumplir de inmediato sus obligaciones… y a tratar al señor de la casa con el respeto que se merecía.

Cuando la perdió de vista, bebió un largo sorbo de vino y empezó a toser. Levantó el vaso y observó el color rojizo del líquido. ¡Ese vino estaba amargo! ¿Cuánto tiempo llevaba en la bodega?

Obviamente, durante su ausencia, el mayordomo se había relajado mucho: había contratado a criadas impertinentes y ahora servía vinos rancios. Decidido a hablar con él cuando volviera a casa, se concentró en la lectura.

Las letras se movían. Parpadeó. Y la página se estaba volviendo borrosa.

Levantó la vista y volvió a parpadear. Ah, claro. El sol se estaba poniendo y la niebla empezaba a invadir la tierra, trayendo consigo el brillo que parecía cubrirlo todo bajo el eterno invierno de Devon.

Era gracioso que los recuerdos de infancia que guardaba de ese lugar fueran tan distintos. Recordaba largos días de sol, paseando con su padre o charlando amigablemente con las visitas. Recordaba salvajes tormentas que traían la emoción de los aullidos del viento y las olas que rompían contra las olas. Recordaba el aroma de las flores en primavera y la hierba debajo de su cuerpo mientras rodaba colina abajo.

Meneó la cabeza. Evidentemente, aquellos recuerdos eran las preciosas memorias de una infancia muy lejana.

El vino amargo le había dado más sed y, a regañadientes, bebió otro sorbo. La textura era casi arenosa y tenía un sabor repugnante, así que, con un gesto de asco, vació lo que quedaba en la copa en los rododendros que rodeaban la glorieta.

Vio que había empezado a sudar. ¿Acaso había cruzado por el jardín una repentina oleada de calor, como si la primavera se hubiera avanzado? Sacó el pañuelo del bolsillo y se secó la cara. Luego, se quitó el sobretodo de los hombros y lo dejó arrugado en el respaldo de la silla.

Cuando volvió a mirar al libro, vio que las letras se movían de forma errática. El sol debía de esconderse más deprisa de lo que él pensaba porque no había otra explicación para aquello.

Intentó cerrar el libro, pero se le escapó de los dedos que, de repente, eran muy torpes. Se notó la lengua muy grande. Levantó la cabeza para poder mirar hacia el jardín, pero tardó una eternidad en realizar el gesto. La niebla se estaba levantando y le estaba nublando la visión.

¿O acaso estaba mareado por el vino?

El vino…

Una aterradora certeza se apoderó de él. Se levantó y empezó a tambalearse. El vino estaba envenenado.

Se estaba muriendo.

Cuando el carruaje había perdido una rueda y salió disparado de la carretera entre Londres y Brighton, había pensado que iba a morir. Pero esto… esto era más insidioso, más…

El suelo empezó a ondularse bajo sus pies, desafiándolo. Perdió el equilibrio y se cayó, dándose un golpe que hizo temblar las tablas del suelo del cenador y que Jermyn notó, aunque de forma un poco inconsciente, en el muslo lesionado.

—Ayuda —intentó gritar.

Escuchó gente gritando y corriendo...

Ya venían a socorrerlo.

Una voz masculina con acento de Devon dijo:

—Ha funcionado, señorita Rosabel. Ha funcionado.

Jermyn abrió los ojos. Delante de la nariz, tenía un par de enormes botas viejas. Con un gran esfuerzo, se giró y su mirada subió por las piernas, el cinturón y, mucho más arriba, hasta el rostro franco y serio. Y allí estaba, un gigante, un hombre corpulento con las manos enormes y la expresión seria.

Aquello no era ayuda. Era peligro.

¿Qué querría ese gigante?

Y entonces, Jermyn vio a la chica que acompañaba al gigante. Una doncella hermosa. Una chica con una mirada verde muy directa que parecía abrasarle el alma. Llevaba un vestido azul muy viejo. Ya la había visto antes.

—Nos está mirando —retumbó la voz del gigante—. ¿Por qué no está inconsciente?

—No se lo ha debido de beber todo —respondió la chica—. Pero no pasa nada. Así también servirá. Envuélvelo. Acabemos con esto antes de que alguien venga a ver cómo está.

Era la criada que le había traído el vino. Lo había engañado. Lo había envenenado.

La chica sacó un puñal con una hoja tan brillante y puntiaguda que Jermyn sólo podía ver la punta.

Iba a matarlo...

Él quería defenderse, pero las extremidades le pesaban demasiado y no podía moverlas. Intentó maldecir, pero no podía articular palabra.

La chica sacó una hoja de papel de la pechera del vestido, lo colocó en la mesa junto al libro que Jermyn estaba leyendo y lo clavó a la madera con el puñal con un movimiento rápido y seco.

El gigante desplegó una tela blanca.

Aquella gente, aquellos asesinos estaban hablando y, sin embargo, Jermyn no podía entender ni una palabra entre el ruido que escuchaba. Notaba que el corazón le latía cada vez más despacio. Y la sangre aminoraba la velocidad por sus venas.

La muerte se acercaba.

Cerró los ojos por última vez.

Lo habían asesinado en su propio jardín.

Capítulo 2

La próxima vez que la princesa Amy Rosabel decidiera secuestrar a un noble, se aseguraría de que fuera menos pesado.

De lejos, lord Northcliff no parecía corpulento ni impresionante pero, de cerca, era desconcertantemente musculoso y, cuando le había servido el vino, vio que le sacaba casi un palmo.

Ahora, en la glorieta, y mientras miraba su cuerpo inerte en el suelo, susurró:

—Es tan grande como una ballena embarrancada.

Pomeroy Nodder, el hombre más taciturno que jamás había conocido, dijo:

—Como una ballena no, señorita. Él no tiene ni un gramo de grasa. Pero sí que es grande. Siempre lo fue, incluso de niño.

Los últimos rayos de sol atravesaron las nubes de niebla y tiñeron a lord Northcliff de dorado. Tenía el pelo de un color caoba muy intenso y las cejas algo oscuras y ligeramente puntiagudas, dándole una expresión de diabólica burla. Incluso inconsciente, conseguía parecer ofensivamente desdeñoso.

Al diablo con su desdén. Se acarició la cruz de plata de Beaumontagne que llevaba colgada del cuello para invocar a la suerte. Ahora el marqués estaba en su poder y le haría pagar su traición.

Pom gruñó mientras envolvía a lord Northcliff en la tela blanca.

—Écheme una mano, señorita, ¿quiere?

Amy se arrodilló y ayudó a Pom a envolver a lord Northcliff con una manta y el esfuerzo la hizo sudar de una forma nada femenina. Su refinada abuela no aprobaría para nada aquella inapropiada transpiración, pero su abuela estaba a miles de kilómetros, en el lejano reino de Beaumontagne, en los Pirineos y, con un poco de suerte, allí se quedaría. Sólo pensar en aquella severa mujer hizo que sudara todavía más.

Mientras Pom cargaba a lord Northcliff a la espalda, como un saco de patatas, Amy cogió el sobretodo del marqués. Arrastrándolo, siguió a Pom mientras él se llevaba al pesado milord por el empinado camino que bajaba hasta la playa.

El sobretodo pesaba mucho y Amy casi tenía que correr para seguirle el ritmo a Pom. Era un hombre corpulento, un pescador que se ganaba la vida recuperando redes llenas de sardinas, e incluso él estaba jadeando cuando sus pasos hicieron crujir las piedras de la playa.

Desde el bote que estaba escondido entre la niebla, la temerosa voz de la señorita Victorine Sprott gritó:

—¿Quién… Quién anda ahí?

—Somos nosotros. Lo tenemos —gritó Amy—. Vamos a subirlo a la barca.

—¿Por qué habéis tardado tanto? Estaba aquí sentada imaginándome unas cosas terribles —la señora mayor parecía aliviada y preocupada a la vez.

Amy sujetó el bote mientras Pom subió por la proa, y luego corrió a ayudarle a depositar al marqués en el fondo de la embarcación.

—Todo ha salido como lo planeamos —le aseguró a la señorita Victorine.

La mujer no había estado muy segura de urdir todo aquel plan, así que tenían que ir tranquilizándola a cada paso.

En realidad, Amy estuvo más nerviosa durante la ejecución del plan de lo que había imaginado… y eso que era su plan.

—Con suavidad. ¡Depositadlo en el suelo con suavidad! —exclamó la señorita Victorine.

Los doloridos brazos de Amy no pudieron aguantar más el peso y lo soltó de golpe cuando todavía faltaban unos pocos centímetros. Bueno, igual no fueron tan pocos. A pesar de todo, se negaba a reprochárselo, incluso cuando lord Northcliff despertó de las profundidades de su inconsciencia para gruñir.

—¡Con cuidado! —le reprendió la señorita Victorine—. Es nuestro señor.

Amy se giró.

—Un señor que se ha portado de una forma abominable con sus súbditos.

—No ha sido tan malo —dijo la señorita Victorine.

—Abominable —insistió Amy.

—Pero sigue siendo nuestro señor —la voz de la señorita Victorine adquirió un tono impaciente.

—El mío, no —respondió Amy completamente convencida, muy seria.

Pom se quejó al incorporarse y estirar la espalda.

—Siéntese encima de los cabos, señorita Rosabel. Será mejor que lo llevemos a la isla antes de que se despierte o seremos testigos de cómo expresa su descontento.

—El muy arrogante canalla seguro que hundía el bote y nos hundía a todos — dijo Amy, mientras colocaba el sobretodo encima de los cabos y se sentaba para afrontar la travesía de tres kilómetros.

—No es tonto —dijo la señorita Victorine—. No provocaría su propio ahogamiento. Aunque es cierto que tiene muy mal carácter. ¿Y si te hubiera disparado? ¿Y si los criados te hubieran descubierto y te hubieran disparado? ¿Y si…?

—Olvídese de eso. Al final, aquí estamos, tal y como habíamos planeado —le dijo Amy a la anciana, para tranquilizarla—. Todo irá bien, señorita Victorine, se lo prometo. ¡No pierda los nervios ahora!

Pom saltó del bote al agua y empujó la barca mar adentro. Volvió a subir al bote con un movimiento experto y se encargó de los remos.

—Estaremos en casa dentro de nada.

«Casa» era la isla de Summerwind, otra de las propiedades de lord Northcliff. Otra de las obligaciones abandonadas de lord Northcliff.

El bote surcó las olas y se adentró en el mar. Amy escuchaba atentamente el romper de las olas contra el bote y la respiración estentórea de lord Northcliff. Una creciente sensación de urgencia se estaba apoderando de ella. Ojalá que Pom las llevara a casa cuanto antes. Era demasiado aterrador pensar que lord Northcliff pudiera despertarse antes de que lo tuvieran bien atado. Ya se había quedado paralizada ante la mirada directa de sus extraños ojos marrones claros, y no deseaba en absoluto volver a experimentar aquella sensación. Pensó que le recordaba muchísimo al tigre que había visto de pequeña. Era grande, precioso, salvaje y peligroso, todo colmillos y crueldad, ajeno a la carnicería que dejaba tras de sí mientras se alimentaba y se divertía.

El sol ya se había escondido y ahora el cielo estaba teñido de un color gris plata. La niebla que los rodeaba era cada vez más espesa. Y entonces, algo frío y blando le rozó la mejilla.

Ella dio un respingo y, al irlo a apartar, se encontró con la mano de la señorita Victorine.

La anciana apretó los dedos de Amy y susurró:

—Lord Northcliff está muy quieto. No estará muerto, ¿verdad?

—Si el marqués estuviese muerto, sólo tendría su merecido —respondió Amy, en voz alta.

La señorita Victorine emitió uno de sus gorgeos de preocupación.

—Lord Northcliff no está muerto. La marcofilia no mata, sólo deja inconsciente —dijo Amy, con una voz más suave.

—Pero es que como está envuelto en esa tela blanca, como si fuera la mortaja —a la señorita Victorine, el plan de Amy no le había hecho ninguna gracia desde el principio, y ahora que estaba en marcha, estaba convencida que tenía la soga colgando detrás del cuello.

—Muerto no nos sirve para nada —le explicó Amy por centésima vez—. Sólo podremos pedir un rescate si está vivo. Además… ¿no escucha sus ronquidos?

La señorita Victorine se rió, nerviosa.

—¿Es él? Pensaba que era Pom jadeando por el esfuerzo de remar —bajó la voz, como si temiera que alguien pudiera escucharla, y dijo—. ¿Has dejado la carta?

—Sí —con satisfacción, Amy pensó en el puñal clavado en aquella nota que con tanto cuidado habían redactado. Se preguntó cuándo la encontrarían los criados. Supuso que tardaría un día hasta llegar a las manos del señor Harrison Edmondson. Y luego, dos días más hasta que el dinero llegara al lugar de la entrega: el ruinoso castillo de la isla de Summerwind.

A Amy la fascinaba la ironía de hacer que les trajeran el dinero hasta allí, hasta el antiguo hogar de la orgullosa familia Edmondson. Y todavía la fascinaban más los túneles que comunicaban todo el castillo y que le permitirían recoger el rescate sin que la vieran.

Las olas arrastraron el bote hasta la playa de la isla y, mientras rozaban la arena, Amy contuvo la respiración. Ya casi habían llegado.

Pom saltó al agua y arrastró el bote hasta tierra firme, y luego volvió a subir. Con la ayuda de Amy, se colocó el cuerpo envuelto en la tela blanca encima del hombro.

Cuando lord Northcliff volvió a gruñir, la señorita Victorine gimoteó otra vez.

—Parece que le duele algo, al pobre.

—Ya tengo cuidado, señorita Sprott —el pescador bajó del bote y se quedó de pie en la playa—. Amárrelo, por favor, señorita Rosabel —dijo, por encima del hombro.

Amy saltó a la playa, cogió el cabo y arrastró el bote hasta más allá de la línea de la marea. Mientras ayudaba a la señorita Victorine a bajar del bote, la anciana dijo:

—Espero que lord Northcliff no se enfade con nosotros.

Amy pensó que iba a hacer algo más que enfadarse. Supuso que se pondría furioso. Un hombre tan rico e influyente no se iba a tomar demasiado bien su actual estado de impotencia. Y un hombre tan obsesionado con el dinero que incluso era capaz de robarle un invento a una anciana seguro que echaría espuma por la boca ante la idea de desprenderse de una insignificante parte de su fortuna obscenamente inmensa.

Amy se rió. Bueno, no tan insignificante.

Pero no se lo dijo a la señorita Victorine. En lugar de eso, comentó:

—Debe admitir que es justo pedir un rescate a cambio de la vida del hombre que le robó su idea.

—Sí, sí, ya lo sé, querida, tienes razón. Mucha razón. Pero generaciones de Sprott han vivido en mi casa, y siempre con el permiso del marqués de Northcliff. Y, bueno, lo que estamos haciendo no es que sea del todo legal… secuestrar a lord Northcliff, me refiero.

«¿Del todo legal?» Una manera muy educada de decirlo.

—El marqués no es más que un bravucón que nos obliga a pagarle un alquiler de una casa vieja y ruinosa que incluso las vacas se avergonzarían de llamar hogar.

—A mí me gusta mi casa.

—Hay goteras en el techo.

—Así tenemos aire fresco.

—Señorita Victorine, eso no es aire fresco, es lluvia.

Pom las interrumpió.

—Señorita Rosabel, si ya ha terminado de amarrar el bote, lord Northcliff sigue pesando lo mismo que antes —dijo, y empezó a caminar hacia la vieja casa.

La señorita Victorine lo siguió.

Amy recogió el sobretodo y fue tras ellos por el camino de piedra que llevaba hasta las colinas verdes que rodeaban la isla de Summerwind.

De día, era un lugar muy bonito y bucólico, con árboles y vacas por todas partes. El pueblo estaba situado frente una pequeña cala en la playa. Sprott Hall estaba ubicada en un espacio aislado, rodeado por un manzanal. Y el ruinoso castillo, una silenciosa mole de piedras grises, se levantaba en el punto más elevado de la isla.

Sprott Hall había sido una casa preciosa pintada de blanco. De día, se podían admirar las rosas que escalaban la reja de la puerta y ver los restos de pintura verde en las contraventanas. El techo de paja estaba abandonado y una ventisca de invierno había roto los cristales de dos ventanas, que ahora estaban tapadas con harapos.

La señorita Victorine había vivido allí toda su vida, había crecido y había envejecido en la misma casa y la había visto deteriorarse mientras toda su familia iba muriendo y lord Northcliff no prestaba ninguna atención al mantenimiento de sus propiedades.

Y, a pesar de todo, la anciana era el corazón del pueblo, era el alma caritativa que había acogido a Amy en su casa con los brazos abiertos cuando esta naufragó en la playa de Summerwind casi inconsciente y medio helada. Le había dicho a la señorita Victorine que no recordaba por qué iba vestida de pescador, pero era mentira. Recordaba perfectamente el salto desde la cubierta del barco cuando el capitán y la tripulación habían descubierto que el nuevo grumete era, en realidad, una chica.

Amy llegó a la conclusión que los hombres eran todos unos desgraciados y tardó casi un año desde su llegada a la isla en admitir, casi a regañadientes, que Pom era un buen hombre y que algunos de los demás pescadores también merecían elogios.

Sin embargo, la mayor lección de gentileza y compasión se la dio la señorita Victorine, y fue precisamente eso lo que la llevó a querer que se hiciera justicia con ella.

La señorita Victorine se adelantó para abrir la puerta. Un enorme gato negro se enredó en sus piernas y ella se agachó para cogerlo en brazos.

—*Coal*, precioso, ¿cómo estás?

El animal maulló y restregó la cabeza contra la barbilla de la anciana, luego se sentó en el hombro y se quedó allí como si fuera una bufanda de piel.

La señorita Victorine le rascó una pata.

—Ten cuidado de no darle ningún golpe en la cabeza a lord Northcliff, Pom. No queremos que se enfade.

—No, señora, no queremos que se enfade —Pom entró con el cuerpo a hombros y se quedó esperando mientras Amy entraba, tiraba el sobretodo al suelo y encendía un farol. El recibidor daba paso al salón y un pasillo oscuro conducía hasta las habitaciones. Sin embargo, Amy se dirigió hacia la cocina, en la parte trasera de la casa, con Pom y la señorita Victorine pisándole los talones. Pom tuvo que agacharse para bajar las escaleras que descendían hasta la bodega, con la tela enredándosele en los muslos y lord Northcliff inmóvil.

En la pequeña estancia excavada en la roca que había debajo de la casa, Amy y la señorita Victorine habían construido una habitación para el marqués. No tan grande como la que seguramente debía tener en su casa, pero bastaría para cubrir sus necesidades durante los tres o cuatro días que estaría allí. Había una cama, una mesa, una jarra y un lavamanos y una caja llena de libros polvorientos. Habían colocado el catre debajo de una ventana, por donde entraba luz natural. Debajo, había un orinal. Y, junto a la pared, una mecedora.

Y allí, sujeto a la pared, estaba el grillete de hierro que había rescatado del castillo Edmondson.

La propia Amy se había aventurado hasta los calabozos para ir a buscarlo. Cuando vio el óxido acumulado en los variados instrumentos propios de una prisión, frunció el ceño. Al final, se acabó decidiendo por aquel grillete y la posterior limpieza y engrasamiento con aceite demostró que había acertado en la elección. El grillete y la cadena no eran tan buenos como ella hubiera esperado pero… había encontrado una llave. Una llave que abría y cerraba la cerradura. Porque Dios sabía que no quería retener a Northcliff más tiempo del necesario.

El colchón de paja crujió cuando Pom dejó encima del estrecho catre de hierro a lord Northcliff y le quitó la manta.

Amy le dio el farol a la señorita Victorine y, con un poco de miedo, acercó los dedos hasta el cuello del marqués. Notó el pulso fuerte y percibió que lord Northcliff desprendía tanto calor corporal que se llegó a temer que, en algún nivel inconsciente, sabía lo que le habían hecho y ardía de rabia.

Se apresuró a apartar la mano.

—Está vivo.

—¡Gracias a Dios! —la señorita Victorine había insistido en vestirse bien para ir a buscar a lord Northcliff y traerlo hasta su casa como, si en lugar de una víctima, se tratara de un invitado, de modo que ahora llevaba su mejor capa de color morado ribeteado con piel de armiño. El gato, que no dejaba de ronronear, le añadía un elemento de elegancia viva. Se había recogido el pelo en un moño que se había llevado hacía cincuenta años y, con la experta ayuda de Amy, se había dado un toque rosado en las arrugadas mejillas y en los pálidos labios. Se había puesto un lunar de terciopelo encima del labio superior y se había arreglado las cejas grises. Ahora iba de aquí para allá como una anfitriona a la que le llegan invitados por sorpresa. Encendió el cabo de una vela barata y añadió carbón al fuego de la pequeña estufa de hierro.

Pom le quitó las botas al marqués y lo dejó con los pies colgando de la cama, únicamente cubiertos por los calcetines blancos.

Entonces, con una precisión milimétrica, Amy le colocó el grillete alrededor del tobillo y lo cerró. El sonido del metal contra el metal la hizo retroceder un paso y rascarse la piel de gallina de los brazos.

—Ya está —dijo, con voz firme—. Ya no podrá soltarse.

—Dios mío —la señorita Victorine estaba de pie, con la vela en la mano, inclinada, y la cera goteando en el suelo—. Dios mío.

Después de doblar la manta y colocársela debajo del brazo, Pom se inclinó ante la señorita Victorine.

—Las dejaré con lord Northcliff, señorita Sprott. Si me necesitan, no duden en llamarme.

La señorita Victorine recuperó la compostura. Levantó la vela y acarició el brazo de Pom.

—No te llamaremos. No hay ningún motivo por el que nadie deba saber lo que has hecho y te prometo que moriríamos antes de delatarte ante lord Northcliff.

—Ya lo sé, señora. Y se lo agradezco —Pom subió las escaleras y se dirigió hacia la puerta trasera.

Amy lo acompañó y la cautela que le habían enseñado los años de pobreza y decepciones le hizo preguntarle:

—En el pueblo nadie sabe lo que hemos hecho, ¿verdad?

—Ni idea —Pom se sacó la gorra de pescador, salió de la cocina y desapareció en la penumbra formada por la niebla y la oscuridad de la noche.

¿Qué había querido decir con eso?, se preguntó Amy. ¿Que los habitantes del pueblo no tenían ni idea o que él no tenía ni idea de si sabían algo?

Sin embargo, no vio ningún motivo para preocuparse. Ya estaba hecho y la aventura era tan atrevida, tan inusual, que el propio factor sorpresa ya hacía prever el éxito.

Al menos, eso es lo que se dijo a sí misma. Eso es lo que esperaba.

Pom entró en la taberna y colgó la gorra en el perchero que había junto a la puerta. Cuando se giró, vio que todos lo estaban observando, impacientes.

—Ya está —dijo.

Un suspiro colectivo resopló en el aire.

—¡No nos hagas rabiar, hombre! Explícanos los detalles —su mujer estaba de pie con un trapo en la mano. Se recogió los rizos rubios con una cinta rosa y lo miró con aquellos ojos azules tan brillantes, como si sólo verlo la complaciera, y sonrió.

Pom no entendía por qué, de entre todos los pescadores del pueblo, Mertle lo había escogido a él para casarse, pero se consideraba muy afortunado de tenerla. Le hizo aquel movimiento con la cabeza que quería decir que la quería y añadió:

—Ha salido bien.

Se sentó y, con los codos apoyados en la mesa, esperó a que su mujer le sirviera la cena. Comió como si estuviera muerto de hambre, porque siempre lo estaba. Cuando terminó, cogió la jarra de cerveza y se la bebió de un trago.

Entonces vio que todos seguían observándolo, como si esperaran más información de la que les había dado. No era un hombre de muchas palabras así que, con alguna dificultad, dijo:

—El marqués está encadenado a la pared del sótano de la señorita Victorine. Hemos dejado la nota de rescate para el señor Harrison Edmondson.

—Ese desgraciado —dijo Mertle categóricamente—. ¡Sigue, sigue!

—Ahora tendremos que esperar a ver qué dice lord Northclif cuando despierte —dijo Pom.

—Seguro que no estará muy contento —dijo el párroco Smith, con las manos juntas.

El párroco era un hombre mayor con mechones de pelo blanco en la cabeza y unas cejas canosas muy pobladas. Tenía la barbilla estrecha, el carácter fuerte y la poderosa capacidad para decir obviedades.

Sin embargo, Pom no era un hombre culto y quizá necesitaba que se lo dijeran todo.

—No —admitió, muy serio—. Muy contento no estará.

—¿Crees que el plan de la señorita Rosabel funcionará? —le preguntó Mertle.

Pom se quedó contemplando a su mujer.

—No veo por qué no tendría que funcionar.

—Bueno, a mí no me parece bien —la señorita Kitchen se creía la líder del pueblo e hizo un gesto de menosprecio—.

Es vergonzoso que hayas accedido a formar parte de esta historia. ¡Vergonzoso!

En la taberna reinó el silencio ante la reprimenda.

Pom vio perfectamente las dudas que asaltaban las mentes de los habitantes del pueblo e intentó explicar por qué un simple pescador como él había colaborado en tal fechoría.

—La señorita Rosabel tiene razón.

—¿En qué? —preguntó el párroco Smith.

—Lord Northcliff está en deuda con nosotros —dijo Pom—. Está en deuda con la señorita Victorine.

—¿Y por qué íbamos a correr un riesgo así por alguien como ella? —preguntó la señora Kitchen.

Con las manos en las caderas, Mertle se alejó de Pom y avanzó hacia la señora Kitchen.

—Porque, en un momento u otro, ella nos ha ayudado a todos y porque es tan mayor que incluso ayudó a nuestros padres. Es una buena mujer. La mejor. Y sería de cobardes abandonarla en estos momentos.

La señora Kitchen intentó aguantarle la mirada a Mertle pero Pom sabía, por experiencia, que cuando su mujer se enfadaba era imposible aguantarle la mirada. Al final, la señora Kitchen cerró la boca y bajó la mirada.

—Le estamos haciendo un favor al marqués —Mertle miró alrededor del bar, desafiando las dudas de todos—. ¿No es verdad, Pom?

Desde lo más profundo de su alma, Pom pronunció una frase de lo más realista:

—Sí. Así aprenderá. Tiene que saber que ha obrado mal.

—Es un lord —dijo John, agriamente—. Los lords no aprenden nada.

—Tenemos que darle una oportunidad —hacía años que Pom no pronunciaba tantas frases seguidas. Pero ahora tenía que hacerlo. Reconocía la importancia de la situación—. Si no lo hacemos, él seguirá igual hasta que haya pecado tanto que su ennegrecida alma lo arrastre al infierno.

Capítulo 3

Con el sobretodo de lord Northcliff entre los brazos, Amy bajó las escaleras.

Aquel sobretodo era un emblema de todo lo malo de lord Northcliff. Fabricado por un sastre de Londres, representaba la vanidad encarnada. Estaba hecho con la mejor lana y, con lo que costaba, se podría alimentar al pueblo durante un año. Era largo, pesaba mucho y, a la altura de los hombros, estaba decorado con una plétora de esclavinas, cada una más larga que la anterior y… Amy agachó la cabeza y la hundió en la tela, aspirando el aroma. El sobretodo de lord Northcliff olía a cuero y a tabaco, olores que la transportaron mentalmente hasta el palacio de Beaumontagne, a las rodillas de su padre. Sentada allí, y mientras buscaba caramelos en los bolsillos de la chaqueta, se sentía segura, querida y valorada.

De repente, sintió una inesperada calidez en el corazón, pero no por lord Northcliff, pensó. Por el recuerdo de su padre. Pero es que… le daba rabia que hubiera algo de lord Northcliff que le recordara el cariño del que había disfrutado en la infancia.

Cuando Amy puso un pie en el sótano, separó la prenda de su cuerpo.

La señorita Victorine estaba de pie acariciando a *Coal* y contemplando, con tristeza, el cuerpo inerte de lord Northcliff.

—Era un chico tan agradable —dijo.

—Ha cambiado —Amy dejó el sobretodo en la mecedora. Estaba impaciente por deshacerse de él, con aquel aroma tan intoxicante y lo mucho que pesaba.

—Solía convencer a alguno de los pescadores para que lo trajera a la isla —mientras lo observaba con aquella mirada azul perdida, la señorita Victorine susurró—. Venía a verme y le daba una taza de té y un bollo de nata, que siempre decía que eran los mejores del mundo.

—Porque lo son —con un gruñido por el esfuerzo, Amy sacó la sábana y las mantas de debajo del marqués y se preparó para girarlo y taparlo.

—Es muy guapo, ¿no crees? —preguntó la señorita Victorine en un tono nostálgico.

—¿Cómo puede decir eso? —Amy ni siquiera se molestó en mirarlo a la cara—. Nos ha robado nuestro medio de vida.

—Querida, eso no tiene nada que ver con el hecho de que fuera un chico muy guapo que se ha convertido en un hombre muy atractivo —las manos cubiertas por los guantes de rejilla de la señorita Victorine se agitaron en el aire y luego bajaron hasta posarse en su cintura—. Que ya sea tan vieja que no pueda subir la escalera no significa que no se me haga la boca agua cuando veo los melocotones.

Amy contuvo la respiración y soltó una carcajada. La señorita Victorine era una extraña mezcla de la insolencia que dan los años y la brillantez de una solterona. Era bastante severa con la franqueza de Amy y le regañaba por cualquier comentario indecoroso que hacía; sin embargo, había vivido sola tanto tiempo que creía que aquello le daba permiso para decir lo que quisiera. Aquella sinceridad era una de las razones por las que Amy la encontraba tan encantadora.

En un tono reflexivo, la señorita Victorine dijo:

—Su padre no era guapo. Me resulta un poco sorprendente ver al joven Jermyn como un ángel precioso.

Amy miró al hombre que estaba tendido en la cama.

¿Un ángel precioso? ¿Qué locura transitoria había hecho que la señorita Victorine lo llamara ángel o precioso? No era ninguna de las dos cosas; era más bien un niño consentido que cogía lo que quería sin preocuparse por nada más que no fueran sus deseos.

Sin embargo… Sin embargo, Amy tenía que reconocer que era atractivo. Tenía la piel morena, «de cazar», supuso ella, o de cualquier otra ociosa actividad al aire libre. Tenía una nariz muy bonita, comparada con otras narices: robusta y bien formada. Y tenía los labios demasiado grandes y carnosos, aunque quizás eso era porque estaban abiertos y dejaban escapar un sonoro ronquido.

La señorita Victorine se rió.

—A juzgar por los ronquidos, parece ileso.

—Sí, ¿verdad? —por primera vez desde que lord Northcliff entró en su vida y la arruinó con su perfidia, Amy se preguntó quién era y por qué había hecho lo que había hecho—. ¿Acaso nadie le enseñó qué es la decencia y la responsabilidad?

—¡Su padre! Era un buen hombre. Era un buen marqués —con gesto cansado, la señorita Victorine se sentó en la mecedora y subió a *Coal* a su regazo. El enorme gato se hizo un ovillo y, a pesar de todo, las dos patas delanteras le colgaban hacia abajo—. Era un hombre muy orgulloso de su patrimonio, y le inculcó lo mismo a su hijo, aunque quizá tuviera razón. Al fin y al cabo, la familia Edmondson es una de las más antiguas de Inglaterra. El Edmondson original era un noble sajón que se enfrentó a Guillermo I el Conquistador y reivindicó la concesión de la isla de Summerwind. La leyenda oficial reza que el rey Guillermo I quedó tan impresionado por su valentía que le dio la isla.

Con la sensación de que había algo más, Amy preguntó:

—¿Y qué dice la leyenda no oficial?

—Que la mujer del sajón había calmado la ira del rey en la cama y que así le consiguió la isla a su marido.

Amy soltó una carcajada.

—No sé, Amy —la mecedora crujía con el vaivén mientras la señorita Victorine fruncía el ceño en gesto de preocupación—. ¿Crees que hemos hecho lo correcto?

Amy se sentó en el catre junto al hombro de lord Northcliff y cogió la mano de la señorita Victorine. La apretó con confianza y dijo:

—Sí pero, hay algo más importante, y es que no teníamos otra opción. No tenemos dinero. Los habitantes del pueblo no tienen dinero. Lord Northcliff quiere echarla de su casa, ¡porque dice que no le paga el alquiler!, y a los demás quiere quitarles las tierras. Su familia ha vivido aquí durante más de cuatro siglos y las familias de los demás han sido dueños de sus tierras, al menos, el mismo tiempo que los Edmondson. Con diez mil libras, podremos marcharnos a donde queramos e incluso podremos dejarles dinero a los que se queden aquí.

—Sí pero, aunque lo consigamos, voy a tener que marcharme de mi querida isla —la mano de la señorita Victorine tembló entre los dedos de Amy.

—Cuando lo consigamos —dijo Amy, con firmeza—, sé que tendremos que buscar otro hogar y, ¿no es terrible que este hombre nos obligue a hacerlo? Sin embargo, íbamos a tener que marcharnos de todos modos así que, de esta forma, con el dinero del rescate, podremos ir a algún lugar que nos guste y comprarnos una casa muy bonita, una sin agujeros por donde se cuelen los ratones y la lluvia.

—Soy demasiado vieja para disfrutar de una casa nueva —los apagados ojos de la señorita Victorine eran suplicantes.

—Vaya donde vaya, yo iré con usted y estaremos juntas para siempre. Se lo prometo. Seremos felices —Amy detestaba ver a la señorita Victorine tan triste y decaída así que, muy decidida, concluyó—. ¿Y quién sabe? A lo mejor, algún día lord Northcliff tiene un accidente fatal con el carruaje y podremos volver a Summerwind.

La señorita Victorine, horrorizada, apartó las manos.

—No le desees la muerte. ¡Trae mala suerte!

Coal se puso de pie y miró a Amy fijamente.

Amy se disculpó con la señorita Victorine y le rascó la barbilla al gato. Sin embargo, no se arrepentía de sus pensamientos retorcidos. Cuando pensaba en cómo lord Northcliff estaba arruinando la vida de una pobre y dulce viejecita, quería gritar de frustración. Quería sacudirlo hasta que entrara en razón. Quería… quería planear un accidente en la carretera que acabara con él.

Cuando veía a la señorita Victorine intentando hacerse la fuerte y esconder su tristeza, Amy se encendía de rabia por aquel precioso ángel llamado lord Northcliff.

La señorita Victorine observó el cuerpo lánguido que había detrás de Amy.

—Perdió a su madre cuando tenía siete años y se crió sin ningún tipo de dulzura femenina. Creo que por eso le gustaba venir a verme. Le gustaba que lo mimaran y lo cuidaran.

—Como a todos los hombres, ¿no? —preguntó Amy, con sequedad.

—Supongo —la señorita Victorine suspiró como si estuviera muy cansada—. Pero a algunos nos apetece mimarlos mientras que a otros les daríamos una bofetada.

Sorprendida por la vehemencia de la anciana, Amy preguntó:

—¿A quién le daríamos una bofetada?

—El señor Harrison Edmondson jamás ha sido santo de mi devoción. Es el tío de lord Northcliff y yo creo que es el responsable de la indiferencia de Jermyn hacia sus tierras y sus súbditos. Harrison irradia frialdad y tiene unos ojos menudos y muy juntos —la señorita Victorine asintió—. Y ya sabes lo que eso significa.

Amy no tenía ni la más remota idea, pero asintió y se levantó:

—Está agotada. Debería irse a la cama.

—Después de tantas emociones sería incapaz de dormir —sin embargo, mientras contemplaba a lord Northcliff se le fueron cerrando los párpados y los de *Coal* hicieron lo mismo mientras observaba a la señorita Victorine—. Su madre era una mujer increíblemente guapa. Mi querido Jermyn tiene su mismo color de pelo, aunque a él le queda mejor.

Era cierto. Tenía el pelo de un color caoba que a Amy le venían ganas de acariciar esos rizos con los dedos y ver si quemaban. Le rozó las arqueadas cejas, extrañamente oscuras, y las acarició con delicadeza. Comprobó si descubría restos de hollín, por si aquel hombre tenía alguna inclinación peculiar por las cejas negras pero, al parecer, la naturaleza había creado aquella improbable combinación de pelo rojizo y cejas oscuras.

Era curioso tener a un hombre vivo bajo su control. Era extraño y embriagador. Pensando en voz alta, dijo:

—Me pregunto si el vello corporal será negro o pelirrojo.

La señorita Victorine contuvo la respiración.

—¡Amy! No es algo que deba incumbirle a una señorita como tú.

Aunque Amy había intentando explicarle la vida que había llevado antes de llegar a Summerwind, la señorita Victorine era incapaz de atar los cabos. Sólo sabía que Amy era una chica de diecinueve años con las maneras de una princesa, que es lo que era, aunque jamás lo admitiría delante de nadie.

Sin embargo, las dos mujeres tenían algo en común: su veta perversa y pícara, así que Amy le sonrió.

—Seguramente, su vello corporal no debería ser de mi incumbencia; sólo lo he dicho para complacerla a usted.

—No me creo ni una palabra —la señorita Victorine parecía remilgada, pero acercó más la mecedora hacia el catre—. Jamás en la vida he visto un cuerpo masculino desnudo, y no lo he echado de menos.

—Por una extraordinaria coincidencia, yo tampoco he visto nunca un cuerpo masculino desnudo. Pero creo que ha llegado la hora de ponerle remedio a esta situación —abrió la camisa de lord Northcliff y se asomó.

—¡No podemos mirarle así mientras está inconsciente! Es … Es inmoral —la señorita Victorine se abanicó con el pañuelo.

Coal observaba la tela de algodón como si se estuviera pensando cómo la destrozaría con las uñas.

—Querida señorita Victorine, le hemos secuestrado en su propia casa. No creo que mirarle el pecho pueda compararse con eso —volviéndole a colocar la camisa en su sitio, añadió—. Además, le hemos mirado la cara.

—Eso es distinto —la señorita Victorine se acercó—. ¿De qué color es?

—¿El qué? —se burló Amy.

—Ya sabes. Su vello corporal.

Amy dibujó una amplia sonrisa.

—Pelirrojo.

—Muy apropiado —respondió la señorita Victorine, escuetamente.

—¿Por qué lo dice?

—Porque te has asomado a la puerta del infierno.

—No creo que mi vista haya llegado tan lejos —comentó Amy, en un tono reflexivo—. Venga, ayúdeme a ponerlo debajo de las mantas. Dudo que se despierte antes del amanecer.

—¡Señor Edmondson! —Royd, el mayordomo, estaba en la puerta del despacho de la casa de Londres de Harrison Edmondson—. ¡Ha llegado un mensajero desde Summerwind, en Devon, y dice que es urgente!

Harrison Edmondson, el tío de Jermyn y la persona que llevaba todos los asuntos familiares, se preguntó si la suerte había conseguido lo que los planes y los actos furtivos no habían podido lograr. Lo dudaba; el éxito jamás se le había resistido tanto como en aquellas últimas semanas y, si no alcanzaba una conclusión satisfactoria en poco tiempo, sería el tío de un joven pletórico de salud que heredaría la enorme y gloriosa fortuna de los Edmondson.

Mientras recordaba la larga lista de posibles esposas a las que había ordenado someterse al imbécil de su sobrino, cerró los puños con fuerza.

Que le dieran una pistola y él mismo se encargaría del chico.

¡Qué diablos! Ni siquiera necesitaba una pistola. Se giró hacia el armario con puertas de cristal que había en el despacho. Allí guardaba una gran variedad de armas muy interesantes: anillos envenenados franceses, dagas italianas cuyo filo aparecía de repente para sorprender a la víctima, una espada escondida en un bastón, etc.

Y cuando se iba a cometer un asesinato, ningún plan ni ningún arma podía competir con una oportunidad que se presentaba y se aprovechaba.

Y él lo sabía perfectamente. Porque ya la había aprovechado antes.

El mensajero entró detrás de Royd, lleno de barro y respirando entrecortadamente por la urgencia del viaje. Después de saludar al señor Edmondson con una reverencia, le presentó una nota manchada y con la marca de una daga. Con la voz ahogada, dijo:

—Un criado la encontró… en el mirador… clavada con una daga.

—¡Por el amor de Dios! —le reprochó Royd, mirando temeroso de reojo a Harrison—. ¡No puede presentarse ante el señor Edmondson de esta manera!

Harrison mandó callar al mayordomo. Con un tono suave y comedido que prometía represalias, dijo:

—Si no sabes mantenerlo fuera, supongo que él hace lo que quiere.

Cogió la nota de la apremiante mano del mensajero, desdobló la hoja arrugada y leyó aquellas líneas tan delicadamente escritas.

* * *

«Tengo al marqués de Northcliff cautivo. Deje diez mil libras en el antiguo castillo de Northcliff de Summerwind dentro de cinco días o su sobrino morirá.»

Harrison se quedó boquiabierto. ¡Era… Era imposible! Aquella casualidad era increíble, imposible… más de lo que podía soportar.

Echó la cabeza hacia atrás y soltó una carcajada.

Por fin, después de tantos años, el destino había jugado a su favor.

Capítulo 4

Jermyn fue recobrando la conciencia poco a poco. No le apetecía demasiado; había disfrutado mucho del sueño más profundo que recordaba desde que se había roto la pierna. Pero tenía el cuello en una postura muy rara y tenía la boca abierta, seca y pegada a la almohada. De modo que, aunque no quería despertarse, la conciencia acabó apoderándose de él inevitablemente y despertando sus sentidos.

Al principio, descubrió lo mucho que le gustaba el olor de su habitación, con esas sábanas limpias que olían a tierra recién removida. Escuchaba un sonido rítmico, un leve tableteo intercalado con un fuerte crujido. Notaba un peso cálido en el costado. Se sentía descansado, realmente bien excepto por… Frunció el ceño. Había tenido una pesadilla terrible acerca de un vino asqueroso, y un bote y una chica preciosa con los ojos del color del veneno… Abrió los ojos. Se sentó en la cama.

No, no era una cama. Era un estrecho catre de hierro atornillado a la pared, con un fino colchón de plumas, una sábana casi transparente y una manta vieja.

A su lado, un gato enorme se movía, incómodo, hasta que se colocó en el medio de la cama, más ancho.

Una rápida ojeada a su alrededor le reveló una habitación con tres pequeñas ventanas cerca del techo de vigas a la vista un sótano. Por los cristales entraba una luz gris cuya débil iluminación apenas le ayudaba a adivinar unas formas cuadradas... muebles. Un armario. Una mesa grande. Sillas. Una pequeña estufa de hierro. Tocó la pared que estaba junto al catre... roca. Roca fría y dura.

Todavía llevaba la misma ropa, aunque le habían quitado la corbata y las botas. No estaba herido. Así que...

—¿Dónde diablos estoy? —preguntó en voz alta.

—En el sótano de la señorita Victorine —respondió una tranquila voz femenina.

El tableteo y el crujido se detuvieron en seco. Jermyn se giró para mirar a su espalda y vio cómo un cuerpo femenino se levantaba de una mecedora. Con una eficiencia sobrecogedora, la mujer encendió un farol, lo levantó y lo colgó de un gancho que había en el techo. Iluminó toda la estancia, un sótano del tamaño de un dormitorio lleno de botelleros vacíos y muebles viejos y rotos, pero lo más importante, también la iluminó a ella, a la chica con los ojos del color del veneno.

Era guapa, con una figura esbelta y unas facciones tan altaneras que incluso resultaban desagradables. El color de sus labios le recordaba a las cerezas en primavera, pero su expresión le traía a la mente cómo lo miró aquella primera institutriz que tuvo cuando vio al pequeño marrano que habían dejado a su cargo. Había algo en esa chica que lo hacía ser mucho más consciente de su pelo despeinado y estaba un poco avergonzado de haber dormido en su presencia. Dormir era sinónimo de vulnerabilidad y no quería mostrarse vulnerable delante de ella.

—¿Quién es usted, señora? ¿Y qué estoy haciendo aquí?

—Soy su carcelera y usted, nuestro prisionero —aquel tono tan natural hacía que sus palabras fueran todavía más extrañas.

—¡Es absurdo!

Ante aquella negación tan vehemente, el gato mostró su incomodidad y saltó hacia las escaleras.

Jermyn puso los pies en el suelo.

Escuchó un repiqueteo.

¿Era posible que fuera…? ¿Era un…? No, era imposible.

Volvió a moverse. Y volvió a escuchar el repiqueteo de metal contra metal.

¿Una cadena? ¿Era una cadena? ¿Se había atrevido a…? Estiró la pierna. Bajó la mirada… y lo vio.

Lo vio pero seguía sin poder creerlo. No podía creerlo.

—Es un grillete.

—Exacto.

—En mi tobillo —sintió un peso terrible en el pecho.

—Veo que es un hombre brillante —aquella tranquilidad demostraba que esa chica no reconocía el peligro que corría.

—Quítamelo —¡encadenado! Gruñó enfurecido.

—No.

—Quizá no me has entendido bien, jovencita —la miró desde debajo de las cejas fruncidas—. Soy el marqués de Northcliff y te he dicho que me lo quites.

—Y a mí no me importa quién sea; está aquí y aquí va a quedarse.

Una oleada de pura ira se apoderó de su mente. Con el instinto de un animal enjaulado, rugió y se abalanzó sobre ella.

Ella retrocedió, con la sorpresa reflejada en el rostro.

Jermyn dirigió las manos hacia el cuello de la chica, pero la cadena lo detuvo en seco y, del impulso, se quedó en el aire unos segundos. El suelo de piedra recibió a su cuerpo con un golpe seco que lo dejó sin aire en los pulmones. Por un largo y agonizante instante, no pudo respirar. Luego ya pudo, y fue peor. La represalia por su ira fue muy dolorosa.

Sintió como si la pierna, la estúpida pierna, hubiera caído encima de varios atizadores ardiendo.

Y durante todo el tiempo que estuvo en el suelo retorciéndose y respirando como un pez moribundo, aquella mujer se había quedado allí de pie mirándolo y no había hecho ni el más mínimo gesto de apiadarse de él o ayudarle. A él. Al marqués de Northcliff, el hombre al que todas las viudas de nobles y señoritas casaderas adoraban.

Cuando por fin pudo levantar la cabeza, dijo:

—¿Qué has hecho?

—¿Qué he hecho? —arqueó una burlona ceja—. ¿No lo ve? He secuestrado al marqués de Northcliff.

—¿Te atreves a admitirlo? —poco a poco, soportando un intenso dolor, se levantó y se sentó en el catre.

—Admitirlo viene siendo el menor de mis pecados. Lo he hecho.

Lo estaba disfrutando. Jermyn lo veía en el gesto insolente de sus labios y en el arco desenfadado de sus cejas. No entendía cómo una mujer podía tener la desfachatez y el verdadero descaro de sacarlo de su casa… Irguió la espalda. Entrecerró los ojos.

—Espera un momento. Había un hombre.

—Lo contraté para que lo moviera. Ya se ha ido —dijo ella con prontitud—. No volverá a verlo en la vida.

—No te creo —estiró la pierna, se masajeó el muslo e intentó localizar el hueso a través de la ropa y los músculos. No parecía roto, pero se había vuelto a dislocar y el dolor era por culpa de esa chica. Sólo de ella. De aquella insolente. Utilizando el tono condescendiente que ella se merecía, le dijo—.

A ninguna mujer se le ocurriría un plan como este, y mucho menos sería capaz de llevarlo a cabo.

—Contaba con ese razonamiento. Todos lo tomarán por loco cuando diga que lo secuestró una mujer… si es que alguna vez se atreve a admitirlo —se inclinó en una reverencia burlona.

—Las mujeres son incapaces de mantener una misma línea de pensamiento el tiempo suficiente como para poner en práctica un plan como este.

—En realidad, tiene razón —dijo ella, sonriendo, nada ofendida—. Hicieron falta dos mujeres.

—La señorita Victorine —recordó—. Dijiste que estaba en el sótano de la señorita Victorine.

—Exacto.

—¿Me estás intentando decir que la señorita Victorine Sprott te ha ayudado a secuestrarme? —se acordaba perfectamente de la señorita Victorine. De pequeño, solía venir a la isla con un pescador, subía corriendo el camino hasta su vieja casa y ella le daba té y bollos, luego salían al jardín y ella le explicaba cosas sobre las plantas. Todo lo que sabía de cuidar flores lo había aprendido de la señorita Victorine… ¿y ahora lo había secuestrado?—. ¡Bobadas!

—No son bobadas. Si lo piensa, verá que en sus acciones hay cierta justicia.

Él irguió la espalda.

—¿De qué estás hablando?

—Por favor, se lo ruego. No intente hacernos creer que no sabe nada. No le hace justicia y no le servirá de nada —el desprecio de la chica lo enfurecía.

En ese momento, mientras la escuchaba, se dio cuenta de lo que debería haber visto antes. Puede que vistiera como una criada, pero hablaba como una dama. Y aquello es lo que lo había descolocado la noche anterior en el mirador... porque esperaba que sólo hubiera pasado un día.

La chica levantó la mirada hacia las escaleras, de donde venía el roce de unas faldas y el lento movimiento de unas zapatillas.

—Debe ser la señorita Victorine con el desayuno. ¿Tiene hambre?

—¿De verdad espera que me quede aquí sentado como un estúpido y coma?

—Un estúpido lo será siempre, con eso ya no se puede hacer nada, y no me importa si se muere de hambre —se acercó a los pies de la escalera y cogió la bandeja de las manos de la señorita Victorine—. Pero ahora tiene que mantenerse en un mínimo estado de salud o no nos darán el dinero.

Hasta que la señorita Victorine entró en el círculo de luz que desprendía el farol, Jermyn no se había creído que aquella mujer hubiera participado en tal fechoría.

Parecía más vieja. Mucho más vieja. Tenía la frente surcada con arrugas de preocupación y su suave pelo se había vuelto totalmente blanco. Sus anteriormente radiantes mejillas eran colgajos de piel y tenía los ojos marrones muy cansados. Ya no cuidaba su aspecto; de hecho, le pareció que el vestido viejo y gastado que llevaba era uno de los que ya tenía cuando él venía a visitarla de niño. Su pecho rellenito y su modo algo rígido de andar le recordaban a una paloma esquelética, y no se podía creer, es que no se lo podía creer...

Con un golpe seco, aquella desagradable joven dejó la bandeja en un extremo de la mesa. Jermyn estaba en el otro extremo, así que Amy empujó la bandeja hasta que estuvo a su alcance, pero mantuvo las distancias para evitar que él la agarrara y la sacudiera como se merecía.

Seguro que había sido esa muchacha la que había convencido a la señorita Victorine... no, seguramente la había chantajeado, para que hiciera esto. La señorita Victorine era toda una señora inglesa. ¡Por el amor de Dios, si lo adoraba!

—Señorita Victorine, tiene que soltarme —habló despacio y en voz alta, por si la señora estaba sorda.

—No, querido, no puedo. Al menos, no hasta que tengamos nuestro dinero. Pero me alegro de que estés aquí y tengamos la oportunidad de hablar otra vez —no estaba sorda pero resultaba obvio que sufría senilidad, porque juntó las manos y sonrió, como si lo que estuviera diciendo tuviera sentido.

—¿Qué dinero? —preguntó él.

—El dinero del rescate. No te preocupes. Ya le hemos enviado un mensaje a tu tío Harrison diciéndole que, si no nos paga, te mataremos.

Aquella despreciable joven apoyó la cadera en la mesa de roble larga y llena de marcas y sonrió.

Jermyn sabía por qué. Seguro era por la expresión de su cara.

—¿Matarme? —apenas podía articular su horror e incredulidad—. ¿Van a matarme?

—¡Por supuesto que no, querido! —la señorita Victorine frunció el ceño, ofendida, como si el que estuviera loco fuese él—. No habrá necesidad de llegar tan lejos. Estoy segura que tu tío mandará el dinero enseguida y te soltaremos de inmediato.

—Me han secuestrado. Y han pedido un rescate —Jermyn iba contando las frases con los dedos—. ¿Y esperan que el tío Harrison pague para que vuelva a casa sano y salvo?

—Sí, querido.

—¡Es indignante!

—No nos hubiéramos visto obligadas a hacerlo si no me hubieras robado mi máquina de confeccionar labores de abalorios. Los abalorios están en boga. Seguro que no se puede dar un paso por Londres sin ver a las mujeres con bolsos, puños y canesúes con labores de abalorios.

—Sí, los abalorios eran la última moda —aquellas estúpidas labores de cristales de colores se enganchaban con los botones de los trajes de los hombres. La señorita Mistlewit le gritó al oído cuando él se la quitó de encima y los abalorios salieron volando por el jardín; y, por suerte, había podido escapar sin que lo obligaran a prometerse con aquella encantadora y estúpida debutante.

—Porque yo diseñé una máquina para hacer labores de abalorios. Fue idea mía, invento mío, y tú me la robaste —la señorita Victorine chasqueó la lengua—. No estuvo bien. Tú ya dispones de una increíble fortuna y el pueblo sobrevive con muchas dificultades. Si no vas a cuidar de ellos, seguro que entiendes que deberían tener permiso para hacer algo más que ganarse la vida a duras penas —mientras hablaba, le tembló la anciana voz y sus apagados ojos lo miraron con reproche—. Detesto ser tan severa, pero debo decirte que tu padre jamás habría permitido este caos.

—No tengo ni idea de lo que está diciendo —dijo él. Nada de lo que la señorita Victorine decía tenía sentido.

—Por supuesto que no —la chica se incorporó y tuvo la osadía de mostrarse enfadada—. Seguramente, roba tantos inventos que ni siquiera se acuerda de los detalles y se regodea cuando piensa en una pobre mujer que vive en una casa en ruinas y que sólo come gachas a menos que los vecinos le traigan algún pescado.

¡Maldita sea, será insolente! Él se incorporó para gritarle pero, aunque la voz de la señorita Victorine fue tan suave como siempre, usó un tono que bastó para que no dijera nada.

—Muchachos, no os peleéis —se giró hacia la chica—. Amy, no permitiré que utilices mi desgracia como si fuera una anciana que quisiera dar lástima. No lo soy. Tengo mi propio techo y eso es mucho más de lo que muchas solteronas pueden decir.

Amy, porque aquella miserable criatura se llamaba Amy, dijo:

—En realidad, es de él. Puede echarla cuando quiera y, al ritmo al que se está desintegrando, ¡sería una bendición!

—Ya basta —exclamó la señorita Victorine con una seguridad apabullante.

—Sí, señora —asintió Amy.

Y, como si tuviera once años, Jermyn se vio burlándose de la chica. Casi se sorprendió al comprobar que no le había sacado la lengua.

—Y en cuanto a ti, joven…

Ante el tono de la señorita Victorine, volvió a prestarle atención.

—Desayuna —en la sonrisa de la mujer reconoció una sombra de la señora encantadora que siempre había sido—. Te he hecho mis bollos, y son los mejores de Inglaterra, ¿recuerdas?

—Sí —aunque le hubiera encantado haberlos rechazado con arrogancia, no había cenado la noche anterior y el estómago no dejaba de quejarse ante el delicioso aroma que venía de la bandeja.

Esa chica, Amy, también lo sabía. Dibujó una de aquella sonrisitas de superioridad y observó mientras Jermyn levantaba la tapa del plato.

—Sí, coma, milord. No podría soportar que se perdiera una comida en su vida.

—¡Amy! —la señorita Victorine sonó como una severa institutriz—. Quizá te vendría bien subir y descansar. Has estado despierta toda la noche y pareces muy irritable.

Era obvio que Amy quería quejarse, pero no lo hizo.

—Sí, señora —lanzó una mirada envenenada hacia Jermyn que prometía represalias si intentaba algo.

Y él sabía perfectamente qué decir para volver a encenderla.

—Cuando vuelvas, tráeme agua caliente y una navaja barbera. Tengo que afeitarme.

Amy le lanzó otra mirada que habría hecho que la reina Carlota de Inglaterra se sintiera orgullosa.

—Ya lo hemos discutido. Cada día, dispondrá de un cubo de agua para afeitarse y lavarse.

—Muy generoso por tu parte —le respondió él con sarcasmo.

—Es más de lo que muchos prisioneros tienen, milord —y, dicho esto, subió las escaleras.

Jermyn se quedó observándola, admirando la curva de su trasero. Y lo mejor era que no tenía que ser discreto. Ella no se merecía sensibilidad ni cualquier otro reparo dispensado a las damas. Sólo se merecía una celda y una soga al cuello.

Y tenía la intención de asegurarse de que acabara así.

—¿No es encantadora? —la señorita Victorine juntó las manos encima del pecho y, con todo el afecto del mundo, miró cómo Amy desaparecía. Después, se sentó en la mecedora y dijo—. Es extranjera.

—Eso explica muchas cosas —atrajo la pesada mesa hacia él y, sin ninguna vergüenza, empezó a engullir los huevos, la compota de fruta y el pastel de pescado. Los bollos estaban tan deliciosos como la señorita Victorine le había prometido, tan deliciosos como los recordaba, y se comió tres casi sin respirar. Cogió el cuchillo para cortar la salchicha... miró el cuchillo. Era viejo y delgado de tanto afilarlo... y puntiagudo. Muy puntiagudo, con una punta preciosa.

Echó una mirada de reojo a la señorita Victorine, que no lo estaba mirando, y se lo guardó en la manga.

—Sí, mi querida Amy llegó de un precioso país llamado Beaumontagne. Es una tierra muy accidentada. Los inviernos son horribles, pero los veranos son gloriosos. Los bosques son muy espesos y verdes, con árboles de hoja perenne y robles y muchos pájaros —la señorita Victorine se mecía y sonreía, pero no por él sino por alguna ilusión mental.

—¿Cómo sabe tantas cosas sobre ese país? —que Jermyn apenas recordaba de las lecciones de geografía, donde se suponía que tenía que conocer todos los países de Europa.

—Lo visité de joven. Mi padre era muy viajero y, después que mis hermanos se casaran y yo... bueno, cuando quedó claro que no me casaría, mi padre planeó llevarme a los grandes lugares del mundo.

La anciana cogió un ovillo de bramante y un huso más ancho de lo normal.

Aquel huso debía ser tan largo como una mano y del ancho de un dedo, y estaba hecho de un marfil que el uso había ido gastando. En un extremo, acababa en una punta que servía para ensartar los abalorios, algo que Jermyn recordaba ya que, de pequeño, se la clavó entre el pulgar y el índice y le había quedado una cicatriz que todavía hoy era visible.

La señorita Victorine desplegó el ovillo.

—Pero no consiguió su objetivo —continuó—. Cuando apenas hacía un año que nos habíamos marchado, contrajo unas fiebres y murió. De eso ya hace mucho tiempo pero, después de aquello, viví seis meses en Beaumontagne mientras esperaba que terminara el invierno para poder volver a casa —lo miró y, para ser una lunática, resultó bastante convincente—. Y aquí he vivido desde entonces. ¿Sabes dónde está Beaumontagne, milord?

—Tengo una ligera idea. Está en los Pirineos, entre las fronteras de España y Francia —le costaba un poco comer con el cuchillo en la manga, pero cortó la salchicha a pedazos con el tenedor y se la comió con la mano. Al fin y al cabo, ¿por qué tendría que preocuparse por los modales? Tenía un grillete en el tobillo.

—Tu geografía no es tan mala como me imaginaba —la señorita Victorine empezó la ardua tarea de hacer encaje.

Con el apetito saciado, Jermyn se dedicó a observarla mientras recordaba el sonido que producía el huso al tejer y la visión de aquellas manos venosas y manchadas. En un momento dado, la señorita Victorine colocó el dedo meñique en un ángulo imposible y su piel pareció transparente y reseca, pero seguía con su labor sin importarle los esfuerzos.

El fino hilo con los abalorios ensartados crecía con la lentitud del hielo que se derrite.

—Le advertí a tu padre que necesitabas saber más cosas aparte de bailar y qué sombrero ponerte en cada ocasión —le sonrió con calidez.

La educación de Jermyn había sido considerablemente más amplia que aquello pero, presa de la curiosidad, preguntó:

—¿Lo hizo? ¿Y qué le dijo mi padre?

—Dijo que, si sabías cuál era tu lugar en Inglaterra, eso bastaba para cualquier marqués de Northcliff —meneó la cabeza desilusionada—. Si tu padre tenía algún defecto, era el exceso de orgullo.

—Yo no diría que fuera exceso —respondió Jermyn con frialdad. Su padre había sido un hombre orgulloso, pero misericordioso con sus súbditos. Conocía el nombre de cada uno de los aparceros que trabajaban sus tierras y supervisaba personalmente la entrega de regalos la noche de Reyes. Tareas que el tío Harrison había asumido tras la muere del padre de Jermyn.

Por primera vez, Jermyn se preguntó qué habría dicho su padre a eso.

—Lo siento. Todavía le echas de menos —dijo la señorita Victorine con una empatía que hizo que el joven se moviera incómodo—. Por favor, no malinterpretes mis divagaciones. Siento que puedo hablar de tu padre contigo. Le adoraba. Era un gran hombre. Yo también lo echo de menos y es muy agradable hablar de él con alguien que también lo quería. Aunque claro, tú lo querías como hijo y yo lo quería como hijo… no —frunció el ceño—. Así no se dice. Tú lo querías como quiere un hijo y yo lo quería como si fuera mi hijo. ¡Ahora sí! —levantó el huso con aire triunfador—. Sabía que podía decirlo bien.

—Y lo ha hecho —Jermyn intentó ignorar la oleada de afecto que le sobrecogió. Era una viejecita adorable. Intentó recordarse que había colaborado en su secuestro, pero no cambió nada. La verdad era que a él también le gustaba hablar de su padre y quedaban muy pocas personas que lo recordaran.

Jermyn supuso que podría hablar de él con el tío Harrison, pero su tío sólo parecían interesarle las cuentas y los beneficios de las propiedades.

Por eso, toda aquella historia del «robo de la máquina de confeccionar labores de abalorios era tan ridícula. Puede que el tío Harrison no tuviera el título, pero entendía perfectamente la dignidad que iba intrínseca con el título de marqués de Northcliff. Jamás se permitiría mezclarse con la vulgar manufactura.

—Quizá si tu madre no nos hubiera dejado tan temprano, tu educación habría sido más completa —parecía que la señorita Victorine estaba hablando sola—. Andriana tenía unas opiniones muy estrictas sobre tu educación. Si tu padre la hubiera escuchado…

—Lo siento, señorita Victorine, no hablo de mi madre —dijo Jermyn con amabilidad y sin rastro de la ira que, incluso después de tantos años, todavía se apoderaba de él—. Ni siquiera con usted.

—¡Pero, querido, deberías hacerlo! Jamás olvidaré lo sorprendidos que nos quedamos cuando tu padre volvió de Italia con ella. Tenía un acento precioso y era tan bonita y amable —con una sonrisa, la señorita Victorine dio rienda suelta a sus recuerdos—. Adoraba a tu padre y te adoraba a ti. ¡Nunca he visto a una mujer más enamorada de su marido!

—Señorita Victorine, por favor —la sangre le empezó a subir a la cabeza.

—Pero estoy segura de que también la has echado de menos. Guardarte todo ese dolor dentro no puede ser bueno para ti —parecía sinceramente preocupada.

Pero a él no le importaba.

—Ni siquiera con usted —repitió.

Cuando escuchó el crujir de las escaleras, supo que lo habían salvado en más de un sentido. Disimuladamente, tiró el tenedor al suelo. Hizo un ruido metálico cuando cayó sobre la piedra. Suspiró, desesperado.

—Señorita Victorine, con el grillete en el tobillo no alcanzo a recoger el tenedor.

Chasqueando la lengua, compadeciéndolo, la señorita Victorine se levantó y se acercó a él.

Justo cuando Amy llegó al sótano, Jermyn agarró a la señorita Victorine y la retuvo con el cuchillo pegado a su cuello. Lanzándole una mirada directa y terrible a Amy, dijo:

—Suéltame o la mato.

Capítulo 5

—¡Milord! —la voz frágil de la señorita Victorine tembló—. ¡Por Dios, hijo mío…!

Pegado al pecho de Jermyn, su cuerpo era todo huesos y fragilidad y temblaba como un pajarillo asustado en las garras de un hombre.

Pero a él no le importaba. Lo había traicionado. La señora amable que él recordaba ya no existía. Había participado en el plan para secuestrarlo. Se había negado a soltarlo. Y ahora lo pagaría. Y cuando consiguiera soltarse, lo pagaría todavía más.

Sin embargo, muy tranquilamente, como si hubiera previsto aquella circunstancia, la desagradable joven se acercó a un cajón y sacó una pistola. Apuntaba a Jermyn con el pulso firme.

—Suéltela o lo mato.

—Jamás he conocido a una mujer que tuviera las agallas de dispararle a un hombre —todas las mujeres que conocía eran demasiado amables. Demasiado refinadas.

—Tengo las agallas —dijo la chica—. Es más, quiero dispararle.

Aquello lo sacudió. Las palabras, el tono, aquella especie de aversión clara y directa como jamás había conocido en su privilegiada vida.

¿Qué había hecho para merecer el desprecio de aquella joven? ¿Y por qué le preocupaba tanto?

—¿A qué parte del cuerpo me dispararás? —se burló él—. Lo único que la señorita Victorine no me tapa es la cabeza… y es imposible que tengas tan buena puntería.

—La tengo —dijo ella—. A la de tres dispararé. Uno…

—Podrías herir a la señorita Victorine —dijo él.

—No la tocaré. Dos…

—¡Amy, por favor, suéltalo! —le rogó la señorita Victorine—. Era un chico muy dulce.

—Tres —Amy entrecerró los ojos y empezó a apretar el gatillo.

Y Jermyn soltó a la señorita Victorine, alejándola de él y lanzándola contra el armario.

Ella se golpeó contra la madera y cayó al suelo.

La pistola escupió la bala. Jermyn se agachó.

La bala pasó justo por donde estaba su cabeza hacía apenas unos instantes.

Amy suspiró, aliviada.

—¡Maldición, ha faltado poco! ¡Menos mal que se ha rendido, milord!

—No maldigas, querida. No es propio de las damas —y allí, en el suelo, la señorita Victorine se echó a llorar.

A Jermyn también le entraron unas ganas terribles de llorar. No importaba que se repitiera una y otra vez que Amy no le habría rozado. No se lo creía. Aquella chica con la mirada punzante lo odiaba y no respiró tranquilo hasta que la vio guardar la pistola en el cajón otra vez.

—Señorita Victorine —sin dedicarle ni una mirada a Jermyn, Amy corrió al lado de la anciana—. ¿Se encuentra bien? ¿Le ha hecho daño?

—No. No. Bueno, un poco cuando me ha lanzado contra el armario —la señorita Victorine se masajeó el hombro—. Pero seguro que no quería que me hicieras daño en tu empeño de volarle la cabeza.

—¿Volarme la cabeza? —viniendo de los labios de aquella frágil señora, la frase fue de lo más extraño. Jermyn se rió. Se levantó y se sacudió el polvo de los pantalones antes de dejar el cuchillo encima de la mesa.

Entonces se dio cuenta que su sonrisa no le había sentado nada bien a Amy. Lo estaba mirando con desprecio y desagrado.

—¿Qué se siente al ser un aristócrata tan corpulento y malvado que tiene que recurrir a esta pobre anciana como escudo?

En realidad, estaba un poco avergonzado, pero no lo iba a admitir delante de aquella mujer coraje.

—La he apartado cuando le has disparado.

—La ha apartado cuando ha visto que iba a dispararle a usted —respondió ella, muy acalorada.

—Eso no es cierto —no podía creerse cómo estaba malinterpretando su acción—. ¿Acaso no tienes ningún respeto por tus superiores?

—Sí que lo tengo. Por eso, voy a ayudarla a subir las escaleras y a meterla en la cama con una taza de té bien caliente. Usted puede quedarse aquí sentado y… ¡y jugar con el grillete! —rodeando a la señorita Victorine con los brazos, Amy se dirigió hacia las escaleras.

Jermyn escuchó cómo la señorita Victorine reprendía a Amy:

—Tranquila, querida, no me habría hecho daño. Siempre fue muy buen chico.

Se dejó caer en el catre. De pequeño, todo el mundo decía que, teniendo en cuenta las circunstancias, era muy buen chico.

Le gustaba mucho venir a casa de la señorita Victorine. Le encantaban sus bollos, la alegría que le daba verlo y los saquitos de lavanda que aromatizaban la casa. Esa mujer había sido una influencia civilizadora sobre un chico al que los acontecimientos que no entendía y sobre los que no tenía ningún control habían dejado muy afectado.

No recordaba cuándo o por qué dejó de venir. Había formado parte del proceso de crecimiento, el descubrimiento de la caza, los bailes, las mujeres y los puros y el olvido del mar, el cielo, las nubes y la tierra. Y, cuando Amy había levantado el brazo y con aquella voz tan fría y distante había dicho: «Tres», lo había vuelto a ver todo. Toda su vida había pasado por su mente una última vez, o eso había creído, y todavía le temblaban las manos cuando lo recordaba.

No tenía ni idea de lo que estaba pasando aquí, pero no tenía ninguna intención de morir en ese sótano a manos de una vieja chalada y una joven amargada por el desprecio. Estaba decidido a escapar.

Se sentó y empezó a manosear el grillete.

En la mejor habitación de la casa, la señorita Victorine no protestó mientras Amy le ayudaba a quitarse el vestido de domingo y le ponía el viejo camisón de franela. Hizo una mueca cuando levantó los brazos para que Amy le colocara bien la prenda y la chica vio los incipientes moretones debajo de la frágil piel de la señora.

Muy furiosa, Amy deseó que la bestia del sótano tuviera un poco de sentido moral, o demostrara un arrepentimiento decente… o que tuviera las manos atadas a la espalda para que pudiera aporrearlo hasta que se arrepintiera de sus actos o quedara inconsciente. O las dos cosas.

El silencio fulminante de Amy debió de delatar el contenido de sus pensamientos. O quizá la señorita Victorine comprendía a Amy demasiado bien, porque dijo:

—Amy, querida, ¿recuerdas cuando Pom te trajo a mi casa calada hasta los huesos y desaliñada?

—Claro que lo recuerdo —con las tenacillas, cogió varios carbones candentes, los puso en el calientacamas y alejó el frío de las sábanas.

—Te pregunté de dónde venías y tú te giraste y no dijiste nada. Te negaste a hablarme de tu país, de tu título o de tus pobres hermanas, que también se habían perdido —la señorita Victorine apretó el brazo de Amy—. Me temí que fueras sorda o muda. Estabas muerta de hambre.

—Y usted me dio su cena —Amy apartó las sábanas y, con un gesto, invitó a la señorita Victorine a acostarse.

—Y lo primero que me dijiste fue: «¿No tiene miedo de que la mate mientras duerme?»

—Es mi encanto natural —Amy se rió de sí misma y de lo absurdo de las circunstancias actuales—. Seguro que el marqués de Northcliff está de acuerdo.

—Todavía no te conoce, querida. Cuando lo haga, caerá rendido a tus pies, igual que todos los jóvenes del pueblo —la señorita Victorine suspiró cuando se tendió en la cama—. Me diste mucha lástima; estabas sola en el mundo sin ningún tipo protección ni nadie que cuidara de ti. Quise acogerte bajo mis alas y mantenerte ahí para siempre.

—Es la mejor mujer del mundo entero —y Amy sabía lo que decía. Llevaba desde los doce años recorriendo el mundo entero, casi siempre a lado de su hermana Clarice, aunque los dos últimos años había estado sola. Había visto cosas horribles, había conocido la crueldad, el deprecio, la pobreza y el horror.

Jamás había conocido a nadie tan amable como la señorita Victorine.

—A su manera, lord Northcliff está igual de perdido que tú —dijo la señorita Victorine en voz baja.

Amy intentó contener la risa, pero lo consiguió a duras penas.

—Es cierto —la señorita Victorine se arregló las delgadas almohadas que tenía bajo la espalda—. Cuando su madre nos dejó, Jermyn sólo tenía siete años. Jamás he conocido a un chico tan angustiado. Su padre era un buen hombre, pero jamás superó la muerte de su mujer. Rechazaba el afecto, cualquier tipo de afecto, incluso el de su hijo. Le enseñó a Jermyn cuáles eran sus obligaciones y cómo ser un hombre. Nadie abrazó a ese niño, ni le besó las heridas, ni lo quiso.

Amy no entendía por qué la señorita Victorine creía que aquello era tan importante. Ella no recordaba a su madre, y si su real abuela la hubiera abrazado, se habría muerto por congelación. Sin embargo, incluso sin esos servicios que la señorita Victorine consideraba vitales, ella había crecido sin idiosincrasias. Cualquier rasgo distintivo en su naturaleza no era más que el resultado de su determinación ante la adversidad.

Sin embargo, la señorita Victorine no insistió o amplió la explicación. Solía creer que la gente entendía lo necesario que era el amor, incluso para una rata asquerosa como lord Northcliff… o un alma perdida como Amy.

La señorita Victorine estaba sola en el mundo, sin familiares o amigos o alguien cercano que compartiera su nivel o intereses y, a pesar de todo, su espíritu amable y acogedor la había convertido en el corazón del pueblo, la conciencia con la que se comparaban todas las almas de Summerwind. Sin decir ni una palabra, le había enseñado a Amy el valor de la familia… y, últimamente, Amy había empezado a preguntarse si su decisión de dejar a su hermana en Escocia y empezar su propia andadura había sido menos propia del sentido común que le había parecido en ese momento y más fruto de la rebeldía adolescente.

Amy y Clarice perdieron cualquier contacto con su familia. Su padre había muerto. Su hermana había desaparecido en algún lugar de Inglaterra. La abuela estaba demasiado lejos, no tenían dinero e iban de un sitio a otro, sin acabar de encajar en ninguno y temerosas de encajar en alguno. Casi todos veían a las jóvenes princesas como vagabundas y ladronas. Las mujeres las perseguían con escobas y piedras. Los hombres les lanzaban miradas lascivas y les ofrecían bebidas y alojamientos, pero a cambio pedían los servicios más desagradables.

Sí, la señorita Victorine había salvado a Amy en más de un sentido. Le había salvado la vida y, algo más importante, la había salvado de la peor clase de hostilidad y cinismo.

Amy haría cualquier cosa por la señorita Victorine.

—Tantas emociones me han dejado agotada —dijo la anciana, con una temblorosa sonrisa.

—Lo sé. Lo siento.

—¡No te disculpes, querida! A una mujer de mi edad le gusta romper con la rutina de vez en cuando. Hace que la sangre corra por las venas. Y que el cerebro funcione —dijo, dándose unos golpecitos en la frente.

—Yo creo que su cerebro funciona perfectamente.

—Sí, mi padre siempre decía que yo era las más lista de sus hijos —una sonrisa de satisfacción se instaló en los arrugados labios de la anciana—. Pero, si hubieras conocido a mis hermanos, te darías cuenta que no era ningún cumplido.

Amy se rió, como sabía que la señorita Victorine quería que hiciera.

—Me gusta esta habitación —la mujer miró a su alrededor y luego cerró los ojos, sonriendo.

Amy también miró a su alrededor. Con el paso del tiempo, las cortinas azul oscuro estaban ya de un color azul huevo de petirrojo. Las flores del papel de la pared estaban tan marchitas como las del último verano e incluso habían desaparecido las marcas de donde antaño había habido cuadros colgados. El edredón blanco empezaba a amarillear y, por dentro, no era más que una fina pelusa. Generaciones de zapatos habían desgastado los suelos de madera y había un cazo debajo de las peores goteras.

Sin embargo, para la señorita Victorine esto era su casa.

La mirada de Amy se trasladó hasta la dulce y apagada cara que estaba apoyada en las almohadas. La señorita Victorine había dicho que le gustaba romper con la rutina de vez en cuando, pero Amy no se lo creía.

La señorita Victorine quería, necesitaba, quedarse en la casa donde había crecido pero, cuando Amy le había presentado su plan, la anciana rechazó cualquier variante que le permitiera mantenerse alejada o ajena a su trasgresión. Si iba a sacar algún provecho del delito, iba a correr todos los riesgos y nada de lo que Amy le dijo la hizo cambiar de opinión.

De modo que, cuando hablaban de lo que harían con el dinero del rescate, comentaban la posibilidad de vivir en una villa en Italia o en una casa en España o Grecia. Algún lugar donde el frío no siguiera torturando los huesos de la señorita Victorine y donde las naranjas crecieran en el jardín trasero. Y, durante todo ese tiempo, Amy sabía que la señorita Victorine quería quedarse aquí, en esta casa ruinosa, con el papel descolorido y los vecinos que había conocido toda la vida.

Amy no podía entender ese sentimiento. Desde los doce años, se había dedicado a recorrer Inglaterra y Escocia. No entendía el concepto de hogar. Y tampoco se atrevía a intentarlo.

Arropó a la señorita Victorine hasta el cuello, le dio un beso en la frente y la dejó dormir.

Una vez en su habitación, Amy se lavó la cara con agua fría para tranquilizarse. Había elegido las habitaciones del servicio porque eran las que quedaban más cerca de la señorita Victorine; si alguna vez la anciana la necesitaba, estaba allí al lado. Y no es que soliera necesitar nada; la señorita Victorine era una señora mayor muy dinámica, no estaba chiflada pero sí que era un tanto excéntrica.

El agua fría no sirvió de mucho.

¡Ese hombre había puesto un cuchillo en el cuello de la señorita Victorine! Y, aunque su crueldad y despreocupación por la seguridad de la anciana la enfurecían, también le hacía darse cuenta del peligro de su plan. Tenía a un hombre peligroso en el sótano y un paso en falso podría hacerlas saltar al vacío desde lo alto de un precipicio. Una cosa era arriesgar su vida, pero otra muy distinta era jugar con la vida de la dulce y cariñosa señorita Victorine.

Bajó a la cocina y miró a su alrededor. Tenía el mismo aspecto viejo que la habitación, con una mesa de madera que habían lavado tantas veces con arena que estaba ahuecada en el medio, una chimenea enorme que, en invierno, dejaba entrar lengüetazos de frío y un montón de paja que en invierno se iba reduciendo. Sin embargo, la señorita Victorine había conseguido darle un toque hogareño con guirnaldas de hierbas secas y cebollas colgando de las vigas ennegrecidas y jarrones con flores en las ventanas.

Amy se giró hacia la puerta que bajaba al sótano. La había cerrado de golpe cuando había subido, pero podría bajar ahí abajo perfectamente en lo que su abuela describiría como una actitud civilizada. Independientemente de lo nerviosa que la pusiera el maravillosamente atractivo y totalmente descortés marqués, no le daría la satisfacción de saber que aquello la afectaba.

Aunque quizá, con el disparo, ya era un poco tarde para eso.

Capítulo 6

Con mucho cuidado, Amy abrió la puerta del sótano. Con un porte muy señorial, bajó las escaleras. Y, como recompensa, tuvo la satisfacción de sorprender al todopoderoso marqués sentado en el catre, con la rodilla doblada y el tobillo cerca del pecho, maldiciendo el grillete.

—Lo saqué de su castillo —dijo.

Northcliff saltó como un niño al que sorprenden haciendo una travesura.

—¿Mi… castillo? —enseguida comprendió lo que quería decir—. Ah, te refieres al de la isla. La mole ancestral.

—Sí —ella se colocó al otro lado del sótano—. Entré en los calabozos, gateé entre telas de araña y los esqueletos de los enemigos de su familia…

—No digas tonterías —estiró la pierna—. No hay ningún esqueleto.

—No —admitió ella.

—Los quitamos hace años.

Por un instante, se quedó helada. ¡O sea, que sus antepasados habían sido unos asesinos despiadados!

Después se dio cuenta que Jermyn estaba sonriendo. El muy presuntuoso se estaba burlando de sus esfuerzos.

—Si hubiera encontrado dos grilletes en buenas condiciones, le habría sujetado ambas piernas a la pared.

—¿Y por qué detenerte ahí? ¿Por qué no sujetarme también las manos? —movió la pierna para exagerar el tintineo de la cadena—. Piensa en lo que disfrutarías observando mi cuerpo desnudo y desnutrido sujeto a la pared…

—¿Desnutrido? —Amy lanzó una mirada a la bandeja del desayuno, que estaba vacía, y luego dibujó una sonrisa sarcástica.

—Pero sí que te gustaría ver mi cuerpo desnudo, ¿no es así? —la miró fijamente y, por un segundo, a Amy le pareció ver una llamarada dorada en su ojos marrones—. ¿No has hecho todo esto por este motivo?

—¿Cómo dice? —se acercó un poco, aunque se aseguró de quedar fuera del alcance de sus largos brazos—. ¿De qué está hablando?

—Te rechacé, ¿verdad?

—¿Qué? —¿qué? ¿De qué estaba hablando?

—Eres una chica de mi pasado, una debutante insignificante que ignoré en algún cotillón o algo así. No bailé contigo —se tendió en el catre, como si fuera la holgazanería personificada—. O sí que lo hice pero no te di conversación. O me olvidé de ofrecerte una limonada o…

—No me lo puedo creer —Amy fue hasta la mecedora y se sentó—. ¿Me está diciendo que cree que he hecho todo esto porque usted, el todopoderoso marqués de Northcliff, me trató como a una estúpida?

—Es poco probable que te tratara como a una estúpida. Tengo mucho mejor gusto —la repasó de arriba abajo con la mirada, revisando su vestido de diario, y luego se concentró en su cara—. No eres una chica común, y ya debes saberlo. Con el vestido adecuado y el pelo recogido así como lo lleváis las mujeres… —giró los dedos en forma de tirabuzones encima de la cabeza—, estarías guapa. Puede que incluso encantadora.

Amy se agarró con fuerza a los brazos de la mecedora. ¡Hasta los cumplidos sonaban a insultos!

—No nos habíamos visto nunca, milord.

Como si no la hubiera escuchado, él continuó:

—Pero no te recuerdo, de modo que debí de ignorarte y herir tus sentimientos…

—¡Maldita sea! —se levantó de la silla de un salto y se colocó detrás de ella, agarrando el respaldo con tanta fuerza que estaba segura que podría romperlo. La arrogancia de ese hombre era increíble. ¡Era inexpugnable!—. ¿Acaso no ha oído lo que le he dicho? ¿Es tan presuntuoso que no puede imaginarse que una mujer no lo quiera como pretendiente?

—Cuando es verdad, no es presunción —sonó bastante convincente.

Amy no daba crédito. Ese hombre se creía que estaba chapado en oro.

—Le he dicho la verdad. Lo hemos secuestrado en justa retribución por su robo y su negligencia.

—No soy un ladrón —habló entre dientes, de modo que todavía le quedaba honor para sentirse insultado—. No le he robado nada a la señorita Victorine y, aunque lo hubiera hecho, ¿qué importancia tendría? ¿Una máquina para hacer encaje? ¿Qué valor puede tener?

Oh, era tan ignorante. Tan petulante. Amy quería dejarlo en una fábrica catorce horas al día haciendo encaje y con el aire tan cargado de algodón que le inundara los pulmones. Aunque sólo fuera por un día, quería verlo trabajar para ganarse la vida.

Cogió el ovillo y el huso de la señorita Victorine de la mesa y le colocó el minúsculo trozo de encaje delante.

—Las mujeres pagan para que les hagan vestidos y bolsos de encaje. Los diseños son muy complicados y cuesta mucho aprender a hacerlos. ¿Sabe lo que se tarda en hacer tres centímetros de encaje?

—No, pero seguro que tú me lo vas a decir —no podría haber sonado más desinteresado.

—La señorita Victorine es una de las mejores y ella tarda dos horas.

Él puso una cara burlona.

—Exageras.

—¿En serio? —Amy estaba empezando a divertirse—. Veamos cuánto tarda usted.

—Yo no hago encaje.

—Por supuesto que no. Es un hombre y un aristócrata. Tiene cosas mejores que hacer. Montar a caballo, boxear, cazar, fumar, beber, bailar… —miró el sótano—. ¿Qué está haciendo ahora?

Jermyn apretó los blancos dientes como un perro encadenado.

—Podría leer… si tuviera un libro.

—Ah, tenemos un libro. En realidad, tenemos varios. Son viejos, cultos y muy valiosos. Lo que no tenemos es dinero para unas preciosas velas de cera de abeja.

—¿Me estás diciendo que esta noche tendré que quedarme aquí a oscuras? —se incorporó, ya sin el gesto de relajación.

—Le estoy diciendo que la señorita Victorine sacrificará su farol por usted antes que permitir que se quede aquí a oscuras, aunque es una luz débil y temblorosa. Por eso hacemos encaje. Cuando aprendes, se puede hacer a media luz.

—Entonces, si puede hacerse a oscuras, no debe de ser tan difícil —se rió con desdén—. Aunque claro, es un trabajo de mujeres. No puede ser difícil.

Era obvio que despreciaba al género femenino, y no de la manera condescendiente que muchos hombres utilizaban. Su desprecio era punzante y rabioso, y ella sintió lástima por la mujer a la que eligiera para casarse.

—No se preocupe, milord. Le aseguro que no hará el ridículo —Amy volvió a agitar el encaje en el aire—. Empezaremos enseñándole los diseños más sencillos.

Jermyn la ignoró con una indiferencia arrogante y volvió a tenderse en el catre como una serpiente acomodándose encima de una roca caliente.

—Dime la verdad. ¿Rompí tu inocente corazón?

—Milord, no tengo un corazón inocente para romper —lanzó una mirada crítica hacia aquella figura repantigada en el catre—. Y, si lo tuviera, no se rompería por alguien como usted. Alguien aburrido, indolente, sin honor ni escrúpulos…

—Dado tu menosprecio, entiendo que nunca fuiste una debutante —jamás en su vida se había sentido tan insultado, y por esa chica, esa criatura… ¿Quién era, que se atrevía a secuestrar y ningunear al marqués de Northcliff?

Sin la llave del grillete o un arma para hacer valer su voluntad, no podía escapar, así que se conjuró para descubrir quién era esa Amy en realidad. Si descubría sus puntos débiles, podría escapar. Y si no tenía puntos débiles, al menos se divertiría.

Se dejó caer en el catre, cultivando a conciencia la pura imagen de la decadencia holgazana… porque le encantaba ver a la señorita estirada ofendida por aquella actitud.

—¿Quién eres? ¿De dónde vienes?

—Soy la señorita Amy Rosabel y vengo de… —dudó un segundo, con una pequeña sonrisa en la cara—… del extranjero.

—Sí. Creo que la señorita Victorine dijo que eras de Beaumontagne.

Tuvo la satisfacción de contemplar cómo Amy abría los ojos como platos.

—¿Le ha dicho eso?

—¿Cómo iba a saberlo, si no? —¿se sentía culpable por haberle mentido a la señorita Victorine o estaba horrorizada de que él hubiera descubierto la verdad?—. Tienes un poco de acento, pero no reconozco de dónde es.

—¿Qué más le ha dicho? —Amy se apoyó en la mesa, mirándolo a los ojos—. ¿Qué más?

—Nada más. ¿Por qué?

—Por nada —se incorporó—. Es que pensé…

—Pensaste que me había confesado todos tus secretos —antes de aquella revelación, estuvo a punto de ronronear de placer y la sensación fue todavía mayor cuando ella misma se traicionó y agitó levemente la cabeza—. O… quizá no todos tus secretos, sino sólo el más importante.

—Le aseguro que, si tengo un secreto, no le gustará saberlo —dijo ella, y le quitó importancia con un movimiento de la mano.

—Mientras esté aquí encadenado, no, seguro. Pero es un incentivo para seguir exprimiéndome el cerebro. A ver, ¿qué sé de Beaumontagne? —escarbó en su memoria para intentar recopilar cualquier información sobre aquel país en el que apenas se había fijado por considerarlo insignificante—. Hace unos diez años, se produjo una revolución. El rey murió en el campo de batalla. El país quedó en manos de la madre del rey, que lo ha ido recuperando, pero es tan mayor que se ha especulado que hay alguien en la sombra moviendo los hilos del país. Una especie de usurpador.

Amy cruzó los brazos encima del estómago mientras lo escuchaba.

¿Así que se le revolvía el estómago cuando escuchaba esto? «Bien», pensó Jermyn.

—El rey tenía descendencia, pero desapareció en el furor de la guerra y se ha dado por muerta así que, aunque la reina esté al frente del país, no hay nadie para heredar el trono —mientras pensaba, se golpeaba los labios con el índice—. Y supongo que tú debes ser —la vio tensarse por momentos—... una refugiada.

—Puede. O puede que sea una maravillosa actriz que ha recurrido a su talento para imaginarse un pasado que no existe.

—No, no creo que seas actriz. Si lo fueras, habría movido cielo y tierra para convertirte en mi amante.

—Es un auténtico desvergonzado —apretó los labios que, aún así, prometían un inmenso placer sensual.

—Y tú nos has sido mi amante. Me acordaría —de hecho, todo en Amy era como un canto de sirena que lo atraía hacia su rocoso puerto.

No le gustaba sentirse atraído por ella, pero era un hombre pragmático. Si tenía que estar allí encerrado, prefería tener una celadora que se movía con una gratificante sensualidad, cuya piel suave codiciarían los cortesanos y cuyos ojos retaban y atraían. En un tono pensativo, Jermyn dijo:

—Aunque no eres el tipo de amante que me gusta. Yo prefiero una mujer sumisa que dedique su vida a hacerme feliz. Sin embargo, tus ojos verdes son extraordinarios. Me temo que no habría podido resistir la tentación de hacerte mía.

Aquellos ojos verdes se entrecerraron peligrosamente.

—Con ese color y esa forma —continuó—, son casi felinos.

Amy apretó los puños como pezuñas felinas.

—¿Siempre enumera los encantos de una mujer en voz alta delante de ella?

—Jamás —respondió él, a modo de bofetada verbal—. Pero estoy aburrido, soy indolente y no tengo honor ni escrúpulos, ¿recuerdas?

Cuando le recriminó sus propias palabras, los ojos de Amy brillaron y Jermyn pensó que Lucrecia Borgia también debía tener los ojos de ese mismo color. «El color del veneno.»

Aquello era una pequeña represalia por la humillación de haberlo encadenado, pero se lo estaba pasando demasiado bien.

—Sospecho que tu pelo, cuando no está recogido, debe de ser glorioso.

Como sabía que sucedería, ella levantó los brazos para asegurarse que la gruesa trenza negra seguía formando un moño bien firme. Con aquel sencillo movimiento, dejó expuesta su figura, su vanidad y, lo más importante, un instinto femenino que no podía esconder.

Jermyn se aprovechó de las vistas sin ningún reparo y repasó sus curvas. La parte posterior que ya había admirado con anterioridad se complementaba con un pecho pequeño y firme y una cintura estrecha.

—Tienes una figura muy bonita —por suerte para su persona aburrida y sin escrúpulos, era verdad—. Aunque el vestido no es ninguna belleza —y aquello sí que fue un eufemismo en toda regla.

El estilo del vestido podía ser el de su abuela, con la falda fruncida y con una cintura que se ajustaba hasta debajo de los pechos, donde volvía a aparecer el fruncido. El escote era modesto pero todavía lo parecía más con el chal que llevaba en los hombros y que escondía cualquier centímetro de piel que pudiera verse, así que Jermyn se vio inmerso en una fantasía en la que le quitaba el chal y deslizaba la mano por dentro del vestido… Se detuvo y dibujó una sonrisa. Era verdad: ella era atractiva y él estaba aburrido.

De repente, Amy se dio cuenta de que estaba expuesta ante él (¿era una sonrisa lo que veía en su cara?), y enseguida dejó caer las manos.

—¿Qué tendría que hacerle para que no me insultara con sus opiniones sobre mi figura o mi ropa?

—Mientras esté aquí, te prometo que te daré mi opinión —sonrió con más malicia—. Es lo menos que puedo hacer a cambio de tu hospitalidad.

Vio perfectamente que aquello no le hacía ninguna gracia, que no le gustaba que él le hubiera dado la vuelta a la tortilla y le dijera lo que quisiera.

Una mañana allí encadenado y sin ver el sol le había hecho tener más respeto por los prisioneros de Newgate. Y la idea de pasarse allí otro día, otra noche, una semana, solo en aquel sótano sin nada que hacer despertaba sus instintos de arañar la pared o enfurecerse hasta el punto de romper los muebles de aquella habitación. Sin embargo, sabía que arañar la pared sólo conseguiría divertir todavía más a aquella malvada criatura que era Amy y, además, hoy ya había perdido los nervios una vez. Y el resultado había sido una dolorosa comprobación de la fuerza del grillete cuando había caído al suelo. Después, al examinarlo, había visto un aparato que, a pesar de ser viejo, era lo suficientemente resistente para soportar cualquier esfuerzo por romperlo, cortarlo o abrirlo. Y no estaba dispuesto a volver a poner a prueba la salud de la pierna. Todavía le dolía de la caída.

Se preguntó si podría hacer que Amy se enfadara lo suficiente como para soltarlo… pero no, una criatura con aquellos ojos felinos fríos como el hielo no lo haría. Cualquier mujer capaz de idear un plan tan atrevido no cedería ante unas cuantas palabras.

En lugar de eso, la vio que estaba echando un vistazo a la habitación. Con un gruñido, levantó el extremo de la mesa que tenía delante y la movió hacia ella para poder sentarse y que él no pudiera tocarla.

—¿Creía que me iba a asustar por la mención de una amante y que echaría a correr?

—No —la vio mover la pesada mesa y se dio cuenta que, por lo delgada que estaba, tenía mucha fuerza—. No eres de las que esconden la cara o gritan horrorizadas.

—Cualquier mujer sabe que un hombre como usted tiene amantes —cuando estuvo satisfecha con la ubicación de la mesa, se sacudió el polvo de las manos—. Hasta la señorita Victorine lo sabe.

—Pero la señorita Victorine finge que no lo sabe y ella jamás dejaría que esa palabra saliera de sus labios. Es una señora —observó a Amy para ver cómo le afectaba el insulto.

Pero, al parecer, no le afectó en absoluto.

—Sí que lo es.

—Tú, en cambio, puede que hables como una señora pero has estado expuesta a la realidad de la vida. Mientras hablo contigo, aprendo muchísimas cosas sobre ti.

—¿Qué quiere decir? ¿Por qué iba a molestarse en saber cosas de mí? —estaba desconcertada. Indignada.

Él se sentó, muy despacio, permitiendo que ella lo observara, que contemplara que era mucho más corpulento que ella.

—Cuando salga de aquí, te capture y te mande ahorcar, me gustaría saber qué clase de mujer eres para, en el futuro, evitarlas.

Si la idea de la horca la aterró, si aquella demostración de fuerza la había impresionado, lo escondió debajo de un escudo de despreocupación que significaba confianza... o estupidez. Y Jermyn se temía que no era estupidez.

—Casi puedo prometerle que jamás conocerá a otra mujer como yo.

—¿Imaginas que eres única? —resultaba cada vez más fascinante. La mayoría de mujeres que conocía hacían lo posible para parecerse a las demás, para ser como las demás.

—No imagino nada. La imaginación es un lujo que no me puedo permitir.

Bueno, bueno. Así que también era pragmática. Una pragmática muy joven.

—Yo sí que tengo imaginación. Y, mientras te miro, está volando libre.

—¿Se imagina ahorcándome, milord?

—No. Te imagino como mi amante —soltó una carcajada al ver cómo se ofendía... y al presenciar el momento inesperado en el que lo miró y se dio cuenta de la verdad.

Él era un hombre. Ella era una mujer. Estaban los dos solos, sin acompañante, hablando de cosas de las que los hombres y las mujeres normales no hablaban. No importaba lo mucho que se odiaran, la chispa inicial ya había saltado y

Jermyn sabía que, con un poco de mimo, aquella chispa podía convertirse en una ardiente llama.

La pregunta era: ¿ella lo sabía? No estaba seguro. No era una mujerzuela cualquiera, ni la típica criada, y mucho menos una señorita de la alta sociedad. No podía catalogarla porque nunca había tenido que molestarse en entender a una mujer.

Desde el primer día que había empezado a frecuentar los actos sociales, tanto las señoritas como las cantantes de ópera se habían desvivido por complacerlo. Iban con mucho cuidado de no molestarlo con sus deseos o sus necesidades. Si él quería silencio, no le hablaban. Si quería que le cantasen, ellas tocaban música y cantaban. Jamás había tenido que descifrar la motivación de una mujer, porque siempre había sido la misma: complacerlo.

Y ahora tenía delante de él a un enigma, uno que ya lo había superado.

Pero él no estaba dispuesto a dejarse ganar. La vencería en su propio terreno.

—Como norma general —dijo, arrastrando las palabras—, no acepto amantes que no hayan cumplido veinte años. Su entusiasmo es maravilloso, pero no tienen ninguna finura. No tienen experiencia.

Ella no pestañeó ante aquella sinceridad tan brutal.

—Supongo que eso lo distraería en su búsqueda de nuevas formas de depravación.

—De modo que, aunque puedo dejar volar la imaginación cuando quiera, tú no me servirías.

Cada palabra de la respuesta de Amy emanó sarcasmo:

—Se le da muy bien dejar volar la imaginación, así que imagínese mi corazón roto.

Era cierto. No tenía veinte años.

Él tenía veintinueve.

La necesidad de burlarse de aquella adversaria insignificante crecía por momentos.

—Cuanto más te conozco, más me pregunto quién eres —fue contando las cualidades con los dedos—. Tienes el acento de una dama. Vistes como una criada. Disparas como un tirador. Ves el mundo desde un punto de vista cínico y, sin embargo, veneras a la señorita Victorine. Tu rostro y tu cuerpo serían la envidia de cualquier joven diosa pero emanas cierto aire inocente. Y esa inocencia esconde una mente criminal y las agallas para cometer uno de los delitos más graves.

—O sea, que soy Atenea, la diosa de la guerra.

—Bueno, seguro que no eres Diana, la diosa de la virginidad.

Cuando Amy escuchó esa última palabra, Jermyn vio cómo desaparecía su máscara. Se sonrojó. Se mordió el labio y miró hacia las escaleras como si, de repente, se hubiera dado cuenta que podría haber evitado, y debería haberlo hecho, toda aquella conversación.

Él se rió, rebosante de triunfalismo.

—O quizá me equivoque y tengas mucho más en común con Diana de lo que pensaba.

—Le ruego que recuerde, señor, que Diana también era la diosa de la caza —Amy se levantó y se apoyó en la mesa, para dar más énfasis a sus palabras, pero seguía sonrojada—. Llevaba un arco y una flecha y siempre cazaba a su presa. Échele un vistazo al agujero de la bala en la pared y recuerde mi puntería y mi cinismo. Porque ambos sabemos cosas del otro. Yo sé que, si escapa, no descansará hasta verme colgada de la horca. Y usted sabe que, si lo descubro intentando escapar, le atravesaré el corazón con una bala. Recuérdelo mientras mira con melancolía la ventana —con una reverencia, recogió la bandeja del desayuno y subió por las escaleras.

Jermyn había aprendido algo más acerca de Amy.

Le gustaba decir la última palabra.

Capítulo 7

«¿Quién era? ¿De dónde venía?»

En lo alto de las escaleras, en la cocina, Amy se detuvo y se agarró con fuerza la cruz de plata que llevaba colgada al cuello. La cruz que la unía a su país y a sus hermanas.

Perdido. Todo estaba perdido.

«¿Quién era? ¿De dónde venía?»

Northcliff pedía respuestas como si tuviera derecho a obtenerlas. Ya estaba acostumbrada a enfrentarse a aquella actitud. Una actitud que siempre desafiaba.

Sin embargo, jamás había conocido a ningún hombre que manifestara un interés por explorar su mente y descubrir sus secretos de forma sutil. Y aquello no le gustaba. Él no le gustaba. No confiaba en él, ni en sus comentarios impúdicos sobre amantes ni en sus fantasías.

¡Sobre ella!

«¿Quién era? ¿De dónde venía?»

Sabía muy bien que era atractiva. Lo sabía desde los catorce años. Había invertido muchos de los años que había pasado por el mundo con su hermana Clarice utilizando la cosmética para pasar de ser una chica sin gracia a una mujer que hacía voltear cabezas. Sin embargo, la guapa era Clarice. Ella era la que podía encantar a cualquier hombre o mujer y venderle lo que fuera con tal de conseguir dinero para comprar comida. Todo el mundo adoraba a Clarice. No a Amy.

Sin embargo, escuchar a lord Northcliff decir que habría movido cielo y tierra para convertirla en su amante…

Le estaba tomando el pelo. Eso, o un día sin sucumbir al libertinaje lo había convertido en un hombre dispuesto a aceptar a cualquier mujer que tuviera cerca.

Pero, si eso era cierto, ¿en qué clase de bestia lujuriosa se convertiría después de dos días de reclusión?

¿Y por qué sentía una especie de calidez en su interior, como si se derritiera, como si su parte instintiva y femenina se estuviera tensando?

«¿Quién era? ¿De dónde venía?»

Dios mío, ya ni siquiera ella lo sabía.

Beaumontage, hace doce años

«Mirando hacia atrás, nerviosa, la pequeña Amy, de siete años, se deslizó por el suelo de mármol de la antecámara real. Abrió la puerta del armario. Era un mueble muy alto, ancho y antiguo donde se guardaban las capas ceremoniales del rey. Con mucha prisa, aunque con la misma necesidad de no hacer ruido, se metió dentro. La madera crujió bajo su peso y la niña se quedó inmóvil. Porque si hacía ruido…

Se escucharon pasos en el pasillo.

El repiqueteo seco de unos tacones de aguja acompañados de un bastón.

Y luego pasos más pesados y firmes. Varios pares de pies.

—Esa niña es incorregible —la voz de la abuela. La reina madre Claudia. Se acercaba. Entró en la habitación.

Allí dentro estaba oscuro. Olía a cedro. Y el corazón le latía tan deprisa que temió que la abuela lo escuchara.

Con aquella larga y estrecha nariz, y su asombrosa precisión, la abuela parecía olfatear exactamente sus movimientos. ¿Sería capaz de descubrir que estaba escondida ahí dentro?

—¿Sabes qué ha hecho ahora tu hija pequeña? —preguntó la abuela.

—¿Ha bajado por la barandilla principal resbalando y ha acabado montada a caballito encima del profesor de hípica? —dijo el padre de Amy, el rey Raimund.

—No, señor —sir Alerio susurró como un hombre acostumbrado a trabajar con bestias y que se preocupaba por no despertarlas—. La princesa Amy hace quince días que no me hace nada.

Moviéndose con mucho sigilo entre terciopelos, sedas y pieles, Amy se asomó a un agujero que había en una puerta del armario. La lluvia azotaba los cristales de las ventanas. Los criados caminaban sigilosamente de una vela a la siguiente, encendiéndolas todas en un vano intento por combatir la oscuridad que se había cernido sobre el castillo. A su padre lo rodeaban el grupo de cortesanos habituales. Lord Octavio, el chamberlán. Sir Alerio, el profesor de hípica. Lord Carsten, el administrador del castillo. Y lord Silas, el primer ministro.

A excepción de sir Alerio, a Amy no le gustaban los otros cortesanos. Sorcha decía que eran hombres muy importantes, pero Amy creía que eran aburridos ancianos con la barbilla y la nariz caídas y sin ninguna ecuanimidad cuando se encontraban frente a tres jóvenes y activas princesas.

—Me alegro mucho de oírlo, Alerio —el rey no eran tan alto como los demás, pero era terriblemente ancho de cintura. El bigote y las patillas tan exuberantes le daban una expresión jovial a su rostro redondo y la capa de color morado le confería un gran sentido de realeza.

Amy adoraba a su padre. Lo quería más que a nadie en el mundo y, en esos momentos, necesitaba que la abrazara. Si pudiera conseguir que los demás se fueran. Si pudiera apoyar la cabeza en su hombro y dejar que alejara todos los problemas.

—¿Y entonces, reina Claudia? —el rey se quitó la corona y la dejó encima del cojín de color morado que lord Carsten le acercó. El criado encargado de vigilar la corona se la llevó a un lugar seguro, acompañado por otros dos criados además de lord Carsten—. ¿Amy ha vuelto a subirse al árbol de la entrada y ha saltado encima del carruaje de la duquesa?

Los cortesanos hicieron verdaderos esfuerzos por contener las risas.

La reina madre se giró hacia ellos y frunció el ceño, y las risas se convirtieron en una tos de disculpa.

Nadie era capaz de enfrentarse a la ira de la abuela con serenidad. Era alta, delgada y adusta, y con unos ojos azules tan feroces que atravesaban la pecaminosa alma de Amy.

—Cuando Amy saltó encima del carruaje, ¡hizo que la duquesa se desmayara! —exclamó la abuela.

Los caballeros de la antecámara cloquearon como un puñado de malhumoradas gallinas viejas.

—Pero fue a parar al asiento que había justo delante de la duquesa, y debes admitir que eso es toda una hazaña —le recordó el rey.

«Además, la duquesa se desmaya por nada.» Amy se puso en cuclillas, rodeada por el aire viciado del armario, y asintió con fiereza en la oscuridad. Por eso era tan divertido tomarle el pelo a la duquesa. Por los desmayos y porque era la viuda que quería convertirse en la nueva esposa del rey. Si seguía visitando el castillo con pretextos estúpidos, la próxima vez Amy aterrizaría a su lado en el carruaje.

—La duquesa es de una constitución tan delicada que uno no puede evitar preguntarse si esas reacciones son del todo sinceras —dijo el rey, con mucha amabilidad.

Amy estuvo a punto de demostrar su conformidad en voz alta y delatarse.

—Esa no es la cuestión —dijo la abuela.

Amy se mordió el labio inferior.

—A ver, ¿qué ha hecho ahora? —preguntó el rey.

A Amy la sorprendió detectar un tono de cansancio en la voz de su padre, como si no pudiera soportar otra crisis.

«¿Estaba cansado de lidiar con su problemática hija? ¿Con ella?»

—¡Le ha puesto un ojo morado al príncipe Rainger!

El silencio que se produjo después de aquellas palabras estaba tan lleno de presagios que Amy volvió a pegar el ojo al agujero del armario… y, accidentalmente, golpeó la puerta, que se abrió. Amy se apresuró a detenerla con los dedos. La antecámara quedó frente a ella. Lord Octavio, lord Alerio y lord Silas estaban de espaldas a ella, mirando al rey. La abuela caminaba alejándose del grupo, sirviéndose del bastón como apoyo. Sólo el rey podía ver a Amy. Su mirada se dirigió hacia el armario pero no reaccionó.

Parecía preocupado.

—¡Le ha puesto un ojo morado al príncipe Rainger! —repitió la abuela, como si las noticias fueran tan terribles que tuviera que insistir en ellas.

Amy consiguió cerrar la puerta sin hacer ruido. Se apoyó en las capas e intentó calmar el acelerado ritmo de su corazón. Allí dentro el aire estaba muy viciado, pero era mejor que la alternativa: la puerta abierta y que todos la descubrieran.

El silencio se alargó tanto que, al final, Amy volvió a acercarse al agujero para mirar por él.

El vestido azul de la abuela estaba impecable, sin ninguna arruga. El moño blanco estaba perfectamente centrado en la cabeza. Y tenía los delgados labios apretados mientras miraba a su hijo.

—¿Lo entiendes, Raimund?

—Creo que sí. Me estás diciendo que mi hija de siete años le ha dado un puñetazo… porque supongo que ha sido de un puñetazo, ¿verdad? —miró a su madre para la aclaración.

—¿Qué importancia tiene? —preguntó la abuela. Y luego dijo—. Sí. Sí, le ha dado un puñetazo.

—Que mi hija de siete años le ha dado un puñetazo al príncipe Rainger…

—¡Mi ahijado!

Los cortesanos retrocedieron, como si temieran que los fueran a incinerar.

—Sí. Ya sé quién es. Rainger es tu ahijado y el prometido de mi hija mayor. También sé que tiene dieciséis años y me estás diciendo que mi hija de siete le ha dado un puñetazo lo suficientemente fuerte como para ponerle el ojo morado —el rey Raimund se rió y se rascó la frente—. ¡Mi hija es toda una guerrera!

—¡No he venido a decírtelo para que ensalces a la niña! —la voz de la abuela sonó con frialdad.

Amy se acurrucó en el fondo del armario entre los ribetes de armiño. Se estremeció.

—No, claro que no. Y no la estoy ensalzando —el rey volvió a reírse. De hecho, fue más bien una risa socarrona—. Me preguntaba qué podemos hacer para endurecer al príncipe Rainger.

—¿Endurecerlo…? ¡Jamás!

Amy nunca había oído titubear a la abuela, y se lo estaba pasando en grande.

El rey recuperó la compostura y dejó de reír.

—Tienes mi palabra —rodeando a su madre con un brazo por el hombro, la acompañó hasta la puerta—. Me encargaré de este asunto.

Todos los caballeros presentes en la antecámara asintieron ante la palabra del rey.

—Pero Raimund —la abuela arqueó las delgadas y perfiladas cejas—, de la disciplina de las niñas siempre me he encargado yo.

—Has venido a mí con este asunto. Obviamente, quieres que lo solucione yo —dijo el rey—. Y me encargaré de ello personalmente.

«Oh, no.» Amy se apoyó en la madera. Su padre iba a encargarse del asunto, y el asunto era ella. Él jamás se había encargado de ningún asunto. Y ahora iba a… «oh, no».

Los caballeros de la antecámara guardaron silencio hasta que el criado hubo cerrado la enorme puerta detrás de la reina madre. Y entonces hablaron. Todos a la vez.

Amy no podía entender nada, pero tampoco le preocupaba. Estaba demasiado ocupada frotando la mejilla contra la seda de la capa de Navidad de su padre y oliendo el aroma a puros de la ropa. Asociaba ese aroma con los escasos momentos que había pasado con un padre cariñoso que tenía demasiadas responsabilidades y demasiado poco tiempo para sus hijas. Y ahora ella era un «asunto» para él.

Escuchó cómo lord Octavio decía:

—Señor, ¿es posible que detectara una amenaza en el emisario francés?

—Creo que podemos decir que ha sido una amenaza —suspiró el rey.

—¿Y otra del emisario español? —preguntó sir Alerio.

—Pagamos un alto precio por vivir en los Pirineos entre dos viejos enemigos —dijo el rey.

Algo en el tono de su padre hizo que Amy se acercara al agujero y espiara al grupo de hombres.

—Sin embargo, señor, no creo que España o Francia sean nuestros principales oponentes —la voz de lord Silas era muy aguda, casi femenina, pero sabía que el rey lo escuchaba con más atención que nadie.

—No —el rey permitió que sir Alerio le quitara la capa.

—Los revolucionarios… —dijo lord Octavio.

—Sí —asintió el rey—. Los revolucionarios.

—Y también están en Richarte y en Beaumontagne. ¡Se han apoderado de toda la región! —dijo lord Octavio.

—Debemos enviar al príncipe Rainger de vuelta a Richarte acompañado de una gran escolta armada —ordenó el rey.

—¡Malditos sean los franceses por prender el fuego de la revolución en Europa! ¡Malditos sean por insinuar que la vieja realeza debería dar paso a sangre nueva! —la barbilla de lord Silas tembló de indignación.

Sir Alerio se dirigió hacia el armario donde estaba escondida Amy. Horrorizada, se dio cuenta que iba a colgar la capa del rey. Ahora.

Amy se escondió entre las demás capas, en el fondo del armario, y se acurrucó, con la cabeza pegada a las rodillas.

En la antecámara, escuchó cómo se abría y se cerraba la puerta, y la voz de lord Carsten que decía:

—Mal año para no tener buenas cosechas.

—¡Estás diciendo una obviedad, Carsten! —sir Alerio abrió de par en par las puertas del armario.

El interior se llenó de luz y de aire y, a pesar de todo, Amy se asomó para comprobar si sir Alerio la había visto.

—Alguien tiene que hacerlo —respondió Carsten, algo alterado.

El rey interrumpió la incipiente discusión alzando la voz:

—Guarda la capa, Alerio, deprisa, y vuelve aquí. Tengo instrucciones para ti.

—A sus órdenes, Alteza —sir Alterio se apresuró a colgar la capa y dio un portazo tan fuerte que a Amy le silbaron los oídos.

Se relajó y despegó las piernas del pecho.

—Debemos comprar grano, tanto como sea posible —dijo el rey—. Yo saldré y hablaré con el pueblo y lo tranquilizaré pero, mientras tanto, debéis comunicarme si se producen más disturbios.

—Si así es, Alteza —dijo sir Alerio—, debería considerar enviar a su familia lejos para…

El rey lo silenció con brusquedad.

Amy levantó la cabeza. Se inclinó hacia delante y miró por el agujero. Quería escuchar lo que sir Alerio tenía que decir. Enviar a su familia lejos para… ¿qué? ¿Unos días? ¿Vacaciones?

—Ya sabéis qué hacer —dijo el rey, mientras daba por terminada la audiencia—. Y ahora, me gustaría estar solo.

Los cortesanos hicieron una reverencia y salieron de la antecámara. La impresionante puerta se cerró sin hacer apenas ruido.

El rey se acercó al antiguo trono, se sentó y se acarició el pelo castaño. Parecía cansado, como si hubiera pasado muchas noches sin dormir. Amy no lo entendía. ¿Cómo era posible que, de repente, su padre pareciera tan alicaído?

Y entonces, su amable voz dijo:

—Amy, ven aquí.

Su padre estaba mirando hacia el armario.

¿Cómo sabía que estaba ahí?

—Cuando mi padre era el rey, yo también solía esconderme ahí dentro —dijo, como si hubiera escuchado la pregunta—. Y has tenido suerte de que, cuando se ha abierto la puerta, no te haya visto nadie más que yo.

Con cautela, Amy empujó la puerta. Estiró la pierna hasta que tocó el suelo. Asomó la cabeza para ver cómo su padre la observaba muy serio, y ella le sonrió enseñándole todos los dientes. Su padre la quería. Lo sabía. Pero esperaba de ella que se comportara, no como una princesa, sino con gentileza.

Y no lo había hecho.

Y lo sabía.

Y él también lo sabía. Debía de estar muy enfadado.

Avanzó hacia él, colocando con cuidado un pie delante del otro.

Él no dijo nada.

Amy lo miró a la cara.

No parecía enfadado. Era peor que eso.

Parecía decepcionado.

—¿Alteza? ¿Papá? —dijo, con voz temblorosa.

—Ven aquí, Amy —incluso sonaba decepcionado.

«Oh, no.» Sintió un nudo en el estómago. Papá siempre había sido su salvador, pero ella jamás se había portado tan mal como ahora. Pareció tardar una eternidad en cruzar la antecámara. Cuando llegó frente al trono, se quedó de pie, con la mirada fija en las hebillas de los pantalones de montar que llevaba y esperó a que su padre le ordenara ir a cortar una rama del sauce llorón del jardín.

—Está bien, hija mía —vio las manos de su padre que la cogían por la cintura y la levantaban hasta depositarla en su regazo—. Dime qué ha pasado.

Todavía la quería. Su padre todavía la quería. Olía a tabaco y era cálido y amable. Ella apoyó la cabeza en su pecho y, con la voz ahogada por el llanto, dijo:

—Ese estúpido príncipe se lo merecía. Es un estúpido y… ¡Es un chico imbécil!

—No lo dudo pero, concretamente, ¿qué ha hecho esta vez? —su padre no le rodeó los hombros con el brazo.

Aquello también era culpa del príncipe Rainger.

—Dijo… Dijo… —Amy respiró hondo—. Dijo que maté a mamá —contuvo la respiración, a la espera de que su padre lo negara.

Pero no lo hizo.

—Dijo que está muerta por mi culpa y que debe estar muy triste cuando me mira desde el cielo y ve… —apenas podía hablar—… la niña sucia y maleducada que soy.

—Rainger no es el más adecuado para reprocharle a una niña que sea sucia y maleducada —la voz del rey tenía un tono de reproche—. A tu edad, él también era ambas cosas.

—Lo sigue siendo, ¡y malvado, también! Se cree que sólo por ser príncipe heredero de Richarte, el prometido de Sorcha y el mayor de todos, es mejor que nosotras, pero no lo es.

—En tal caso, como has sufrido el dolor provocado por su crueldad, y como eres más lista que él, no querrás imitarlo, ¿verdad?

La burbuja de satisfacción de Amy explotó. Su padre no estaba de su lado.

—Amy, es obvio que hoy no has tenido un comportamiento ejemplar —su voz era grave y muy propia del rey—. Tu abuela tiene buenas razones para querer someterte a su disciplina, y debería hacerlo.

Amy jamás lloraba cuando recibía su merecido, pero sí cuando decepcionaba a su padre.

Y ahora unas enormes lágrimas empezaron a resbalarle por las mejillas.

—Tu abuela te diría que no debes perder los nervios porque eres una princesa. Pero yo no soy tu abuela.

—¡Eres el rey!

—Sí, soy el rey, y te digo que no deberías perder los nervios porque dices cosas feas y hieres los sentimientos de los demás.

Amy apoyó la cabeza en el hombro de su padre y se sorbió la nariz.

—Sí, supongo que no debería hacerlo.

—Y también porque, si atacas a alguien más grande y más malo que tú, y hay mucha gente así en el mundo, puede que esa persona te haga mucho daño. No quiero que eso ocurra y me consideraría un negligente si no te pidiera que nunca jamás vuelvas a pegar a nadie —le acercó el pañuelo a la nariz—. Suénate.

Ella le obedeció.

—¿Por qué lloras? —le preguntó su padre.

Ella no quería saber la respuesta, pero tenía que saber la verdad. Tenía que saberlo porque, si no, no podría vivir en paz consigo misma.

—¿De verdad maté a mamá?

—Mi querida hija —su padre le echó la cabeza hacia atrás, le secó las lágrimas y le sonrió—. Tu madre murió cuando tú naciste, pero no la mataste. Murió porque te quería tanto que estaba dispuesta a arriesgarlo todo por tenerte.

Nadie le había hablado nunca de su madre. Siempre que había preguntado, sus hermanas se echaban a llorar y su abuela sellaba los labios y le decía que se callara de una vez por todas. Y Amy jamás hubiera soñado que su padre la sentaría en su regazo y le explicaría historias sobre su madre, pero ahora se vio obligada a interrumpirlo:

—¿Me quería? Pero, papá, si no llegó a conocerme.

—Sí que te conocía. Te sintió crecer en su interior durante nueve meses. Te movías dentro de ella, te alimentó a través de su cuerpo y, cuando naciste, te sostuvo en sus brazos.

—Oh. Es un honor que mi madre, la reina, me quisiera tanto —Amy volvió a recuperar la confianza. Sin embargo, cuando su padre no le contestó enseguida, volvió a desfallecer—. ¿Verdad?

—Sí, sí que lo es. Cuando alguien te quiere tanto que decide morir para que puedas vivir es un honor… y una responsabilidad.

Amy quería gritar. ¡Otra responsabilidad, no!

Sin embargo, su padre estaba muy serio. Demasiado serio.

Así que ella habló con un hilo de voz. Se sentía muy pequeña.

—Supongo que sí. ¿Qué debo hacer?

—Vivir tu vida de modo que aquel sacrificio haya valido la pena. Ser fuerte. Ayudar a los menos afortunados. Eres una chica muy lista —le dio unos golpecitos en la frente—. Utiliza esa inteligencia para hacer feliz a alguien.

—¿Tú lo haces?

—Lo hice… con tu madre. Nos queríamos tanto que utilizábamos nuestra inteligencia para hacernos felices. Hablábamos sin necesidad de palabras —cuando Amy estaba a punto de interrumpirlos para preguntarle qué quería decir, él le puso un dedo en los labios—. Compartíamos un alma. Ella sigue viviendo aquí —se puso una mano en el pecho—, en mi corazón. Y quiero esto mismo para ti. Para cada una de mis hijas.

—Puedo hacerlo —se sentó con la espalda recta—. Puedo utilizar mi inteligencia. ¿Qué más, papá?

—Y lo más importante: sé fiel a ti misma.

—De acuerdo —dudó unos segundos, y luego le preguntó—. ¿Cómo lo hago?

—Debes escuchar a tu corazón. Sigue tus instintos. Cree en lo que te digan y haz lo correcto.

—Está bien —ahora ya lo había entendido.

—A veces, ser princesa no es fácil —el rey la abrazó.

—Ya lo sé. Tengo que llevar vestidos bonitos todo el día, el pelo recogido, saludar a los niños pobres desde el carruaje, aprender buenos modales y no puedo divertirme nunca montando los caballos más grandes…

—Bueno, no es exactamente lo que yo iba a decir. Me refería a que ser princesa no es fácil pero que, siempre que vivas tu vida de modo que honres la memoria de tu madre, me sentiré orgulloso de ser tu padre.

¡Más responsabilidad! Ahora tenía que vivir una vida que valiera el sacrificio de su madre y tenía que convertirse en una persona de la que su padre se sintiera orgulloso. Sin embargo, había salido bastante bien parada…

¿O no?

—¿Cuál es mi castigo?

Su padre la miró fijamente.

—¿Qué suele hacer la abuela?

—A veces, me manda al jardín a cortar una rama del sauce y me pega con ella.

—No. Eso no voy a hacerlo —dijo, decidido.

—Me hace escribir cosas en la pizarra.

—¿Cosas?

—Cosas como: «No le pegaré al príncipe Rainger fuerte en la rodilla».

El rey se rió, aunque luego se aclaró la garganta y dijo:

—Eso no es escarmiento suficiente. ¿Sabes que, como rey, tengo acceso a aparatos de tortura y armas de guerra?

Amy abrió los ojos hasta que le dolieron. Asintió.

—Pero soy tu padre —la levantó y la dejó en el suelo—. Te quiero y no quiero hacerte daño permanente o encerrarte en el calabozo durante demasiado tiempo.

Amy tragó saliva y se rodeó el cuerpo con sus propios brazos.

Su padre se levantó. Cogió su cetro. La miró desde las alturas propias de un rey y dictó sentencia.

—Serás amable con Rainger, tus hermanas y tu abuela…

Amy contuvo la respiración, consternada.

—… durante tres días.

—¡Oh, papá! —juntó las palmas de las manos a modo de súplica—. ¡Deja que vaya a buscar una rama del sauce!

—No —dijo él, muy serio—. Tienes que ser amable con tus hermanas, tu abuela y el príncipe.

—Escribiré cien frases. No, mil.

Le pareció ver la sombra de una sonrisa en la cara de su padre.

—Serás amable con…

—Mis hermanas, mi abuela y el asqueroso de Rainger. Lo sé —arrastró los pies hasta la enorme puerta y la abrió. Se giró hacia su padre.

Él seguía de pie en la tarima que había delante del trono. Sostenía el cetro incrustado con piedras preciosas en la mano. El pelo se le rizaba alrededor de la frente y las orejas. Las patillas le llegaban hasta la mandíbula. Parecía muy regio… y muy paciente.

—Está bien, papá, seré amable —y, antes de cerrar la puerta añadió—. Pero no me gustará.

Capítulo 8

Fuera, una repentina lluvia de primavera empezó a golpear las ventanas altas. El viento agitaba los marcos de las ventanas. Los carbones de la estufa se reavivaron y desprendieron suficiente calor como para eliminar el frío del sótano. Una vela de sebo desprendía una débil luz sobre el tablero de ajedrez y cierto hedor en el ambiente. La señorita Victorine hacía sus labores junto a un pequeño farol de aceite, que también olía.

«Jermyn vio a Amy caminando hacia él, con un seductor balanceo de caderas, mientras se desprendía de su ropa. Sonreía, burlándose de él mientras se quitaba las enaguas y se quedaba únicamente cubierta por una fina camisola. A través de la seda, se le transparentaban los pezones, duros de deseo por él...»

El desagradable tono de voz de Amy lo despertó de su fantasía.

—Milord, lleva cinco minutos mirando el tablero. ¿Quiere que mueva las piezas por usted?

Él se sobresaltó igual que un niño al que descubren con las manos en el tarro de la mermelada. La destartalada silla en la que estaba sentado crujió.

—Amy, debes ser más paciente con el marqués —la reprendió la señorita Victorine—. Se ha pasado el día encadenado a la pared y seguro que debe de estar a punto de rugir como un león.

—Más bien diría como un tejón diminuto y malhumorado —susurró Amy.

Jermyn la miró desde el otro lado de la larga mesa. Estaban cada uno sentado en un extremo. Tenía una expresión de lo más contrariada y los ojos le brillaban de irritación.

Le ponía muy difícil crear una fantasía sobre ella. Deseaba que, aunque sólo fuera una vez, le diera algo con lo que poder fantasear: una mirada sugerente, una sonrisa juguetona.

—Lord Northcliff estará mejor mañana, cuando llegue el rescate y pueda ser libre —dijo la señorita Victorine con serenidad.

—¿Mañana? —por un momento, se olvidó de Amy y de su rechazo a no colaborar con sus extravagancias—. ¿Estás segura que será mañana?

—Si su tío sigue las instrucciones que le dimos, entregará el dinero mañana y usted será libre —Amy le sonrió saboreando el momento.

Le gustaba tenerlo bajo su poder. Le gustaba que los hombres reaccionaran a sus órdenes. No era delicada, ni dulce, ni bonita, que era como le gustaban a él las mujeres. Ella era lista. De lengua afilada. Era demasiado flaca, con los codos muy huesudos y unas clavículas muy delgadas en lugar de hombros rellenitos. Tenía un rostro más atractivo que bonito y Jermyn habría jurado que nunca sonreía, pero lo hacía.

Cuando miraba a la señorita Victorine, sonreía.

Puede que estuviera equivocada, que lo estaba, en sus intentos por conseguir dinero a su cuesta, pero jamás podría poner en duda el sincero afecto que sentía por aquella anciana. Como tampoco podría poner en duda, por desgracia, la impresionante pobreza de la señorita Victorine.

Miró hacia la figura rellenita que estaba sentada en la mecedora. Llevaba un tocado amarillo encima del pelo canoso. Reconoció el chal con que se cubría los hombros: de pequeño, le encantaba la forma de aquella pieza de ropa. Ahora le faltaban la mitad de los flecos, y parecía la boca de un niño al que le faltan dientes. La señora se cerró el chal de lana alrededor del cuerpo, como si tuviera frío pero, cuando él le pidió a Amy que añadiera más carbón al fuego, la señorita Victorine se abanicó la cara y dijo que no, que tenía calor. Se movió un poco y Jermyn pudo ver un moretón en su brazo del día que la había tomado como rehén pero, a pesar de todo, sus dedos se movían ágiles mientras creaba el encaje.

Un encaje que crecía tan despacio como Amy había dicho.

Puede que, aunque sólo fuera en una cosa, Amy tuviera razón. De alguna manera, era obvio que el tío Harrison había fracasado en la misión de cuidar a la señorita Victorine y aquello hizo que Jermyn se preocupara por si había fracasado en más cosas. Debería haber vigilado más de cerca la administración de sus propiedades. Quizá, si el tío Harrison, efectivamente, había tenido una actitud negligente, pudiera perdonarle a Amy el carácter tan desagradable que había demostrado… e incluso puede que también el secuestro.

«Le dio el beso de la paz y deslizó su mano por el brazo de ella, para después ascender por la falda, y besó aquellos labios que le sonreían mientras suplicaban su perdón…»

Cegado por la lujuria, movió el caballo.

—Milord, no ha prestado interés al juego y le ruego que… ¡Oh! —se inclinó hacia delante y observó el tablero fijamente—. ¡Qué inteligente! Jamás había visto un movimiento como este. Déme tiempo para pensar cómo contrarrestarlo.

¿Inteligente? ¿Había hecho algo inteligente? A lo mejor, la vida de disipación que llevaba no le había atrofiado del todo el cerebro.

Parpadeó.

¿De dónde había salido ese pensamiento?

Miró al otro lado de la mesa. ¿Acaso tenía que preguntarlo? Después de tan sólo un día, Amy ya le había llenado la cabeza de ideas. Tenía que ser su influencia. Era imposible que, durante todo ese tiempo, hubiera sido secretamente consciente de que había estado eludiendo sus responsabilidades.

—¿Cómo me liberarán? —tenía la esperanza de que hubieran trazado un plan estúpido. Así tendría la posibilidad de sentirse superior.

—Después de que la señorita Victorine y yo nos hayamos marchado… —empezó a decir Amy.

—¿Huyen? —una provocación casi camuflada.

—Sí, antes que quedarnos para que pueda ordenar que nos despellejen vivas, nos vamos —lo desafió con su sarcasmo y su lógica.

—No creo que nos hiciera despellejar vivas, querida —dijo la señorita Victorine, frunciendo la frente—. El potro de tortura ya ha quedado anticuado. Creo que lord Northcliff tendrá que contentarse con ahorcarnos.

—¿Es cierto, milord? —Amy se rió de él en su cara.

¿Quién era aquella fiera que hablaba con acento refinado aunque usaba palabras malsonantes?

Se centró en el tablero de juego. Con una mirada pícara y una voz cargada de insinuación, le soltó:

—Se me ha ocurrido que hay otras formas de matar a una mujer.

Amy se mordió el labio inferior y lo observó con inquietud, como si no lo acabara de entender.

¿Era realmente tan inocente? ¿O era la mejor actuación que él jamás había presenciado?

La señorita Victorine, la eterna solterona, seguía haciendo encaje impertérrita, haciendo nudos y estirando los cordeles.

—¿Como… la tortura? —Amy lo miraba de reojo, como si fuera una extraña y misteriosa criatura, mientras movía una pieza en el tablero.

—Hay quienes lo llaman tortura —se rió, una carcajada fuerte y breve. Sí, sentarse allí imaginando fantasías sobre una mujer inculta y con una mente criminal era una tortura—. Pero me estaba explicando cómo me liberarán.

—Ah, sí —Amy se incorporó—. No tendrá ningún problema para liberarse y volver a donde pertenece. Su casa está al otro lado del canal.

—Entonces, es cierto. Estoy en Summerwind —con el paso de las horas, había empezado a dudarlo. Las ventanas estaban demasiado altas para ver qué había al otro lado y aquella arpía podía haberlo encerrado en un sótano en cualquier otro sitio y haberle mentido como una cosaca.

Movió un peón.

—Sí señor —Amy movió el alfil—. La llave del grillete ya está en un cajón en su casa. Cuando estemos lejos, le enviaremos una nota a su tío diciéndole exactamente dónde y, en cuanto llegue aquí con ella, usted será libre.

Jermyn fingió que estudiaba el tablero mientras, de reojo, la estudiaba a ella.

Llevaba la ropa más horrenda que jamás había tenido la mala suerte de ver. Había visto dos vestidos, que sospechaba que habían sido de la señorita Victorine y que los habían arreglado para adecuarse a la talla de Amy. El trabajo de la costurera había sido excelente pero, aún así, el estilo seguía siendo anticuado y los colores habían pasado de azul y rosa a gris y blanco, respectivamente. La tela caía sin ninguna gracia sobre unas enaguas de lana, o las medias serían de lana, porque en dos ocasiones la había visto rascarse la parte trasera de la pierna con un pie y, a veces, se movía incómoda en la silla.

Debería haberse alegrado de que llevara una camisa de tejido burdo. Pero, en cambio, la idea de las enaguas de lana lo llevó a fantasear sobre qué más debía llevar, y eso le hizo especular que una mujer tan poco femenina seguro que se negaba a llevar corsé, lo que le hizo suponer que debajo de las enaguas seguramente no llevaba nada, y aquello acabó con la conclusión de que, aunque su mente la despreciaba por su masculina determinación de reparar los daños que se iba encontrando en el camino, su cuerpo reaccionaba porque reconocía que era una mujer.

—¿Mueve? —Amy dio unos golpecitos en el suelo con el pie.

Colocó la reina justo enfrente de la figura más avanzada de Amy.

—Ha sido un movimiento excesivamente estúpido, milord —el enfado de Amy era palpable—. Es un jugador mediocre o está siendo caballeroso y me está dejando ganar, y ninguna de las dos opciones me parece probable. ¿En qué está pensando?

Estaba pensando que, si fuera suya, la vestiría con las mejores telas y sedas para proteger aquella piel tan delicada... y aquello volvió a desatar sus fantasías y una incomodidad tal que, en aquel momento, hubiera pagado por dar una vuelta a caballo por la isla, por tomarse una copa con sus amigos o por un sencillo paseo bajo el sol.

Durante los dos meses que había estado en la mansión recuperándose de la herida en la pierna, se había aburrido muchísimo. No se había dado cuenta de la suerte que tenía de comer bien, de hacer ejercicio cuando quisiera y, lo más importante, de ver el sol, los árboles y el horizonte. Estaba casi loco por salir de allí y, por supuesto, lejos de la desagradable y honrada Amy, que siempre tenía que llevar la contraria.

Cuando fuera libre, la olvidaría en los brazos de otra mujer… o quizá la encontraría y le enseñaría qué le pasaba a una mujer que se atrevía a desafiar al marqués de Northcliff.

Juntó las yemas de los dedos y sonrió.

«Le desgarró el horrendo vestido y le tomó los pechos con las manos, examinando la forma y el color de sus pezones. Eran tiernos y ligeros como un melocotón… No, eran marrones y estaban duros de deseo por él…»

—Milord, pareces medio dormido —la señorita Victorine dejó el encaje y el huso encima de la mesa—. ¿Quieres que nos marchemos?

—¿Dormido? ¿A estas horas? Ni hablar. ¡Pero si no deben ser ni las nueve! —en Londres, muchas noches había estado de jarana hasta el amanecer.

—Puede que te parezca temprano, pero yo soy una anciana y necesito mis horas de sueño —la señorita Victorine se levantó.

Él también se levantó, un gesto de respeto del que no se arrepintió.

—Subiré con usted —Amy se apresuró a colocarse junto a la señorita Victorine—. Le dejaremos la vela a lord Northcliff. Así podrá leer.

Jermyn echó un vistazo a la pila de libros viejos que le habían traído. Ya los había leído todos.

—No, no. Estaré bien y no deberíamos dejar solo a nuestro invitado. Quedaos los dos y acabad la partida —sin ningún miedo aparente, la señorita Victorine se acercó a Jermyn y lo abrazó.

Amy se acercó a ellos y, cuando él le devolvió el abrazo, se detuvo. Caminó hacia el cajón donde guardaba la pistola, metió la mano dentro y miró a Jermyn con ojos amenazantes.

Él apenas podía contener su rabia. Ya había aprendido la lección aquella mañana. La señorita Victorine era frágil. Nunca más le volvería a hacer daño.

Tomándole la cara entre las manos, la señorita Victorine lo miró a los ojos.

—Me ha gustado mucho volver a tenerte de invitado. Vuelve pronto… —miró con culpabilidad a Amy—. Dios Santo, me olvidaba. No estaré aquí, pero espero que vuelvas a Summerwind con frecuencia. Al pueblo y los habitantes de la isla les hará ilusión recibir una visita del señor de estas tierras.

Jermyn volvió a mirar a Amy. Vio exactamente la expresión desdeñosa que esperaba. Sabía lo que opinaba de él. «Aburrido, indolente, sin honor ni escrúpulos…»

—Lo haré, señorita Victorine —se inclinó y le dio un beso en la arrugada mejilla.

—Mi querido niño —a la señorita Victorine le tembló la voz—. Te he echado de menos —con un último abrazo, cogió el farol y se marchó.

La oscuridad se apoderó del sótano, iluminado únicamente por la débil llama de la vela pero, a pesar de todo,

Jermyn seguía sin poder escapar a la mirada acusatoria de Amy.

—Señor de estas tierras. Usted no sabe qué es eso.

—Soy el marqués de Northcliff. Mi familia ha sido dueña de estas tierras durante cinco siglos. Mi padre me transmitió los conocimientos necesarios para ser un buen marqués —no obstante, había descuidado sus obligaciones y el desdén de esa chica dolía. Así que, con el tono más cruel que conocía, dijo—. ¿Qué te enseñó tu padre? Porque sabrás quién es, ¿no?

Amy avanzó tan deprisa hacia él que, por un momento, Jermyn pensó que podría ponerle las manos encima. Sin embargo, se detuvo a escasos centímetros del alcance de sus brazos.

—Mi padre me dijo que tenía que ser fiel a mí misma y hacer lo correcto. Me enseñó el significado del deber y el sacrificio. Yo aprendí las lecciones que mi padre me enseñó. Es una lástima que usted no hiciera lo mismo.

¡Por Dios! Lo estaba azotando con sus palabras y no le mostraba ni una pizca del respeto que alguien de su posición merecía.

—¿Acaso es mejor ser una noble venida a menos y dejar que la amargura del trabajo te envenene?

—¿Es esa su nueva teoría sobre mí? —se burló ella—. Me pregunto qué otras tonterías se inventará para explicar su reclusión aquí.

—Hay cientos de circunstancias que te podrían haber convertido en lo que eres, pero hay algo indudable. Eres una chica ridícula —utilizó un tono desdeñoso con el que esperaba que ella entendiera que lo que realmente le apetecía era describirla con otros adjetivos menos elegantes.

—La vida es un ejercicio ridículo que realizan los aburridos, los hambrientos y los desesperados. Y yo estoy aquí atrapada con usted —miró a su alrededor—. No puedo ir arriba todavía. Es un jugador de ajedrez terrible.

Ofendido, respondió:

—En realidad, soy uno de los mejores jugadores de Londres —«Cuando no juego contra una mujer. Una mujer que me hace hervir la sangre y hace aflorar todos mis instintos».

—Entonces, Londres debe ser una ciudad de tontos —su mirada fue a parar al encaje de la señorita Victorine—. El encaje lo mantendría entretenido.

—Ni... lo... sueñes —dijo, entre dientes.

Amy cogió la pequeña y complicada obra de arte y la agitó frente a él.

—Venga, milord. Piense en lo satisfactorio que sería demostrar que no tengo razón en algo.

—No soy una mujer —pero ella sí lo era. Le encantaba cómo se cubría el pecho con el chal, como si escondiéndose de su mirada pudiera protegerla de su lujuria. El movimiento fue breve y demostraba poca experiencia con los hombres... o quizá demasiada.

—No, usted es de los aburridos.

En eso tenía razón. Jermyn sabía que lo estaba provocando. Sabía que no debía ceder a sus artimañas. No obstante, era aburrido. Y lujurioso. Y estaba desesperado.

—Está bien —tomó la decisión en un momento—. Enséñame cómo se hace.

Amy se quedó de piedra, y luego lo miró con suspicacia.

—¿Qué? —él arqueó inocentemente las cejas—. Me has convencido.

—Está siendo demasiado complaciente.

—Hay gente que incluso me ve como un tipo encantador.

—Las debutantes —pronunció la palabra con desdén—. ¿Tengo razón?

—Sí.

—No les crea —le aconsejó—. Lo están agasajando. Sólo quieren que les ponga su anillo en el dedo.

Era lo que él creía, pero ella lo hacía de otra manera. De una manera despectiva. Una manera que le dejaba muy claro que no se imaginaba un instante en el que pudiera resultar encantador.

Y entonces, se le ocurrió aquella desagradable idea. Quizá nunca era encantador. Su padre jamás lo había sido.

Aunque eso era mejor que ser como su madre: encantadora, inconsecuente, veleidosa.

Se le endureció el gesto.

—No importa. Vete a la cama. Ya no soy un chiquillo. No necesito que te quedes a distraerme.

—Está bien —Amy se guardó el encaje en el bolsillo—. Además, estoy segura que es incapaz de concentrarse el tiempo suficiente como para aprender algo.

Él dio los dos pasos que lo separaban del catre mientras la maldita cadena no dejaba de tintinear. Se dejó caer encima del colchón.

—Sí, claro, porque soy un tipo muy desdeñable, irresponsable y ridículo, ¿verdad?

Ella se quedó dubitativa unos instantes, porque no entendía ese cambio de humor.

—Llévate la vela —la apremió a que se fuera con un chasquido de dedos.

Muy indignada, Amy lo dejó observando la oscuridad.

* * *

Al día siguiente, Pom estaba de pie en la soleada y animada playa mayor de Settersway en lo que realmente era el primer día de auténtica primavera. A diferencia de los pescadores del otro lado del canal, con sus puestos muy bonitos y coloridos, Pom exponía su pescado en una cesta. Ya era un habitual del lugar. Cada semana, acudía al mercado para vender su pescado y conocía el ruido, los olores, la gente… el poste junto al pozo donde cientos de papeles se agitaban al viento. Si un hombre tenía una mula que quería vender, colgaba allí el anuncio. Cuando la armada quería atrapar a un desertor, colgaba allí el cartel con la recompensa. Incluso Sarrie Proctor lo había utilizado para buscar marido y había encontrado a un hombre muy trabajador. Y los jóvenes amantes muchas veces sellaban sus cartas de amor y las dejaban en el poste para que sus amadas las encontraran.

Y fue precisamente una de esas cartas selladas la que llamó la atención de Pom. Había visto a un hombre muy refinado acercarse al poste, colgar la carta en un clavo oxidado y marcharse. Pom era alto, más alto que nadie en la plaza, así que se había pasado una hora entera mirando a su alrededor, buscando hombres sospechosos escondidos en las sombras. Hombres que capturarían a la persona que recogiera esa carta y se la llevarían.

No vio a nadie.

Al final, convencido de que el señor Harrison Edmondson no había enviado espías, Pom hizo un movimiento de cabeza hacia el párroco Smith.

El hombre terminó su conversación con la señora Fremont y se acercó al centro de la plaza. Al poste. Se quedó allí de pie un buen rato, con el viento agitándole los mechones de pelo blanco, como si estuviera observando a los vendedores y sus mercancías y, en el momento en que la plaza ya estaba a reventar, se acercó al centro. Durante unos tensos segundos, Pom lo perdió de vista. Pero luego lo vio dirigirse al puesto de la señora Showater, la panadera, donde compró un bollo. Luego se acercó al puesto donde vendían cerveza, ignorando a la gitana adivina que se encontró en el camino.

Pom fue el único que vio cómo el párroco le pasaba la carta a su mujer, Mertle, disfrazada con telas brillantes y la piel oscurecida con zumo de nuez.

Acabó de leerle la palma de la mano a una risueña niña, prometiéndole sin duda mucha riqueza y un apuesto marido. Se levantó, se guardó las monedas en el bolsillo, se aseguró de que los pañuelos le cubrían perfectamente los rizos rubios y se dirigió hacia Pom. Guiñó el ojo a todos los hombres con los que se cruzó, leyó las palmas que le ofrecieron durante el camino y, cuando llegó frente a él, lo miró de arriba abajo:

—Eres muy grande —meneó las caderas con sensualidad—. ¿Lo tienes todo del mismo tamaño?

Las mujeres de su alrededor se echaron a reír, y Pom no tuvo que fingir estar nervioso. Detestaba ser el centro de atención.

Mertle lo sabía y se rió.

Cuando la vio, Pom dio un respingo.

No sabía cómo, pero se había oscurecido un diente. Su mujer se lo estaba pasando en grande.

Le cogió la mano y la observó. Frunció el ceño, susurró palabras ininteligibles, se inclinó hacia delante de modo que los pañuelos les taparan las manos y le dio la carta. Le cubrió la mano con las suyas y retrocedió. Se giró hacia la multitud que se había reunido a su alrededor y anunció:

—Está casado con una rubia que me sacará los ojos si intento enamorarlo con un hechizo de amor.

Uno de los espectadores contuvo la respiración.

—¿Cómo lo ha sabido?

—Mi destino está en otro lugar —dijo Mertle.

—Cierto —respondió Pom—. Ve a buscarlo.

Con otra sonrisa, Mertle se alejó de la plaza.

El párroco Smith también había desaparecido, pero Pom se obligó a quedarse hasta que hubo vendido todo el pescado. Luego, corrió hacia el puerto y hacia su bote y, mientras soltaba las amarras, el párroco y su mujer, esta vez con su aspecto habitual, subieron al bote.

—Señores, ¿habéis visto algo? —preguntó Mertle.

—Nada —respondió el párroco.

—Nada —Pom cogió los remos y alejó el bote del puerto.

—Así que el señor Edmondson se ha tomado las amenazas de la señorita Rosabel en serio. Eso es bueno —el párroco Smith recogió el cabo y lo dejó en el fondo del bote.

Pom se encogió de hombros.

—¿Qué te pasa? —Mertle le acarició el brazo—. Todo ha salido de maravilla.

—Demasiado bien —Pom miró al horizonte—. Conozco al señor Harrison Edmondson. Es la persona más falsa y artera que he conocido.

—¿Qué insinúas? —Mertle también miró hacia el horizonte.

—Que esto no me gusta —dijo Pom—. Ha sido demasiado fácil.

Capítulo 9

—¡La tenemos! ¡Señorita Victorine, la tenemos! —a última hora de la tarde, Amy entró en casa corriendo con la carta del señor Harrison Edmondson en la mano.

Pom la siguió a un paso más tranquilo.

La señorita Victorine salió de la cocina, con un delantal encima del vestido, con los ojos brillantes y *Coal* pisándole los talones.

—¡Gracias a Dios! Ahora ya podemos soltar al marqués.

—Uy, sí. ¡Qué lástima! —respondió Amy, aunque apenas podía contener la alegría.

Al escuchar las palabras de Amy, la señorita Victorine la miró, un poco inquieta.

—Querida, ¿no me dirás que te parece bien retener a un marqués joven y rico?

—Le ha venido bien —Amy abrió el sobre.

—¿Cómo puedes decir eso? —preguntó la señorita Victorine.

Amy leyó la carta.

—Está… eh… aprendiendo… —sus palabras se iban apagando—… a ser paciente.

—¿Qué ocurre, querida? —a la señorita Victorine le tembló la voz.

Amy levantó la cabeza. La señorita Victorine y Pom la estaban mirando. No sabía qué decir. Cómo explicárselo.

—Será mejor que lo suelte sin más, señorita —Pom estaba allí de pie, incondicional como siempre aunque incapaz de soportar muchos más apuros económicos.

La señorita Victorine iba curvada, era frágil y todavía mostraba los moretones de la caída del primer día.

Coal estaba sentado, manteniendo perfectamente el equilibrio, mientras se lamía la barriga.

Y Amy los había metido en esto.

—El señor Harrison Edmondson dice que no pagará el rescate. Dice… Dice que lo siente pero que tendremos que matar a lord Northcliff.

—No lo entiendo. Debe de creer que no lo mataremos —Amy estaba sentada en la mesa de la cocina mientras se masajeaba la frente con las manos.

La señorita Victorine arrugó la frente, confundida.

—Bueno… no lo haremos.

—¡Pero él no tiene que saberlo! —Amy quería estar indignada pero, en lugar de eso, estaba estupefacta—. No sabe que somos dos mujeres con un plan desesperado. Por lo que sabe, somos una banda de criminales muy crueles. Somos asesinos. Incluso si pagara el rescate, podríamos no cumplir el trato y matar a lord Northcliff.

—Jamás mataríamos a nadie.

—Yo no estaría tan segura. A un tipo tan detestable como lord Northcliff… —ante la cara de pavor de la señorita Victorine, Amy rectificó—. Está bien, jamás mataríamos a nadie —aunque cuando se estiraba en el catre en plan dios romano o cuando le hablaba con tono déspota como si fuera una mujerzuela del pueblo, a ella le parecía que el asesinato todavía era poco para él—. ¡Pero el señor Harrison Edmondson no lo sabe!

—No deja de repetirlo, señorita —Pom estaba en el umbral de la puerta, con los brazos cruzados sobre su impresionante pecho—. Y, sin embargo, el señor Edmondson es un traidor de la peor calaña. Quizás cree que sí que matará a su sobrino y no le importa.

Amy levantó la cabeza y miró a Pom. El mundo entero se había vuelto loco, y Pom el primero.

—¡Pom, eso es horrible! —la señorita Victorine parecía sorprendida—. A mí tampoco me gusta Harrison, pero no es un asesino.

—No, señorita Victorine. En este caso, el asesino no sería él —señaló Pom con estoicismo—. Si no es así, ¿por qué iba a negarse a pagar el rescate?

—Hemos pedido demasiado —la señorita Victorine pensó lo que acababa de decir y, al final, asintió satisfecha—. El pobre, debe estar devastado ante la idea de que maten a su sobrino porque él no pueda reunir tanto dinero.

—¡Pero si es rico! ¡La fábrica produce metros y metros de encaje! —Amy dio un golpe en la mesa—. ¡Y con su diseño!

—Querida, tú no entiendes de economía —dijo la señorita Victorine—. Cuando se empieza un negocio, se necesita dinero para pagar las máquinas y la construcción del edificio. Posiblemente, Harrison haya invertido ahí su dinero.

—¿Cómo sabe todo eso? —preguntó Amy.

—Mi familia no siempre fue pobre —asintió, sabiamente, la señorita Victorine.

—La mía tampoco —dijo Amy—, pero jamás tuvimos que encargarnos de la economía personalmente.

—¿Tenías administrador? —los ojos de la señorita Victorine se iluminaron como siempre que fantaseaba con el romántico pasado de Amy—. ¡Qué tontería! Claro que tenías administrador. Y chamberlán. Y primer ministro…

Desde el sótano, se escuchó el gruñido de un hombre.

—Amy, te estoy oyendo hablar. ¡Si has vuelto, ya puedes soltarme!

—Dios mío —Amy estaba desesperada—. ¿Qué vamos a decirle?

—¿Vamos? —la señorita Victorine abrió los ojos con ingenuidad.

—Bueno, supongo que me lo merezco —cuando Northcliff volvió a gritar, Amy miró hacia las escaleras—. ¿Qué voy a decirle?

—¿Que vamos a soltarlo de todos modos? —sugirió la señorita Victorine.

—No sea tonta. ¡No podemos rendirnos ahora! Sabe lo que hemos hecho y, sin dinero, no podemos huir —se levantó—. No. Deje que yo me encargue de todo —se dirigió hacia las escaleras.

—Señorita. Quizá quiera apaciguar a la bestia —Pom señaló con la cabeza la bandeja que la señorita Victorine había preparado para bajarle el té a lord Northcliff.

—¿Por qué iba a tratar de congraciarme con ese hombre? Está a nuestra merced —pero la rebeldía de Amy no encontró apoyo entre aquellas paredes. Arrastró los pies, a la fuerza, mientras se acercaba a la tetera. Sirvió una taza de té, le echó un terrón de azúcar y un poco de leche. Dejó la mitad de los bollos en otro plato para la señorita Victorine y Pom y recolocó los que quedaban en la bandeja. Colocó la carta del señor Edmondson debajo del plato.

Los bramidos de impaciencia que venían del sótano eran cada vez más insistentes.

Cogió la bandeja y se dirigió hacia las escaleras mientras deseaba con todas su fuerzas no tener que enfrentarse a lord Northcliff e intentar explicarle lo que había sucedido.

Coal bajó las escaleras tras ella.

En cuanto el primer escalón crujió, los bramidos se detuvieron. Notaba la mirada de Northcliff clavada en ella, atento a cada uno de sus movimientos. Ella estaba concentrada en la tetera, decidida a no derramar ni una gota. Decidida a no mirarlo.

Cuando dejó la bandeja al otro lado de la mesa, él dijo:

—Eres la imagen perfecta de la domesticidad. Una cofia y un delantal blanco completarían la ilusión.

Ante el tono sarcástico de su voz, la mirada de Amy se cruzó con la suya.

Y lo supo. No sabía cómo, pero lo supo.

Ella miró hacia la escalera.

—Te estarás preguntando si he oído lo que habéis estado hablando en la cocina, ¿verdad? Pues no. Pero cuando te veo bajar aquí con una bandeja de té conciliador y esa expresión en la cara —el tono de voz era cada vez más alto—, sé que algo ha salido mal.

El gato se escondió en una esquina, vigilando atentamente a los humanos.

A Amy se le tensó la espalda.

—Pero usted no puede hacer nada al respecto. Es nuestro prisionero —no obstante, le acercó la bandeja cerciorándose de que quedaba lejos de su alcance.

—Sí, es cierto, y ya empiezo a estar cansado de esta situación —tenía un corte en la barbilla, la evidencia de que sus manos eran inexpertas a la hora de coger una cuchilla—. ¿Cuándo me soltaréis?

—Cómase un bollo. Están hechos esta misma mañana en la mejor panadería de Settersway.

—No quiero ningún bollo —dejaba entrever su enfado entre las palabras—. ¡Quiero marcharme!

—Todavía no puede ser —se apoyó en el brazo de la silla, como queriendo dar una imagen de total normalidad, como si respirara sin dificultad—. Al menos, beba un poco de té mientras está caliente.

Él lo ignoraba todo menos lo que ella quería que ignorara.

—¿Por qué no puedes soltarme?

—Porque su tío se ha negado a pagar el rescate.

—¿Qué?

La violencia de su exclamación estuvo a punto de hacerla caer de la silla.

—Que su tío se ha…

—Ya te he oído. ¿Esperas que me lo crea?

—¿Por qué iba a mentirle? —la rabia empezó a correr por las venas de Amy… así como una pizca de alegría. Por alguna vergonzosa razón, le encantaba tener allí a lord Northcliff quejándose y refunfuñando. Verlo presa de la rabia hacía que el corazón le diera un vuelco. Que se le estremeciera la piel. Aquella extraña y vergonzosa sensación no era algo que le gustara admitir, ni algo que comprendiera, pero vivía en ella y ella, en la sensación. En él—. ¿Acaso se ha creído que quiero retenerlo aquí, con lo grosero que ha sido?

—Supongo que lo habrás disfrutado… tener el destino de un marqués en tus insignificantes manos. Me has usado como cabeza de turco por todos los hombres que te han tratado mal y no te han demostrado el respeto que crees que mereces —caminó hasta que la cadena no dio para más, flexionando y tensando los músculos como un tigre al acecho. Igual que los de *Coal* que iba de debajo de un mueble a debajo de otro, observándolos con cuidado—. No sé quién eres, pero, lady Desdén, este plan tuyo estaba destinado a fracasar desde el principio.

—¿Cree que es un fracaso? ¿O que le estoy mintiendo sobre el rescate para retenerlo aquí más tiempo? —le dio la opción de escoger—. Porque las dos cosas a la vez no pueden ser. Su tío se niega a pagar el rescate porque no puede reunir el dinero…

—¡Eso es absurdo!

—O esto es un juego donde estamos implicados sólo usted y yo y mi enorme placer por verlo ahí encadenado…

—¿Lo niegas?

—¡No, no lo niego! —ella también se levantó—. Se merece que lo escarmienten hasta que aprenda buenos modales, aunque supongo que ahora ya es un poco tarde para eso. Pero, si la segunda opción es la cierta, si sólo lo estoy reteniendo para atormentarlo, ¿dónde termina el juego, milord? ¿Cuándo digo: «Ya he terminado» y me marcho? Porque, por si no se ha fijado, hemos agotado nuestros últimos ahorros para ofrecerle comidas decentes.

—¿Llamas a esto comida decente? —con un movimiento airado con el brazo, tiró todo lo que había en la bandeja. La taza y el plato de porcelana se partieron en mil pedazos cuando cayeron al suelo, igual que los bollos, que quedaron rebozados de tierra. La carta salió volando hasta el suelo.

Coal maulló y salió disparado hacia las escaleras.

Cuando vio toda la porcelana rota, Amy perdió los nervios del todo.

—Aunque la señorita Victorine apenas pudiera permitirse la harina blanca, la carne o los huevos, ha comprado lo mejor para usted.

—¿Tú qué me hubieras dado? ¿Gachas?

—Pues es el plato más normal en la isla.

—¡Pero es que yo no soy normal!

—Claro que no. Los pescadores y los granjeros normales trabajan. Crean. Pagan impuestos. Y usted ha ignorado sus responsabilidades y se ha convertido en un grano en el aristocrático trasero de Inglaterra —estaba gritando.

Pero él no. A cada palabra, su voz era más fría y susurrada.

—Eres una malhablada, jovencita. Las señoras no utilizan ese lenguaje y mucho menos les hablan así a sus superiores.

—Yo jamás le hablaría así a mis superiores —Amy apretó los puños y la rabia hizo que sus ojos adquirieran el color del océano agitado por una tormenta.

Era magnífica, y Jermyn quería tomarla por los brazos y sacudirla. Y besarla. Y hacerla suya. Y enseñarle qué era la impotencia a la que ella lo había sometido.

Un grito roto desde lo alto de las escaleras lo distrajo.

—¡Niños, niños! —la señorita Victorine estaba de pie, agitando las manos, mientras su mirada viajaba de Northcliff a Amy y a su querida porcelana hecha añicos—. ¿Qué hacéis? ¿Qué habéis hecho?

—¡Es un estúpido egoísta, engreído y arrogante que se merece que lo dejemos morir de hambre y, en lo que a mí respecta, puede coger esos bollos sucios y comérselos a oscuras y congelado. Y espero que se atragante con ellos —dio media vuelta y subió corriendo las escaleras.

Jermyn la siguió con la mirada, furioso de que le hubiera hecho perder los nervios.

Porque no tenía otra cosa que hacer que leer. Porque estaba aburrido. Porque… sus manos ansiaban tocarla. Había visto a mujeres mucho más hermosas, había bailado con ellas e incluso, si eran mujeres de vida fácil, se había acostado con ellas. Pero jamás había conocido a ninguna mujer que lo desafiara como lo hacía Amy Rosabel. Le brillaban los ojos cuando lo miraba, su afilada lengua le desgarraba el carácter y, a pesar de todo, la manera cómo se movía le ponía el corazón en la garganta… y hacía que otras partes de su cuerpo también despertaran.

Podía culpar a la reclusión por aquella locura pero ya la primera vez que la había visto, cuando lo había drogado, se había estremecido. Aunque, por supuesto, la había olvidado en seguida; un señor no se consuela con las criadas. Pero descubrir que no era su criada había liberado su deseo y ser la víctima de sus desafíos le había llamado la atención. Cuando no la veía, pensaba en ella. ¿Quién era? ¿Por qué era tan irritable? Cuando estaba con él y le hablaba de aquella manera, lo hacía sentirse más vivo que en toda su vida. La lujuria lo tenía medio loco. Quizás estaba loco del todo por querer a una mujer tan difícil como Amy. De hecho, estaba seguro de que había perdido totalmente la cabeza.

—Esa mujer saca lo peor de mí.

—Ya lo sé. Los dos sois…

Jermyn escuchó el sonido de la voz temblorosa de la señorita Victorine. Casi se había olvidado de que estaba allí.

—No debería haberla dejado ba… bajar sola. Y menos con tan ma… malas noticias.

Horrorizado, Jermyn se dio cuenta que la señorita Victorine estaba llorando e intentando, muy valientemente, ocultarlo.

—Es una chica muy dulce, de verdad, y tú... tú eres un chico en... encantador, pero s... sois como el agua y el aceite.

—Y, de algún modo, el aceite sigue prendiendo fuego —Jermyn mantuvo el tono prosaico mientras ella cruzaba el sótano con dificultad.

Poco a poco, en un doloroso gesto, se agachó junto a la porcelana rota.

—Sí, exacto. Un símil muy adecuado, milord —acarició la taza rota igual que una madre acariciaría a un hijo herido, con suavidad y con dedos delicados y temblorosos.

En la ceguera de la rabia, un frío dedo de culpabilidad le tocó el corazón. De repente, se dio cuenta de que casi toda la vajilla del servicio de té estaba rota y que la señorita Victorine la trataba con mucho cuidado, como si tuviera que durar para toda la vida. O como si cada pieza guardara generaciones de recuerdos.

—Permítame que la ayude —la cadena del grillete era lo suficientemente larga como para llegar hasta allí.

Cuando se acercó, ella se estremeció.

Y Jermyn recordó que la había amenazado con un cuchillo. También la había tirado al suelo, con la mejor de las intenciones, pero enseguida había visto los moretones en su delicada piel y cómo cojeaba.

—Milord, por favor, déjame que recoja yo los trozos —y así lo hizo.

Jermyn la observó, con las manos caídas. Jamás se había visto como un inútil total, pero ahora sí se sentía como tal. Cuando Amy se lo había dicho, él había rechazado la idea con desdén. Pero ahora se preguntaba: cuando un hombre se comportaba como un niño consentido y echaba la culpa de eso a otro, ¿no es, en realidad, un niño consentido?

La señorita Victorine se acercó la bandeja de peltre. Le dio la carta a Jermyn.

Él la miró. Era la letra del tío Harrison.

Se la guardó en el bolsillo.

La señorita Victorine recogió los bollos y los limpió un poco.

—Me llevaré estos arriba. Te bajaré los limpios y otra taza de té.

Y ella se comería los sucios.

Jermyn se inclinó hacia delante y cogió dos bollos.

—No. Ya me los comeré yo.

—¡No! Querido, eres el mar... marqués de Northcliff —una gran lágrima le resbaló por la mejilla y cayó al suelo—. Deberías co... comer carne y fresas, no bo... bollos sucios.

—Una de las cosas que más he disfrutado durante mi estancia aquí ha sido la comida sencilla —dio un buen mordisco a uno de los bollos y descubrió que no lo había limpiado del todo. Las piedrecitas le crujieron entre los dientes. Agradecido, ignoró la arenilla e intentó agasajar a la cocinera—. He echado de menos su comida, señorita Victorine.

Ella se sorbió la nariz y se secó los ojos con el pañuelo.

—Le dije a Amy que eras un buen chico. Se lo dije.

Jermyn masticó y sonrió con todo su encanto. Sin embargo, vio que la señorita Victorine no estaba más tranquila y se dio cuenta que su encanto resultaba oxidado, como algo a lo que recurría con excesiva frecuencia.

—Señorita Victorine.

Ella levantó la mirada pero, en sus ojos, Jermyn no vio ni rastro de locura ni senilidad. En cambio, vio una soledad y una tristeza tan profundas que se preguntó cómo era que no se había dado cuenta antes.

—Señorita Victorine —le colocó la mano debajo del brazo y la ayudó a levantarse—. Esta noche debería bajar aquí sus utensilios y enseñarme a hacer encaje.

—No te interesa el encaje —bajó la mirada hasta la taza rota y le tembló el labio inferior.

—Seguramente no, pero su compañía sí que me interesa. Aquí abajo estoy muy solo, señorita Victorine y, por lo que parece, voy a quedarme unos cuantos días más —sacó su encanto del fondo de su arrugado y egoísta corazón—. ¿Querrá acompañarme por las noches?

La señorita Victorine se animó un poco, aunque luego volvió a quedarse callada y triste.

—¿Qué ocurre? —preguntó él.

En un tono suave y decepcionado, ella preguntó:

—¿Y qué me dices de Amy?

—Ella también puede bajar —y si le hacía hervir la sangre, sería educado.

Por la señorita Victorine.

—Muy bien —Jermyn se peleaba con el artefacto del tamaño de la palma de la mano y con el ovillo y los abalorios. Sus dedos eran demasiado grandes. Demasiado torpes. Rompía los hilos. Y si cualquiera de sus amigos de Londres lo viera, sentado en el sótano con dos mujeres, un gato y haciendo encaje, se reiría tanto que Jermyn temería por la pulcritud de su ropa interior—. ¿Qué piensas hacer ahora?

—¿Se refiere a usted? —Amy señaló el encaje—. Se ha saltado un punto.

—No es verdad.

—Sí que lo es.

—Déjame ver —la señorita Victorine se colocó las gafas encima de la nariz, se acercó a la luz, sostuvo el encaje en alto y entrecerró los ojos.

Ante aquel despliegue de gestos, Jermyn sonrió.

—Señorita Victorine, necesita unas gafas nuevas.

—Sí, querido, seguramente tienes razón. Ahí está —señaló el encaje—. Deshazlo hasta aquí y empieza de nuevo.

—¿Lo ve? —murmuró Amy entre dientes.

Él gruñó, lo deshizo y volvió a empezar el penoso proceso de hacer encaje.

Aquella noche, los dos se estaban mostrando de lo más civilizados: hablaban en un tono amable, educado y evitaban mirarse. Para él era más fácil no mirarla, así podía controlar mejor la lujuria y la rabia.

—No puede comprarse unas gafas nuevas —dijo Amy—. Es algo que compraremos cuando tengamos el dinero del rescate.

—El tío Harrison no va a pagar el rescate —Jermyn apenas podía contener su irritación—. ¿Recuerdas?

—Hoy le he escrito otra carta al señor Edmondson y he reducido la cantidad —Amy sonrió como si confiara a ciegas en su estrategia—. Ahora sí que lo pagará.

—¿Has reducido la cantidad? —incrédulo, Jermyn repitió—. ¿Has reducido la cantidad?

—Eso he dicho —Amy seguía haciendo encaje a gran velocidad—. Hace unas horas, he llevado la carta a su casa y la he dejado en un lugar donde el mayordomo seguro que la encontraría. Más tarde, vi a un mensajero que salía hacia el domicilio del señor Edmondson…

—¿Has reducido la cantidad? ¿Como si yo fuera un sombrero que uno quiere tirar? ¿O un viejo perro de caza? ¿O un pañuelo manchado?

—Prefiero lo del perro viejo —dijo Amy, con descaro.

Él se encabritó, dispuesto a responderle.

—¡Amy! —la regañó la señorita Victorine—. ¡Me lo has prometido!

—Lo siento —susurró la chica.

—Un sombrero no, milord —la señorita Victorine cambió de posición al gato en su regazo—. Nada tan intrascendente. Hemos ajustado nuestra petición para que Harrison pueda reunir el dinero.

—El tío Harrison no tiene ninguna necesidad de reunir el dinero —respondió con desdén Jermyn—. Lo autoricé para que administrara la fortuna la familia.

—Creemos que lo ha invertido en las fábricas y anda un poco escaso de fondos —dijo Amy, en un tono muy neutro que significaba que había recuperado el control.

—¡Eso es absurdo! —respondió Jermyn.

—Entonces, ¿por qué no ha pagado el rescate? —preguntó Amy, en un tono muy dulce y razonable.

Jermyn no tenía la respuesta. Había leído la carta. No entendía el tono de su tío o su rotunda negativa a ceder a las amenazas de muerte hacia su sobrino.

Jermyn se empezó a preguntar si entendía algo.

—No se preocupe, milord —Amy le ofreció su falso consuelo—. En tres días, podrá marcharse.

Capítulo 10

Harrison Edmondson le dijo al mensajero que se retirara y abrió la segunda nota con impaciencia. La leyó y su alegría se fue extinguiendo como una llama.

—¿Por qué siempre estoy rodeado de ineptos? ¿Por qué cuesta tanto cometer un sencillo asesinato? —sacó una hoja en blanco, mojó la pluma en el bote de tinta y escribió una respuesta diseñada para enfurecer a los captores de su sobrino.

Esta vez, sería mejor que acabaran lo que habían empezado.

Amy leyó la nota y bajó los brazos, desesperada.

—No pagará el rescate.

Como si fuera exactamente lo que estaba esperando, Pom asintió y dijo:

—Tengo que ir a la taberna —se puso el gorro y el abrigo mojado—. Mi mujer trabaja allí y tengo que ir a cenar —salió de la cocina de la señorita Victorine y se perdió en una noche llena de niebla gris y nubes bajas.

Amy lo siguió con la mirada. El pobre había aceptado las noticias estoicamente, mientras que ella quería gritar y dar un puñetazo en la mesa. ¿En qué estaba pensando el señor

Edmondson? Jamás se hubiera imaginado que fuera posible una indiferencia tan cruel hacia el destino de un hombre que, en realidad, era un importante miembro de la sociedad… ¡y sobrino del propio señor Edmondson!

—¿Qué vamos a hacer ahora?

—Soltarlo —la señorita Victorine estaba sentada frente a la pulida mesa de la cocina, con las manos en el regazo. Al parecer, aquella nueva negativa tampoco la había sorprendido.

A decir verdad, Amy tampoco estaba excesivamente estupefacta. La primera vez sí que se había quedado muy sorprendida. Pero se había pasado los últimos tres días temiendo que llegara ese momento, y ahora veía que la única salida era seguir adelante. Con una voz demasiado alta, dijo:

—¡No soltaremos a lord Northcliff! —luego, moderó el tono—. No podemos. Nos colgará.

—A mí no me colgaría —la señorita Victorine parecía muy segura.

—Pero a mí sí —Amy estaba igual de segura.

De la puerta del sótano llego la voz de Northcliff que, en un tono falsamente razonable, dijo:

—Señorita Amy, ¿puedo hablar contigo un segundo?

—¿Cómo lo hace? —estalló Amy—. ¿Cómo sabe que estoy aquí y que tengo noticias?

—Me dijo que lo sabe por el crujir de los tablones del suelo —la señorita Victorine se levantó, cogió a *Coal* en brazos y dijo—. Es la hora de la siesta. Despiértanos cuando hayáis terminado —con eso, le estaba diciendo que ya que ella los había metido en eso, ahora le tocaba a ella tratar con el rebelde marqués del sótano.

A Amy le parecía justo, pero no le gustaba.

—Se lo diré —dijo, doblando la carta—. Pero esta vez no le bajaré ninguna bandeja.

—Será mejor. No me quedan muchos juegos de té —la señorita Victorine se marchó a su habitación como si no tuviera ninguna preocupación en el mundo.

Amy se levantó. Se sacudió las arrugas del vestido y se colocó bien el corpiño para asegurarse que la mirada de lord Northcliff no fuera a parar a su escote.

Obvia decir que no vestía de manera indecente. Llevaba uno de los vestidos viejos de la señorita Victorine; sin embargo, incluso el vestido más discreto podía desbocarse y mostrar más de lo que ella quería. Cogió el chal, se lo echó por encima de los hombros y se lo anudó a la cintura. Durante los dos últimos días, se había acostumbrado a hacerlo porque, aunque Northcliff y ella ya no habían mantenido más conversaciones inadecuadas y el marqués se había guardado sus licenciosas opiniones para él, todavía se sentía… insegura ante su presencia. Había algo en él que la hacía mostrarse… precavida.

Inquieta.

No podía dormir.

Ni respirar.

Ya no le hablaba de su deseo pero una especie de conmovedora intuición femenina le decía que seguía sintiéndolo y, casi a regañadientes, debía admitir que ella también se sentía algo extraña. Como si estuviera sufriendo una indigestión. A menudo se descubría observándolo de reojo y, también a menudo, lo descubría a él observándola. Cuando Jermyn le hablaba, su tono de voz hacía que quisiera estremecerse y sonreír como una chica coqueta. Todo era muy extraño, y odiaba sentirse extraña. Odiaba sentir cualquier cosa… hacia él.

La primera vez que lo había visto, sólo había querido secuestrarlo, conseguir el rescate y marcharse con la señorita Victorine. Sólo pensaba en él como en una criatura asquerosa y miserable que únicamente era el medio para conseguir un fin.

Y ahora parecía que lo único que podía hacer era pensar en él.

No se lo podía sacar de la cabeza.

Y, cuando lo hacía, temía no poder olvidarlo nunca.

La vida era tan sencilla antes de conocer a Jermyn Edmondson, marqués de Northcliff.

La última vez que había recibido una negativa a la petición de rescate, había bajado al sótano con temor.

Esta vez bajó desafiante. Northcliff estaba sentado con la espalda apoyada en dos almohadas, fingiendo que leía un libro, pero Amy lo sabía, notaba que toda su atención estaba centrada en ella. Se detuvo al otro de la larga mesa y, agitando el dedo índice, le dijo:

—¡Lord Northcliff! ¿Tan mal sobrino ha sido que a su tío no le importa si vive o muere?

Northcliff la miró. Amy fue incapaz de saber lo que estaba pensando a partir de su expresión o de sus ojos. En realidad, parecía increíblemente relajado.

—Jermyn —dijo.

—¿Qué? —¿de qué estaba hablando?

—Me llamo Jermyn —dejó el libro en un extremo de la mesa—. Y me gustaría mucho que me llamaras por mi nombre.

Amy no se esperaba esa respuesta, y lo inesperado la ponía nerviosa. Él sabía que hoy era el día que tenían que recibir noticias del señor Edmondson. Debería haberle preguntado por eso. Y no. En lugar de eso, ¿quería entablar conversación?

Se acercó un poco a él, observándolo y preguntándose si tantos días de inactividad le estaban pasando factura a su ingenio.

—Milord, su nombre no me interesa en lo más mínimo.

—¿De verdad? Pues es gracioso, lady Desdén, porque a mí el tuyo me interesa muchísimo —se dejó caer sobre las mantas, con la mata de pelo pelirrojo enmarañada—. ¿Podría saberlo?

—Ya lo sabe —¿a qué se debía ese repentino interés que demostraba por identificarla?

¿Acaso había descubierto el secreto de su pasado?

No. Era imposible. Llevaba seis días allí encerrado. No tenía ningún modo de descubrirlo.

Amy miró hacia las escaleras.

A menos que la señorita Victorine hubiera dicho algo. Pero le había prometido que sería discreta, y Amy confiaba en ella.

—Tu apellido verdadero, por favor —le dijo, muy seco, como un hombre que esperaba que le obedecieran.

—No —cielos, no.

—¿De qué tienes miedo?

¿Qué de qué tenía miedo? Tenía miedo de volver a Beaumontagne a una vida de decoro sofocante y un matrimonio acordado. Tenía miedo de recibir la bala de un asesino. Tenía miedo de tener que dejar a la señorita Victorine por su propia seguridad.

En un extraño modo, tenía miedo de Jermyn y de la influencia que ejercía sobre ella, porque hacía que quisiera cosas que jamás había querido.

—Milord, no tengo miedo de nada —sonrió para disimular la mentira—. Tengo noticias sobre su situación. ¿Quiere que continúe?

—Sí —agitó una mano con negligencia—. Continúa, te lo ruego —estaba encadenado a una pared de un sótano de una casa de Summerwind. Tenía toda la ropa arrugada y sucia. En la mandíbula, aquel hueso desenfadado y decidido, lucía una barba desaliñada. Y, a pesar de todo, conseguía desprender un aire de autoridad noble que ensombrecía el lastimoso contexto y la innoble situación. ¿Cómo lo hacía?

¿Y por qué la impresionaba tanto?

—Su tío se ha vuelto a negar a pagar el rescate.

—¿Cómo pudiste imaginarte que una niña estúpida como tú podría chantajear al marqués de Edmondson o a su administrador y salir airosa de la situación?

Antes aquel tono condescendiente, Amy liberó su hostilidad.

—Mi plan era muy bueno. Los que están mal de la cabeza son su tío y usted. ¿Y cómo se atreve a llamarme «niña estúpida»?

—Eres una niña estúpida. No tienes ni idea de las fuerzas que has desatado —sonrió con tanta confianza que a Amy le vinieron ganas de darle una bofetada—. Acércate un poco más y te lo demostraré.

Era típico de él dirigir la discusión hacia la tensión sexual que existía entre ellos.

—Es un sinvergüenza. Desconfía de las mujeres.

—¿Por qué iba a desconfiar de las mujeres? —dijo, con una expresión desdeñosa típica de un hombre al que habían criado para mostrar desdén—. ¿Porque me secuestran y me encierran?

Ella le restó importancia agitando una mano.

—Eso lo he hecho yo. Y no soy la típica señorita inglesa bien educada, así que ponerme de ejemplo es evitar la pregunta... con lo que la respuesta resulta obvia. No le gustan las mujeres.

—Un hombre que utiliza a las mujeres como compañía se expone a la angustia.

—¿Angustia? —no tenía ni idea de a qué obedecía ese frío comentario.

—Los hombres y las mujeres son distintos. Las mujeres sois criaturas descuidadas, brillantes y preciosas que fueron creadas para romper el corazón de los hombres. En el mundo femenino... —meneó la cabeza y el gesto de desdén se transformó en una penosa y abierta sonrisa... para sí mismo—. Jamás he entrado en ningún mundo femenino, así que desconozco el color de vuestro cielo pero sí sé que, para una mujer, ningún voto es eterno.

—No le entiendo —entendía que habían pasado de la pelea fácil a algo más. Algo angustioso. Algo personal.

Se inclinó hacia ella.

—De pequeña, ¿tu madre te decía que te quería?

—Mi madre murió al darme a luz.

—Mejor para ti —volvió a dejarse caer encima de las almohadas.

Boquiabierta, Amy dijo:

—Milord, eso ha sido cruel.

—No, créeme, es la verdad. No te das cuenta de la suerte que has tenido y, seguramente, eso explica por qué eres tan inteligente, atrevida e interesante... tan distinta a las demás mujeres.

—No me siento halagada.

—Pues deberías. Puede que seas una salvaje y muy directa pero sé que cuando hables, independientemente de lo mucho que me disguste, me dirás la verdad. Te veo con la señorita Victorine y sé que, cuando entregas tu lealtad, es para siempre.

—Supongo que sí —ella retrocedió un poco.

Jermyn parecía medio loco, como si hablase en estado febril, y la observaba con ojos con destellos dorados de la intensidad.

—¿Sabes que mi madre solía cogerme, sentarme en su regazo y decirme que me quería? Cada noche me acostaba con un cuento distinto y, cada día, me despertaba con un beso. Siempre se aseguró que fuera feliz, estuviera protegido y fuera libre.

—Parece encantadora —aunque el tono de Jermyn le decía otra cosa.

—Lo era. La criatura más preciosa que jamás haya visto. La única mujer que mi padre quiso. Algunos la llamaban extranjera (era italiana, de una familia pobre; una alocada decisión de mi padre en uno de sus viajes), pero encandiló a todo el mundo con su pelo color caoba, sus ojos marrones y su sonrisa vibrante. Era muy amable, una madre deliciosa y estaba muy enamorada de mi padre. Las demás mujeres llevaban colores apagados, pero ella no. Vestía de rojo, unas tonalidades tan intensas que cualquier otra mujer hubiera parecido enferma y pálida. Organizaba las fiestas más maravillosas y, en una de ellas, escuché a un grupo de mujeres chismorreando. Dijeron que montaba un castrado demasiado grande y veloz para ella, que le gustaba exhibirse. También dijeron que la manera cómo vestía indicaba una mente ligera y una disposición inmoral. Yo tenía siete años. No entendía qué significaba eso, pero sabía que no me gustaba su tono, así que entré en el salón y las ataqué. A una vieja arrugada, le di una patada en la pierna —la intensidad de Northcliff se iba apoderando de Amy igual que la luz del día—. Cuando le expliqué a mi padre lo que había pasado, se rió y me dio un beso en la cabeza.

—Mejor para usted —le gustaba la idea del travieso Jermyn y la encarnizada defensa de su madre.

—Fue la última vez que lo escuche reír —confesó Northcliff, rotundo—. La última vez que de él salió algo más que afecto formal.

De alguna forma, durante aquella conversación, los dos se habían adentrado en algo más que la áspera conversación que había caracterizado sus otros encuentros hasta ahora. ¿O acaso había sido un cambio más paulatino, a través de seis días de obligada intimidad y de noches leyendo, haciendo encaje o hablando en un sótano escasamente iluminado?

¿Qué le había dicho la señorita Victorine acerca de lady Northcliff? «La perdimos cuando Jermyn solamente tenía siete años.»

Sin embargo, ahora que estaba frente a aquel hombre de mirada impenetrable, Amy sospechaba que la señorita Victorine se había ahorrado las extrañas explicaciones y los dolorosos recuerdos.

—Milord, ¿qué le sucedió a su madre?

—Cuando yo tenía siete años, se fugó con uno de nuestros administradores.

—¿Qué? —Amy agitó la cabeza con incredulidad—. Pero si ha dicho que era amable y una madre muy cariñosa y que estaba enamorada de su marido.

—Al parecer, el cariño infantil me tenía cegado.

—No me lo creo. Es imposible que estuviera tan equivocado.

—¿No? Pues, de todos modos, desapareció —el tono apático de Northcliff camuflaba el dolor, pero no podía ocultar la crudeza reflejada en sus ojos—. No he vuelto a saber de ella nunca más.

—¡No le creo! —Amy no podía soportar que la idílica historia de la preciosa, amable y devota madre terminara de aquella manera.

—Aquel día, mis padres se pelearon. Jamás les había oído alzar la voz, pero aquel día lo hicieron. No podía escuchar lo que decían, porque estaba al otro lado de la puerta, pero mi padre estaba muy enfadado y se mostraba frío y cortante, y mi madre hablaba acaloradamente, con fiereza y discutiendo como si toda su existencia dependiera de ganar aquella pelea... lo siguiente que supe fue que había cogido su caballo y que se había dirigido hacia el puerto —Northcliff relataba la historia con un tono suave, sin acabar de entender por qué le estaba explicando todo aquello a Amy. Si se quedaba por esas tierras el tiempo suficiente, igualmente se habría acabado enterando, aunque le sorprendía que todavía no la supiera, pero lo extraño es que Jermyn nunca le había revelado sus auténticos sentimientos a nadie. ¿Qué tenía esa chica que lo hacía hablar sin parar?—. Nuestro barco estaba amarrado en el puerto. Vieron a mi madre hablando con nuestro empleado. Le dijeron al capitán que ella desembarcaría antes de que zarparan, pero nunca volvió a casa. Me abandonó. Abandonó a mi padre. Nunca volvió a casa.

—No me lo creo —repitió Amy—. ¿Cómo iba una mujer a abandonar a su hijo y a su marido, a los que quería, sin echar la vista atrás ni un segundo?

—Yo también me lo he preguntado mil veces. Y sólo encuentro dos posibles respuestas. No nos quería de verdad —observó atentamente a lady Desdén mientras pronunciaba la segunda teoría—. O, si no, todas las mujeres son veleidosas y desleales.

Amy ni siquiera se paró a pensarlo.

—Es una estupidez. Ambas teorías son completamente absurdas.

—¿Qué quieres decir con que son absurdas?

Amy se quedó de pie al alcance de sus brazos, desafiándolo a que la cogiera, la sacudiera, sacara su violencia. Y él estaba dispuesto a hacer exactamente eso. En los seis días de cautiverio, había caminado hasta donde la cadena daba de sí mil veces. Había hecho cinco centímetros de encaje. Por la señorita Victorine, había mantenido conversaciones civilizadas con aquella personificación del demonio que era Amy. Incluso había hecho los ejercicios que el doctor le había recomendado: levantar la pierna herida, hacer círculos con el pie y doblar la pierna hacia el pecho.

La pierna estaba mejor, pero Jermyn estaba histérico. Hacía una semana que no veía el sol. Le habían traído agua caliente cada día para afeitarse y lavarse, pero no se había podido cambiar de muda. Ya hacía días que se había quitado la corbata y sabía que sus amigos se horrorizarían si lo vieran con ese aspecto.

—Mire a su alrededor. Por todas partes, verá a mujeres que quieren tanto a sus maridos y a sus hijos que estarían dispuestas a cualquier cosa para proteger a sus familias. Condenar a todas las mujeres por el comportamiento de una sola es absurdo —Amy no se andó con rodeos ni se molestó en utilizar un tono conciliador.

—Entonces, ¿me estás diciendo que mi madre no nos quería de verdad? —algo que él ya sabía pero que no quería que ella le pasara por la cara.

Lo habían tenido allí encerrado como a un animal por un estúpido plan de venganza. Y estaba bastante harto de estar allí sin nada mejor que hacer que, cuando la frustración era más fuerte que el sentido común, intentar forzar el grillete.

Amy frunció el ceño y lo miró con fiereza. Obviamente, no estaba convencida.

—¿Su madre le dijo algo la última vez que la vio?

—¿Si me dijo algo? ¿Qué quieres decir? —¿por qué había empezado aquella conversación con Amy? ¿Por qué creía que lo entendería? Una y otra vez, había dado muestras de su insensibilidad—. Claro que me dijo algo.

—¿Lo abrazó, le dio algún consejo sobre el futuro o le dijo que lo quería pero que tenía que marcharse?

Jermyn sabía exactamente lo que le había dicho su madre. Cuando desapareció, él no hacía más que repetirse aquellas palabras, intentando obtener algún indicio de calidez o de despedida en sus palabras—. Lo último que me dijo fue: «Querido hijo mío, pórtate bien con la señorita Geralyn hasta que yo vuelva» —se burló de sí mismo, de su madre y de Amy—. La señorita Geralyn era la niñera.

Amy lo miró desconcertada.

—Esa no es la manera de actuar de una mujer, y menos de una mujer que quiere a su hijo y que lo ve por última vez.

—En cualquier caso, me abandonó.

—Le digo que su historia no tiene sentido. Sólo era un crío. No sabe todos los detalles. Y hay algo que está claro, milord: si quiere culpar a alguien por sus problemas actuales, no debería culpar a su madre, a mí o a cualquier otra mujer —se sonrojó y los ojos verdes brillaron, frustrados.

—¿No debería culparte a ti? ¿Cómo? ¡Pero si me has secuestrado!

—Sí pero, a estas alturas, ya lo habría soltado. Si quiere culpar a alguien, culpe a su tío por negarse a pagar el rescate. Sólo he oído cosas negativas acerca de él, y de usted, y por lo visto todo es verdad —el pecho se le movía arriba y abajo debido a la respiración alterada—. A lo mejor debería preocuparse más por su mal carácter, y el de su tío, en vez de lamentarse por mi traición.

Maldita sea esa mujer. A Jermyn le pareció detectar el eco de épocas pasadas en aquellas palabras.

Y, al mismo tiempo, contemplaba el leve y erótico movimiento de sus senos con una necesidad tal que su verga empezó a endurecerse y a clavarse en los pantalones. Una mujer de ideas claras y muy descarada vestida con una ropa horrible le estaba provocando la mayor erección de su vida mientras ella que, aparentemente, no albergaba ningún sentimiento hacia él, se dedicaba a poner su conducta en entredicho. La situación ya era insoportable.

—¿Dónde está la señorita Victorine?

—Ha subido a echarse una siesta.

—Perfecto —apoyó los pies en el suelo. Muy despacio, se levantó y desplegó toda su corpulencia junto a ella, dejando que sintiera su calor. Su ira.

Amy abrió los ojos como platos.

Él se le acercó.

Ella intentó retroceder.

Pero era tarde. Él la cogió por la cintura. Jermyn desprendía triunfalismo por cada poro de su piel.

La cadena ya no daba más de sí. El grillete le tiró del tobillo. Él cayó. Se retorció. Y fue a parar al catre, encima de ella. Debajo de él, Amy contuvo la respiración.

Estaban de lado; ella tenía un pie en el suelo y otro en la cama y Jermyn podía ver un buen trozo de pantorrilla cubierta por una media y una parte de muslo desnudo. Él tenía ambos pies en el suelo y desprendía suficiente energía como para provocar un incendio.

Por primera vez en seis días, no, mejor seis meses... o seis años, se sentía totalmente vivo. Peleó con ella, la levantó del colchón y se sirvió de su peso para controlar las patadas que Amy lanzaba al aire, y del codo para bloquear la mano derecha de la chica, que lo intentaba golpear en la cabeza. Cuando la tuvo donde quería, con la cabeza en la almohada y ese sinuoso cuerpo debajo de él, le tomó la cara con las manos y la besó.

Maldición, era lo que deseaba desde hacía seis días. Tenerla debajo de su cuerpo, controlar sus intentos por resistirse y besarla.

Apretó sus labios contra los suyos.

Ella lo mordió con tanta fuerza que le atravesó la piel y dejó la boca de Jermyn ensangrentada.

Él levantó la cabeza y sonrió.

Una sonrisa amplia y vengativa que hizo que ella abriera mucho los ojos y luego los entrecerrara.

—Suélteme, pedazo de... —lanzó la mano con tanta fuerza y tanta precisión que lo cogió desprevenido y le dio una bofetada en toda la mejilla.

La fuerza del impacto le giró la cara.

Ella sacudió la mano y flexionó los dedos.

—¡Demonios, cómo duele!

Hablaba como una dama pero maldecía como un marinero.

«¿Quién era?»

Ella no se lo iba a decir. No obstante, antes de que todo eso terminara, él lo sabría.

La cubrió por completo, y se aseguró de que su peso la inmovilizaba.

Ella se resistió, por supuesto. Al verse controlada sentía la misma rabia que él al verse privado de libertad. Una gota de sangre del labio de Jermyn le cayó en la cara. Ella ladeó el rostro, como si así pudiera evitar las consecuencias de sus actos.

—Ya es demasiado tarde para eso —le dijo él.

Y, Dios la ampare, pareció entenderlo perfectamente.

Pero no lo creyó y no se resignó. Cerró los puños y empezó a agitarlos, con movimientos que iban dirigidos directamente a los ojos de Jermyn.

Él le cogió las manos. Dejó de sonreír. Le lanzó una mirada salvaje y dijo:

—Eres exactamente la mujer que siempre decía que no encontraría: viva, valiente, decidida… indomable —la volvió a besar, presionando sus labios—. Y supones muchos más problemas de los que jamás hubiera imaginado.

Capítulo 11

—¡Maldito sea! —¡desgraciado! Amy debería haber temido que aquella bestia enjaulada, aquel ser que sangraba y sonreía al mismo tiempo, la violaría. Le haría daño.

Pero no temía nada.

Entendía la rabia de Northcliff.

Toda su vida había sentido esa misma rabia: rabia por el destino que la había hecho princesa, rabia por la guerra que la había separado de su familia, rabia por Clarice por negarse a reconocer que jamás recuperarían la vida monárquica.

Todo aquel tumulto de emociones la encendió hasta igualar la rabia de Northcliff. Se encontraron y colisionaron como dos tempestades, con violencia y con ansias.

Amy apretó los pulgares con fuerza en la garganta de Jermyn, justo por encima de la tráquea, obstruyendo la vía respiratoria.

Con un grito, él levantó la cabeza. La miró, pidiéndole sin palabras que lo soltara.

Pero no la tocó. No recurrió a su fuerza.

Y la obsesión por mantenerlo apartado sucumbió a la necesidad de abrazarlo.

Le soltó la garganta y le rodeó el cuello con las manos, lo atrajo hacia ella y lo besó con la misma intensidad que él la había besado antes.

Jermyn abrió los labios y Amy descubrió que sabía a sangre y a frustración, a rabia y a necesidad. Y todo aquello encontraba algo similar en ella. Era una respuesta que ella no había experimentado nunca, el peso de un hombre sobre su cuerpo y el fuego de la pasión que él encendía y que daba a su piel una sensibilidad que la quemaba por dentro... y que hacía que él gimiera como si lo consumieran las mismas llamas. Se le endurecieron los pezones y le dolían un poco ante el contacto con la camisola de algodón de él, así que se aferró a él con más fuerzas para apaciguar el dolor.

Él entrelazó los dedos en su pelo, le masajeó la cabeza y los alrededores de las orejas.

Ella le clavó las uñas en la espalda, pero sin hacerle daño, sólo para mantenerlo allí, como si temiera que fuera a escaparse... cuando nada estaba más lejos de la realidad. De hecho, Jermyn le introdujo la lengua en la boca, una y otra vez, y el cuerpo de Amy le pedía, le imploraba que le devolviera el gesto. Le chupó la punta de la lengua al tiempo que emitía un ronroneo de placer. Luego le introdujo la lengua en la boca, porque necesitaba perforarlo igual que él hacía.

La enorme mano de Jermyn empezó a descender por el cuello, por el pecho hasta que le cubrió un pecho por encima de la tela del vestido, sujetando el peso y comprobando el calor que emitía.

Por un momento, el placer se apoderó de ella.

Y, de repente, recuperó la cordura.

—¡Maldito sea! —lo empujó y le apartó la mano.

Él levantó la cabeza, con los labios húmedos del beso. La miró, con los ojos entrecerrados y ardientes.

—No sabes besar —lo dijo como si hubiera descubierto de golpe todo acerca de su pasado y su experiencia.

—¡Claro que sí! —no era verdad, pero se lo había dicho como si pareciera tonta. Y lo era, por quedarse allí, por besarlo… santo cielo, la falda se le había subido hasta la ingle y enseñaba todo un muslo. Agarró los bajos e intentó adecentarse.

Él le detuvo la mano antes de que se tapara.

—No, no sabes. Eres virgen —la fiereza de sus ojos se intensificó—. Me ha secuestrado una virgen de diecinueve años que no sabe besar.

Aquel tono de indignación consigo mismo la tranquilizó y le dio tiempo para pensar. Ahora ya sabía qué decir. No tenía que descubrirse. Podía atacarlo. Podía atacar sus debilidades. Podía salvarse. Con sorna, dijo:

—Debe de ser horrible para usted ver que lo han secuestrado una anciana y una joven. El importante lord Northcliff drogado y encerrado en un sótano durante días… y su tío ni siquiera paga el rescate para liberarlo. Además, lo que se niega a pagar es, en realidad, su dinero, ¿no es cierto, marqués? —proyectó la suficiente dosis de falsa compasión que necesitaba para hacerlo enfadar.

Y lo consiguió.

Él la cogió por los hombros.

—Ninguna mujer me ha enfurecido tanto como tú. No muestras ningún respeto cuando te diriges a mí. Te atreves hasta extremos que otras ni soñarían. Y, a veces, estoy de acuerdo contigo: es horrible que una muchacha como tú me haya engañado… pero entonces haces algo tan brutalmente estúpido como cualquier cosa que haya podido hacer yo para merecer esto.

—¿Y qué he hecho, si puede saberse?

Él sonrió, enseñándole la brillante hilera de dientes blancos.

—Desafías al lobo enjaulado mientras te tiene entre sus garras.

Cuando el pánico y la desesperación la invadieron, contuvo la respiración. Tenía razón. Había sido una estúpida.

Intentó zafarse de sus manos y sentarse.

Él la apretó todavía más contra el colchón, no le dio ninguna oportunidad, y la mantuvo donde quería con la presión de su cuerpo y la fuerza de sus brazos.

Amy necesitaba pensar. No podía liberarse, así que recurrió a su ingenio para hacerlo enfadar.

—¿Qué va a hacer, señor? ¿Violarme? Me niego a creer que su gran ego le permitiera abusar de una virgen de diecinueve años.

—Todavía no estás demasiado asustada, ¿verdad? —con el pulgar, le recorrió el cuello y notó su pulso—. No sabes besar. No sabes nada de hombres. Hablas como un patán y, sin embargo, has tenido la infancia mas protegida que cualquier otra chica que haya conocido.

—¿Protegida? —soltó una carcajada—. A mi hermana y a mí nos echaron del internado a los nueve años porque mi padre no podía pagarlo. Desde entonces, hemos vagado por Inglaterra sin un techo donde dormir. No diga que soy una protegida.

—En tal caso, tu hermana habrá hecho todo lo posible por protegerte —la boca sustituyó al dedo encima de su pulso. Empezó a besarle la piel—. Porque eres una pequeña idiota.

Ella cerró el puño y se lo clavó en la cabeza.

Sin embargo, él no se movió de encima de ella.

«Ingenio. Debo utilizar mi ingenio.»

—Pues peor que lo haya secuestrado una virgen de diecinueve años —dijo—, es que lo haya hecho una pequeña idiota.

Él le sujetó las muñecas con una mano y volvió a mostrarle aquella perezosa, intensa y brillante sonrisa.

—Sí. Y a ti te ha atrapado tu estúpida víctima.

Todavía estaba furioso. Y era mucho más fuerte que ella.

Puede que fuera una pequeña idiota.

Jermyn la besó.

Pero no como la última vez. Antes había sido como dos enemigos peleándose por… algo.

Por dominar. Exacto. Se peleaban por el dominio.

Ahora ella se resistía, aunque de poco le servía, mientras él le enseñaba una lección gratis sobre una emoción que Amy no conocía… o no quería conocer.

Seguía enfurecida, como un volcán a punto de entrar en erupción, pero él le sujetó las manos encima de la cabeza. Le atrapó las piernas entre las enaguas de lana y la falda. Cuando ella intentó girarse, él colocó la pierna entre sus rodillas, de modo que quedaron más abiertas.

¿Y adónde iba a ir? Tenía la pared a un lado y a él al otro.

Y la tranquilidad de él era peor que la desesperación de ella. Parecía totalmente concentrado en su cuerpo, ajeno a su hostilidad. Le metió la lengua en la oreja y se la mojó. Luego sopló y le puso la piel de gallina por todo el cuerpo. Le tomó el labio inferior entre los dientes, con suavidad, le abrió la boca y la besó… y esta vez, el beso no fue como una guerra. Fue una lección entre maestro y alumna. Un acto de apareamiento.

Él era un hombre y ella, una mujer. Él penetraba y ella recibía. El escalofrío de la piel de gallina se convirtió en la calidez de los muslos juntos, en un fuego en su interior. Y la lengua de Jermyn no dejaba de entrar y salir de su boca, como si quisiera hacer de la impaciencia un arte.

Deslizó la mano libre debajo del cuello de Amy, le echó la cabeza hacia atrás y abrió su cuerpo para cualquier atención que quisiera dispensarle. Sus caderas se separaron para poder descender por la piel de su cuello. Prácticamente la estaba acariciando con los labios, saboreándola con la lengua.

Aquella paciencia que demostraba, aquel placer relajado, conseguía calmarla.

Le desató el chal que le cubría el pecho y sacó los extremos, que estaban enganchados a la falda del vestido. Poco a poco, fue apartando la tela, primero de un lado y luego del otro.

El escote recatado y la pálida piel parecieron complacerle y, con la mirada, acarició los montes escondidos de sus pechos.

—Precioso —murmuró—. La más mínima provocación se me ofrece como un precioso regalo envuelto en muselina —fue desabotonándole el vestido con lentitud.

Cada vez que Amy inspiraba, la mirada de Jermyn se intensificaba más y ella lo supo… supo lo que iba a hacerle. Pero él no hizo nada, solo saboreó aquella visión y la atormentó con promesas.

Al final, cuando ella estaba a punto de gritarle que la soltara, o que se diera prisa y la tocara, él levantó la mano y la deslizó por debajo del frágil material de la camisola. Luego lo apartó y dejó el pecho descubierto.

A Amy le empezaron a pesar los párpados y, mientras suspiraba, los cerró.

Él la tocó con delicadeza mientras sus dedos buscaban la respuesta de sus huesos, su sangre y su alma.

El pulgar recorrió provocativamente el pezón, que se endureció enseguida.

Amy detestaba que él supiera perfectamente cómo iba a reaccionar, que supiera dónde mirar, dónde tocar, qué decir. Le estaba dando una lección de impaciencia...

Jermyn bajó la cabeza, la besó donde apenas unos segundos antes tenía la mano.

En el silencio del sótano, Amy escuchó su propia respiración entrecortada.

La punta de la lengua de Jermyn rozó su piel, llenándola de calidez y, cuando se separó, la llenó de recuerdos.

Amy estaba relajada, esperando ansiosa el siguiente movimiento.

Y entonces, como si la despertaran con un cubo de agua helada, notó su mano en el muslo.

Ella abrió los ojos. Dio un respingo. Y dijo:

—¡Detente, Northcliff!

—No —su expresión no había cambiado en lo más mínimo. Todavía parecía perezosamente decidido.

Sencillamente, Amy no se había dado cuenta de en qué consistía esa decisión.

—¡No puedes hacerlo! —empezó a patalear.

—Sí que puedo —la inmovilizó con una pierna y con el peso de su cuerpo.

—Gritaré.

—No creo —deslizó la palma de la mano hasta la cadera de la chica—. Para empezar, dudo que la señorita Victorine te oyera y sé que no quieres que baje a rescatarte. No quieres que te vea en la cama conmigo. Porque puede que se diera cuenta que no has ofrecido toda la resistencia que deberías.

—Eres absolutamente abominable —pero tenía toda la razón.

—Lo sé. Pero, aunque seas virgen, supongo que sabes que, mientras tenga abrochados los pantalones, estás a salvo, ¿verdad?

—Claro, ¿y? —no permitió que su sensación de alivio fuera evidente, sólo quería que él viera su enemistad.

Sin embargo, Jermyn sabía que Amy necesitaba estar segura, así que dijo:

—No voy a hacerte daño. Sólo voy a demostrarte qué es exactamente lo que necesitas.

—¿Qué quiere decir? —¡menudo bribón!—. ¡Lo único que necesito es el dinero del rescate!

Él chasqueó la lengua, divertido.

—Y eso demuestra lo increíblemente mal informada que estás.

—Le odio.

—Casi tanto como me deseas.

Era un tipo excesivamente desenvuelto con un ego como una catedral, amparado por demasiado dinero y poder y… Amy tuvo que contener la respiración cuando él le empezó a acariciar la parte baja de la barriga… y tenía un carisma tan especial que conseguía que fuera una mujer débil y obediente cuando debería estar luchando y resistiéndose.

Lo miró a los ojos y resistió en silencio lo que físicamente no podía rechazar. El silencio entre ellos era profundo, protegido por el peso de la tierra que los rodeaba. Los dedos de Jermyn se mezclaron con la mata de pelo que protegía los labios de Amy, entre las piernas, y cada caricia le enseñaba a olvidarse de su inocencia. La tensión de la espera hizo que se le tensara toda la piel, como si fuera a resquebrajarse con cada suspiro. Notaba cómo el corazón latía con más fuerza por lo que sabía que estaba por llegar mientras ella intentaba contener la necesidad de escapar lo antes posible. Ahora.

Sin embargo, la mirada de Jermyn la retenía. Sentía como si se estuviera perdiendo en su mente, como si pudiera sentir su frustración, su rabia, su necesidad.

Y entonces él deslizó el dedo entre los pliegues de la piel y la acarició.

Amy gimió de placer, y luego se mordió el labio inferior para evitar que su cuerpo emitiera más sonidos placenteros como ese.

Pero él la había oído, porque el fuego marrón que brillaba en sus ojos revelaba una satisfacción tan intensa como la de ella.

Muy despacio, ese dedo fue dibujando un círculo en la entrada de su cuerpo.

A Amy le pareció que iba a salirse de su cuerpo de la emoción

Sin embargo, el dedo de Jermyn se deslizó hacia arriba, hacia el botón sensible e hinchado. La acarició por todas partes, aunque casi sin llegar a tocarla.

Amy intentó mantener la mirada fija en él, pero había perdido la capacidad de concentración y la mente se le llenaba de pensamientos varios: que jamás había visto una expresión tan feroz en un hombre, que jamás se había sentido tan abrumada por una sensación pura, que Jermyn era casi atractivo dentro de su dureza, que deseaba con una intensidad que jamás se hubiera imaginado. Él ya no la retenía a la fuerza, ahora eran unos lazos de deseo invisibles los que la inmovilizaban. Levantó una rodilla. Agarró con fuerza la almohada. Su cuerpo quería más de lo que él le había dado y ahora era esclava de su cuerpo.

Y entonces, Jermyn la tocó. Una caricia directa y sutil. Y la gloria se apoderó de Amy. Con un grito incoherente, se arqueó contra su mano. Él la acarició, cada vez ejerciendo una mayor presión, manteniendo un ritmo firme y obligándola a convertirse en una criatura desesperada por conseguir placer. Y, de repente, una locura se cruzó por la mente de Amy: Jermyn era el único que podía complacerla.

Él se abrazó a ella y empezó a moverse como si la misma desesperación que tenía presa a Amy se hubiera apoderado de él también. Su calor la calentaba. Su necesidad le daba fuerzas. Lo rodeó con los brazos amarrándolo a ella. Jermyn sustituyó la mano por el muslo y ella mantuvo el ritmo, moviendo las caderas para alargar de esta manera la agonía. Para perpetuar la bendición. Él se apretó contra ella. Cada uno buscaba el placer con una desesperación febril hasta que se sacudieron juntos, aliviados... aunque también frustrados.

Varios largos segundos después, ¿o acaso fueron años?, las oleadas del placer menguaron. Ella se quedó quieta entre sus brazos, respirando temblorosamente, mientras intentaba volver al mundo normal... aunque sabía que el mundo jamás volvería a ser normal.

Una pasión frustrada invadió a Jermyn. Quería hacer suya a Amy. Su cuerpo estaba ansioso por poseerla, por penetrarla, por liberar la presión de su verga con un breve e intenso viaje de placer.

Y no podía. Lo había prometido.

Y lo había hecho por un buen motivo. Un hombre no hacía suya a una virgen como si fuera un vikingo saqueador pero, ¡por todos los santos!, tuvo que recurrir a su fuerza de voluntad para quedarse quieto.

Amy abrió los ojos, los cerró, los abrió... y se quedó mirándolo fijamente.

Para lo que no tuvo fuerza de voluntad fue para disimular su triunfo.

Vio perfectamente el momento en que ella se dio cuenta de lo que le había entregado. Lo que él le había quitado. La razón se antepuso a la satisfacción femenina; y la hostilidad habitual de Amy sustituyó a la lánguida complacencia.

Él sonrió victorioso... y casi en aquel mismo instante vio que hacerlo había sido un error.

En los ojos de Amy brillaba el rencor. Apoyó ambas manos en su pecho y lo empujó, lanzándolo fuera de la cama.

Jermyn cayó al suelo sobre las posaderas.

Ella pasó por encima de él y subió corriendo las escaleras.

Él, preso de la pasión, se levantó enseguida y la siguió. No se dio cuenta de la verdad hasta que apoyó un pie en el primer escalón.

Se detuvo. Se miró el pie.

El grillete se había roto.

Era libre.

Capítulo 12

¡Libre! Una salvaje satisfacción le invadió todo el cuerpo. ¡Libre!

Ahora podía hacerla suya. Todavía podría atraparla. La capturaría.

El instinto primitivo lo llevó a subir las escaleras, haciendo ruido en los tablones con los pies, que llevaba cubiertos sólo por un par de calcetines.

Y fue aquel sonido el que lo hizo entrar en razón.

¿Estaba loco? No debería estar persiguiendo a una chica enervante, irritante, mortificante, exasperante y desquiciante. ¡Podía escapar!

Y el hecho de que vacilase un segundo sólo demostraba lo mucho que aquel encierro le había afectado a nivel mental.

Era libre, y nadie más lo sabía. Podía volver a casa y ordenar al alguacil que arrestara a la señorita Victorine y a lady Desdén… no. No, aquella idea no lo satisfacía.

Podía ponerse las botas, subir las escaleras y asustar a la señorita Victorine y a lady Desdén lo bastante como para que nunca más volvieran a cometer otro crimen.

Pero entonces recordó al corpulento hombre que lo había cargado el día que lo habían drogado. En ocasiones, durante aquella interminable semana, había escuchado la voz de un hombre en la cocina. Tendría suerte si Amy no lo golpeaba en la cabeza y lo dejaba inconsciente porque, ahora mismo, seguro que le apetecería, y le decía al hombre en cuestión que volviera a bajarlo al sótano y volvían a atarlo con otro grillete.

Jermyn no podría soportar otros seis días sin ver el sol o respirar aire fresco. Tenía que salir de allí.

Sin hacer ruido, volvió al catre. Cogió el grillete roto. Le cayeron varios trozos de óxido en la mano. Al parecer, aunque por fuera parecía estar en perfectas condiciones, por dentro estaba todo oxidado... y así había podido liberarse. Se puso las botas. Después, se puso la chaqueta y el sobretodo. Se acercó al viejo armario que había debajo de la ventana, comprobó si soportaría su peso y se subió encima. Abrió la ventana, que hacía tanto tiempo que estaba cerrada que chirrió un poco, y se asomó.

La hiedra que había renacido con la primavera rodeaba la ventana. Jermyn la apartó y no vio a nadie por los alrededores. Podía saltar. Apoyó los pies en la roca de la pared, se apoyó en los codos y salió por la estrecha abertura hacia la libertad.

El aire era fresco y húmedo y avanzaba con la niebla gris que acompañaba la puesta de sol. Apoyó el pecho en la hierba y respiró aire fresco por primera vez en seis días. La sangre le empezó a correr con fuerza por las venas. ¡Era libre!

Estaba ansioso por llegar a casa y empezar a planear cómo devolverle la jugada a la señorita Amy.

No. Primero se daría un baño. Y luego ya pasaría cuentas con lady Desdén. En persona y muy, muy despacio.

Se levantó, respiró hondo y, dando rienda suelta a sus impulsos, se dio unos golpes en el pecho y soltó una carcajada. Acababa de escapar de su cautiverio... y acababa de conseguir que una mujer pasara de la ignorancia al éxtasis. Jamás había sentido aquella sensación de victoria tan intensa.

La casa de la señorita Victorine estaba en lo alto de la colina, desde donde se veía el pueblo y el mar. Sabía que, si seguía el camino, llegaría a la taberna y allí encontraría a alguien que lo llevara en barco hasta su casa.

Empezó a caminar hacia el pueblo. A medida que iba recuperando su ritmo normal de andar, notó que la pierna respondía bien.

Se preguntó si la señorita Victorine bajaría en plena noche para ver cómo estaba e hizo una mueca al responderse a sí mismo: sí que bajaría. Le bajaría la cena, descubriría que se había marchado y se disgustaría. Y no porque hubiera escapado, porque más de una vez la había oído decir que deberían soltarlo; no, se disgustaría porque había disfrutado mucho de aquellas últimas noches que habían pasado juntos charlando. Cada noche, bajaba al sótano a hacer encaje, a escuchar leer a Amy o a mirar a los dos jóvenes jugar al ajedrez. La señorita Victorine recordaba tiempos pasados, les explicaba historias y hacía que lady Desdén mostrara buenos modales. A él también lo hacía portarse bien.

En realidad, había llegado a disfrutar de aquellas veladas con la señorita Victorine y con Amy. Parecían… normales. Tranquilas. Como si formara parte de una familia o como si viviera en un recuerdo de infancia antes de que su madre se…

Volvió al presente. No se molestó en pensar en ella. En su madre. La traidora.

Llegó a las cercanías del pueblo. No se veía luz en ninguna de las casas, y la niebla y la noche teñían las casas de desolación. Al menos, esperaba que esa fuera la razón por la que parecían todas abandonadas. Cuando venía de niño, cada casa era motivo de orgullo. Ahora parecía que nadie se preocupaba por si la cal de las paredes caía o si se tenía que arreglar el techo. Era como si los que más quisieran a ese pueblo lo hubieran abandonado.

Encorvó los hombros, metió las manos en los bolsillos y se encaminó hacia la taberna.

Allí sí que había luz pero las ventanas, en lugar de cristales, tenían hules. Pudo escuchar las voces y el ruido del peltre, y se le hizo la boca agua con sólo pensar en una jarra de auténtica cerveza inglesa de pueblo.

Pero no podía entrar. Estaba lleno; parecía como si todo el pueblo estuviera ahí dentro. Y eso esperaba porque, si era así, el matón de Amy también estaría allí.

Jermyn se apoyó en la pared que había junto a la ventana. Esperaría hasta que saliera algún marinero robusto. Y en seguida estaría cruzando el canal en dirección a su casa y a su baño.

Se cerró el sobretodo y sonrió en la niebla. Disfrutaba imaginándose la cara de lady Desdén cuando bajara al sótano y viera el catre vacío.

Por supuesto, esa noche se inventaría cualquier excusa para no bajar. Jermyn la había hecho una mujer feliz y, al mismo tiempo, la había asustado mucho. Había sido tan increíble como se lo había imaginado y eso que, cuando se trataba de Amy, su imaginación había demostrado ser fértil y variada. Sin embargo, tenerla entre los brazos había sido casi tan satisfactorio como encender la mecha de cualquier otra mujer, y por eso supo que no podía mandarla a la horca.

Si lo hacía, se estaría negando más placeres.

Así que mañana sería distinto a lo que todo el mundo creía. El tío Harrison tendría noticias de su sobrino, que estaba muy enfadado y todavía más vivo. La señorita Victorine recibiría un buen sermón de Jermyn y lady Desdén...

—¿Creéis que conseguirán el dinero del rescate? —preguntó una voz masculina. Una voz masculina terriblemente familiar.

Jermyn se giró y se acercó a la ventana.

—Yo tengo miedo por todo el proyecto —comentó otra voz masculina, también familiar.

—Ya os dije que no deberíamos involucrarnos —terció una voz femenina, en tono de lamento y acusación.

—Usted no está involucrada —dijo otra mujer, con voz cortante y seca—. Nadie la acusará de nada. No recibirá ningún castigo pero, recuerde esto: si hubiera salido bien, usted también se habría beneficiado.

—¡Yo nunca pedí ese dinero! —protestó la primera mujer, como un cachorro al que dan una patada.

—Su casa está en tan malas condiciones como las demás. ¿Acaso cree que hubiéramos dejado que se le cayera encima? Habría dejado que se la arregláramos, pero no se preocupe, que no la arrastraremos en nuestra desgracia.

—¡Mertle! —Jermyn reconoció aquella voz masculina tan profunda. La había oído aquella misma tarde en la cocina de la señorita Victorine. El matón de Amy. El hombre corpulento que las había ayudado a secuestrarlo—. La señora Kitchen no se merece que le hables así.

—¡Bueno, eso espero! —vociferó la señora Kitchen.

De forma deliberada, Mertle no dijo nada.

—Pero no ha sido siempre así —dijo otra voz masculina, también ligeramente familiar. Era más profunda, casi con acento y con el temblor propio de los años—. Pom, ¿te acuerdas cuando el marqués y tú erais pequeños y corríais por ahí y subíais hasta la abadía de Summerwind, en lo alto del acantilado?

Mientras Jermyn se esforzaba en intentar recordar quién era, todos los de la taberna chasquearon la lengua.

—Oh, no. No empiece otra vez con esa historia —dijo la voz grave.

Pom. Jermyn recordaba a Pom de su niñez. Tenían la misma edad y, ya por entonces, era un niño grande. Un chico muy bueno, pero casi medio palmo más alto que los demás y que ya ayudaba a su padre con los remos cuando salían de pesca.

Y ahora, mientras recordaba el día que Amy lo había drogado, se dio cuenta de que Pom ya no era grande. Ahora era un gigante.

Apretó los puños.

El viejo continuó:

—Los dos empezasteis a saltar desde el acantilado hasta el saliente que había un poco más abajo, el antiguo señor os vio y pensó que os habíais matado.

—Cuando escalamos hasta arriba otra vez, lord Northcliff nos cogió por las solapas de las chaquetas y nos pegó una buena zurra en el culo —Pom parecía recordarlo con dolor, como si lo recordara con la misma claridad que Jermyn.

La taberna estalló en risas. ¿Cómo podían saber el aspecto que tenía aquel día su padre, tan pálido y furioso que a Jermyn le dio miedo? Y cuando le había intentado explicar a su padre que habían escalado por el acantilado y que sabían dónde tenían que saltar, su padre le había gritado: «El agua y el viento siempre chocan contra esa roca y prefiero morirme antes que permitir que el océano te lleve a ti también».

Era la única vez que Jermyn recordaba haber escuchado a su padre referirse a la tragedia de la desaparición de su madre, y la única vez que había demostrado el dolor que aquello le había provocado.

—Si hubiera problemas, yo me haré responsable de todo —dijo la voz temblorosa—. Si el señor se entera que he guiado a mis ovejas hasta pastos rocosos, seguro que me...

—¿Lo colgará a usted en vez de a nosotros? —preguntó Mertle—. No lo permitiremos, padre.

Ohh. El que quería asumir toda la responsabilidad era el párroco Smith.

—Estamos en esto juntos —insistió Mertle—. Lo hicimos para ayudar a la señorita Victorine, para ayudarnos a nosotros mismos y para corregir una gran injusticia...

—Y para salvar el alma del marqués —intervino la voz masculina y profunda otra vez.

«¿Salvar mi alma?» Jermyn apenas podía creerse tal impertinencia.

—Sí, Pom, eso también —ratificó Mertle.

—Diría que también estábamos intentando salvar el alma del señor Edmondson, pero me temo que eso ya es una causa perdida —sentenció el párroco, con sequedad.

—Sí, y a algunos nos preocupa mucho más el alma del marqués que la del señor Edmondson —una risa general siguió el comentario de Mertle.

Así que el tío Harrison no les gustaba. Después de aquella semana, Jermyn también debía admitir que había desarrollado cierto resentimiento hacia él.

—Jamás he oído que hayan colgado a un pueblo entero, así que deberemos rezar para que el marqués se apiade de nosotros —continuó ella, en un tono alegre muy forzado.

Jermyn esperó a que alguien dijera que sí, que debería tener piedad.

Sin embargo, la señora Kitchen dijo:

—No es como su padre. Es como su madre; huye de las responsabilidades que no le apetece cumplir. No se apiadará. Ni siquiera sabrá qué han hecho con nosotros.

Cuando Jermyn volvió al sótano, el grillete todavía estaba en el suelo, la cama seguía deshecha después del encuentro con Amy, la estufa todavía desprendía calor y el tablero de ajedrez seguía en la mesa, esperando una nueva partida.

Todo estaba igual. La señorita Victorine y Amy no se habían enterado de que se había escapado. La habitación estaba exactamente igual.

Lo que parecía distinto era el mundo.

Su madre.

Se sentó en una silla, se quitó las botas y las tiró, con los rastros de hierba y suciedad que lo delataban, debajo del catre. Fue hasta el armario y borró las pruebas de su huída.

Colgó el sobretodo en la silla, cogió una de las toallas que le dejaban para que se lavara y se secó la humedad de la niebla de la cara.

Se sentó en la silla y la burla volvió a resonar en su cabeza, incansable y desagradable:

«Es como su madre; huye de las responsabilidades que no le apetece cumplir.»

Se levantó y caminó hasta el otro extremo del sótano, y luego regresó.

¿Cómo se atrevía esa mujer a compararlo con su madre? ¿Y por qué todos habían asentido? Era como su padre. ¿Cómo era posible que no lo vieran? Físicamente, era igual que su padre. Montaba igual que su padre. Sentía el mismo orgullo por el apellido Edmondson y por el título de Northcliff.

Pero los habitantes del pueblo creían que era igual que su madre.

¿Cómo podían decir eso?

Con una lógica muy crítica, él mismo se respondió.

No sabían qué aspecto tenía o de qué se enorgullecía. No lo veían desde hacía dieciocho años. Sólo sabían que había desatendido sus obligaciones.

Y había sido él. No el tío Harrison. Había sido Jermyn. Porque su padre jamás hubiera permitido que otra persona asumiera las responsabilidades del marqués de Northcliff, independientemente de si era un familiar cercano o no. Sí, su tío también se encargaba de administrar la fortuna familiar mientras su padre estuvo vivo, pero Jermyn sabía que su padre lo obligaba a presentarle un informe trimestral. Además, había contratado personalmente a un ayudante que lo informaba directamente a él, no al tío Harrison. Quizá su padre lo había hecho por alguna razón. Quizá no confiaba del todo en su hermano.

Y, si lo que Jermyn había escuchado en la taberna era cierto, su padre había tenido una muy buena razón. Los habitantes del pueblo vivían en la indigencia y estaban tan desesperados que habían accedido de buena gana a ayudar a la señorita Victorine a secuestrarlo para así poder volver a controlar sus destinos. Ahora se enfrentaban al desastre (deportación, la horca, asilos de pobres) estoicamente y unidos. Bueno, casi unidos. La señora Kitchen había expresado abiertamente su oposición, pero en realidad había sido la única voz discordante.

Por mucho que le doliera admitirlo, lady Desdén tenía razón. Era una vergüenza para la aristocracia británica.

Pero no era como su madre. Había borrado cualquier rastro de la traicionera influencia de esa mujer de su corazón y de su mente.

Era como su padre. De acuerdo, se había apartado del camino correcto, pero volvería a tomar las riendas de la situación a partir de aquel mismo instante.

¿Por dónde quería empezar?

Apartaría a su tío Harrison de la administración de la fortuna familiar y descubriría qué era lo que quería conseguir exactamente al no enviar el rescate.

Visitaría cada una de sus propiedades, hablaría con el mayordomo y el ama de llaves, con los habitantes del pueblo, con los granjeros y solucionaría los problemas que se habían ignorado todo este tiempo.

Antes de dejar ese sótano para siempre, seduciría a Amy… y ahora sabía cómo.

«Amy se acercó a él, sonriendo mientras se iba desnudando…»

—Jermyn, querido.

Cuando escuchó la voz de la señorita Victorine en lo alto de la escalera, dio un respingo, lleno de culpabilidad. Enseguida borró aquella fantasía que parecía real de su mente. No quería que la señorita Victorine supiera en qué… o con qué estaba pensando.

Bajó las escaleras con la bandeja de la cena en las manos y *Coal* pisándole los talones.

Quería levantarse para ayudarla, pero estaba atado a un grillete roto y a una mentira, y tuvo que conformarse con cogérsela de las manos cuando la mujer se acercó.

—Querido, tengo malas noticias. Amy no se encuentra bien esta noche. Me temo que tendrás que conformarte sólo conmigo para entretenerte —la señorita Victorine lo miró temerosa, esperándose una explosión de ira.

Jermyn dejó la bandeja y la tomó de las manos.

—Es perfecto. Hace días que me apetece pasar un rato con usted a solas y que me hable del pueblo.

—¡Me encantaría! —exclamó, sonriente, la señorita Victorine.

—¿Podría traerme papel y tinta?

Coal se metió debajo del catre y salió con un hierbajo entre los dientes.

—Los días aquí abajo son largos. Y mañana me gustaría escribir mis pensamientos —con una fingida indiferencia, Jermyn se agachó y le quitó la hierba de la boca al gato.

—Por supuesto, querido —dijo la señorita Victorine—. Te traeré unas hojas de papel y tinta.

Con la misma fingida indiferencia, *Coal* le clavó las zarpas en la mano a Jermyn.

Jermyn se apartó. Le había herido.

Coal sonrió y se lamió las zarpas para deshacerse de la carne de Jermyn.

Aquel maldito gato tenía mucho en común con lady Desdén.

Capítulo 13

Esa noche, Pom salió del bar tambaleándose. Mientras caminaba, agitaba la mano a modo de respuesta silenciosa a los gritos de: «¡Buena pesca, Pom! ¡Buena pesca, Pom!»

Todos los demás se quedaron en el bar, incluso los pescadores que normalmente salían antes del amanecer a llenar sus redes. Sin embargo, nadie veía qué sentido tenía salir a pescar ese día. Pronto los colgarían a todos, así que... era mejor disfrutar de la noche.

Pom no los juzgaba por pensar de aquella amanera. Los entendía. Pero no estaba de acuerdo. Quería seguir intentando hacer lo correcto hasta el último suspiro. Sólo pensaba que ojalá pudiera estar más seguro de su decisión de lo que lo estaba.

—Estarás bien hasta que termine de trabajar, ¿no, Pom?

Se giró, tambaleándose, hacia la taberna. Mertle estaba de pie en el umbral, secándose las manos en el delantal. Como la luz venía de sus espaldas, Pom no le veía la cara, pero sabía que estaba nerviosa.

—He encontrado el camino otras muchas noches con niebla, Mertle. Y esta noche no será una excepción.

—Lo sé — dijo ella, con dulzura.

No le veía la cara, pero sí la silueta y el leve crecimiento de su barriga.

—Estaré bien —respondió él, con la misma dulzura—. Estaremos bien.

—Lo sé —repitió ella—. Buenas noches. Te veré por la mañana.

Él frunció el ceño.

—Hoy tendrás trabajo hasta tarde. Duerme hasta tarde. Ya me prepararé el desayuno y saldré al mar.

—Te prepararé el desayuno, te enviaré al mar y luego ya volveré a la cama —dijo muy decidida.

Y él sabía por qué. Como cualquier otra mujer de pescador, sabía que cualquier día podía ser el día que el mar le arrebatara a su marido. Así que, por muy tarde que acabara de trabajar en la taberna o por muy temprano que se levantara él, ella se levantaba para darle un beso de despedida y encomendarse a Dios.

Pom sabía que no podría hacerla cambiar de idea. Para ella era lo correcto, y no podía negárselo.

—Entonces buenas noches, cariño.

—Buenas noches, Pom —se giró hacia la taberna donde todos los hombres gritaban su nombre y reclamaban su cerveza—. Está bien, muchachos. ¡Ya he vuelto! —cerró la puerta y dejó a Pom en la oscuridad envuelto por la niebla.

Pom se sentía más perdido que cuando estaba en el inmenso mar. Le echaba la culpa de su mal humor a la cerveza. Él no solía beber tanto. En primer lugar, porque para emborracharse necesitaba muchas jarras de cerveza y, en segundo, porque siempre tenía que levantarse temprano para salir a pescar.

Sin embargo, a pesar de sus palabras de ánimo a los demás, a la señorita Victorine y a Amy, no podía esconder la verdad. Estaban sentenciados. Todos los habitantes del pueblo lo estaban. Su Mertle… Al pensar en Mertle se le rompió el corazón. Compartían un secreto. En otoño tendrían un hijo. Por eso Mertle lo había animado a ayudar a Amy y a la señorita Victorine.

«Pom —le había dicho—, este invierno nos hemos muerto de hambre, aquí sentados hambrientos mientras nuestro apreciado señor nos roba los peces de las redes y el trabajo de nuestras manos. Tenemos que hacer algo por este hijo y el plan de la señorita Amy es sensato. Lo es, y lo sabes. No vayamos a lo seguro. Por una vez, arriesguémonos a mejorar nuestras vidas.»

Y Pom, que estaba desesperadamente enamorado de su mujer y muy asustado por la supervivencia de su hijo, accedió.

Ahora el plan había fracasado, así que Pom había bebido demasiado y volvía a casa tambaleándose.

Y por eso no vio venir el ataque. Un momento estaba saliendo de la taberna y, al siguiente, estaba tendido con la espalda en la hierba que había junto al camino, con la mandíbula dolorida y un peso en el pecho. Un hombre, al que no podía reconocer en la oscuridad, tenía agarrado a Pom por el cuello, encima de la chaqueta.

Haciendo acopio de fuerzas, Pom se preparó para atacar.

—Tienes suerte que no te haya matado —dijo su atacante.

Pom no podía verlo, pero reconoció aquella voz. Reconoció el tono, el timbre, el acento aristocrático. Se relajó en la hierba y abrió los puños. Por mucho que lo provocara, no iba a golpear a lord Northcliff.

Northcliff se quedó quieto, esperando un ataque que no llegaba. Al final dijo:

—¿Y bien?

—Milord, me alegro de que por fin se haya liberado —dijo Pom, en un tono reflexivo—. Creí que lo haría antes —notó cómo la respiración del marqués se relajaba.

—¿Cómo has sabido que era yo? —preguntó Northcliff, aflojando la mano con que sujetaba el cuello de Pom.

—Es la única persona que tiene un motivo para querer matarme. Y no le culpo. Fue una jugarreta muy sucia.

—Sí que lo fue —lord Northcliff apartó la rodilla del pecho de Pom pero no se levantó.

Pom no cometió el error de pensar que podría acabar con él fácilmente. La manera cómo lord Northcliff lo sujetaba indicaba que era un hombre al que no le daba miedo pelear. De hecho, creía que le gustaría una buena pelea.

—Se lo debo; le dejo que me dé una paliza.

—¿Me dejas? —Northcliff chasqueó la lengua, divertido—. Sabes cómo quitarle la gracia a una pelea, ¿eh?

—No puedo pegarle. Es el señor de estas tierras.

—Pero sí que puedes secuestrarme, ¿verdad? —cuando Pom empezaba a explicarse, lord Northcliff dijo—. No, no me digas que quieres salvar mi alma o me veré obligado a volverte a pegar, y sería injusto. Pero quiero que hagas una cosa.

—Lo que sea, señor.

—Tengo una carta para mi ayudante —lord Northcliff metió la mano en el bolsillo, sacó una hoja de papel sellada y la guardó en el bolsillo de Pom—. Házsela llegar.

Eso era muy fácil de decir. Lord Northcliff no entendía que un pescador no podía presentarse en una mansión como aquella y pedir hablar con el estirado ayudante del señor. Pero Pom no se quejó. Le debía al marqués hacer lo que le pidiera.

—Por la mañana, en lugar de salir de pesca, irás hasta el otro lado del canal hasta mi casa. Biggers es un consumado jinete. Sale cada mañana a cabalgar al amanecer. Lo encontrarás en los establos.

Quizá Lord Northcliff sí que sabía de pescadores y gente estirada.

—¿Quiere que espere una respuesta? —empezaba a notar la espalda fría, por la humedad del suelo, pero no se quejó.

—No, pero al día siguiente me llevarás hasta allí con la barca.

A Pom se le detuvo el corazón. Podía explicar la ausencia de pesca un día pero, ¿cómo iba a explicarlo dos días seguidos? Mertle y él no tenían otros ingresos... se morirían de hambre las dos noches. El bebé se moriría de hambre las dos noches.

—Te pagaré por tus servicios —continuó lord Northcliff.

—¿De verdad? —Pom no pudo esconder la sorpresa.

—De verdad —el marqués se levantó. Le ofreció la mano a Pom y le ayudó a levantarse—. Haz lo que te digo y no te pasará nada por trabajar para mí —Y sin más, desapareció en la noche.

Pom sonrió en un gesto de inocente placer. Puede que, después de todo, aquel pequeño secuestro hubiera conseguido cambiar a lord Northcliff. Siguió caminando, ahora más sereno, después de haber estado en contacto con la húmeda hierba del suelo. Se preguntó qué pondría en la nota. Esperaba que no le diera instrucciones al ayudante para que avisara al alguacil y vinieran a arrestar a todo el pueblo. Si supiera leer... pero no sabía.

Recordaba que, de pequeño, lady Northcliff le había enseñado el abecedario. La señora venía a la isla cada jueves y daba clases a los hijos de los pescadores. Parecía un ángel, con el pelo oscuro y rizado enmarcándole la cara y los ojos marrones. Recordaba cuando había aprendido sus primeras palabras y lo orgullosa que estaba ella. Y luego desapareció. De repente y sin dejar rastro. Y nadie más vino a encargarse de los hijos de los pescadores.

A pesar de lo que decía la gente, él jamás entendió qué le había pasado a aquella encantadora señora.

Dio media vuelta, se dirigió hacia su casa y entonces percibió un aroma ligeramente familiar. Notó un movimiento y, después del último encontronazo, casi soltó un puñetazo.

Entonces, una voz femenina susurró:

—¿Pom? ¿Eres tú?

—¡Señorita Amy! —Pom se puso la mano encima del acelerado corazón—. ¿Qué hace aquí a estas horas? ¡Si son más de las diez!

Pero se temía que ya sabía el motivo de aquella visita. Había descubierto que el marqués era libre y quería que Pom volviera a secuestrarlo.

En lugar de eso, Amy dijo:

—Necesito que vayas a la ciudad por mí mañana.

—¿Mañana? —Pom tragó saliva. Aquello era demasiado extraño—. ¿Por usted?

—Quiero que envíes esto… —le dio un paquete atado con cuerda—, por correo a Edimburgo, Escocia.

—Escocia —Pom frunció el ceño, pensativo—. Eso queda muy lejos, ¿verdad?

—Sí —respondió ella, con tono cortante—. Es imperativo que salga mañana.

En la oscuridad, Pom percibió con más claridad aquellas palabras refinadas y el acento noble. Se burló:

—Cuando habla de esa manera, con tanta autoridad y fuerza, me pregunto quién es y de dónde viene —porque, aunque había llegado a la isla calada hasta los huesos, sucia y medio muerta, Pom sabía que no se había escapado de un asilo de pobres o de la cárcel.

Ella respiró hondo en lo que pareció un gimoteo.

—Le pido disculpas, señorita Rosabel —lo abrumaba el arrepentimiento—. Si lo he dicho en voz alta es que estoy más bebido de lo que creía.

—Tranquilo, no pasa nada —se sonó la nariz y él supuso que había sacado un pañuelo del bolsillo—. Alguien de la isla debería saber qué hacer conmigo en… en el peor de los casos.

—Se refiere a si no pagan el rescate y nos detienen a todos por nuestros crímenes —quería decirlo justo en ese momento, porque confiaba más en su supervivencia que hacía una hora, pero esa noche ya había dicho más de lo que solía articular en una semana entera.

—A ti nadie te detendrá —en la oscuridad, Amy buscó su mano—. Pase lo que pase, Pom, quiero decirte que jamás lo habría podido hacer sin tu ayuda y que jamás te traicionaré, ni a tu amabilidad.

—Ya lo sé, señorita —él le apretó los dedos, que estaban fríos y temblorosos—. Puede que, al final, todo se acabe solucionando.

—Puede. Pero, si sucede lo peor y me cuelgan en la horca —habló con más fuerza al enfrentarse a su destino—, cuento contigo para dos cosas. Intenta proteger a la señorita Victorine.

—Eso no tiene ni que pedírmelo, señorita.

—Y coge este paquete —le dio otro paquete parecido al primero—, y envíalo, también a Edimburgo.

—¿Qué hay en Edimburgo, señorita?

Amy esperó tanto para responder que Pom creyó que ya no lo haría. Al final, dijo:

—Mi hermana. No vive en Edimburgo, pero sí en Escocia, y verá esto. Es un anuncio que aparecerá en el periódico y le comunicará mi destino. No me había dado cuenta hasta ahora, pero la quiero mucho. Después de todo lo que pasamos juntas, me gustaría que se enterara de mi muerte… y que supiera que contó con mi eterno afecto.

Escocia, hace dos años

«Somos princesas. Cuando sea seguro volver a casa, comeremos manjares exquisitos, llevaremos vestidos majestuosos y todos nos respetarán y querrán». El pelo de Clarice, de veintidós años, le goteaba por la lluvia y tenía los labios morados del frío, pero le brillaba la cara mientras se envolvía en la capa mojada frente al pequeño fuego del salón de una posada escocesa.

Se creía de verdad lo que estaba diciendo. Desde el punto de vista de Amy, de diecisiete años, aquel era el problema. Llevaban diez años lejos de Beaumontagne y, a pesar de todo, Clarice seguía creyendo que volverían a palacio y que retomarían sus antiguas vidas de princesas.

Quizá para Clarice era mucho más fácil soñar con un príncipe apuesto: era menuda, rubia, con curvas y una cara que hacía que los hombres se giraran por la calle para mirarla.

Amy sabía que no era fea pero, cuando iban las dos hermanas juntas, ningún hombre se fijaba en ella. Aunque no le preocupaba demasiado porque Clarice manejaba la atención que atraía con mucho tacto, aunque a veces las cosas se ponían feas.

Y ayer se habían puesto feas. A Amy el corazón todavía le latía con fuerza de lo justa que había sido la huída, y quería adentrarse más en Escocia.

Pero el estúpido tiempo se lo había impedido.

Esperaba que también hubiera afectado a sus perseguidores.

«Sorcha también volverá». A Clarice le temblaban los dientes, pero seguía hablando sin perder la alegría… y en voz baja. «Bailaremos en fiestas fastuosas y nos casaremos con apuestos príncipes».

«Si el muestrario de príncipes es igual que el de hombres corrientes, prefiero quedarme soltera», dijo Amy, enfadada. Cuantos más jueces y comerciantes las perseguían por los caminos de Escocia, menos se creía los cuentos de su hermana. Le dio a Clarice uno de los pedazos de pan que el posadero había dejado en la mesa. «Toma, cómetelo».

Clarice le dio un mordisco e hizo una mueca.

Amy acercó su trozo a la única vela que el hombre les había dejado en el centro de la mesa. El pan estaba mohoso y tenía puntos verdes, pero las hermanas estaban demasiado hambrientas y desesperadas para hacerle ascos.

Amy miró a su alrededor y vio un cazo y se sirvió un poco del estofado de cordero que estaba hirviendo encima del fuego.

«¿Recuerdas lo que acaba de pasar? Le has pegado a un juez inglés, le has robado el caballo y por eso hemos tenido que cabalgar a través de la peor tormenta de la historia para cruzar la frontera con Escocia donde, si Dios nos asiste, estaremos a salvo».

«¡Shhh!» —Clarice miró a su alrededor, al salón vacío—. «Aquel horrible juez le estaba pegando al caballo».

Amy también bajó la voz.

«También le estaba pegando a su mujer y, si nos atrapa, nos colgará».

«No nos atrapará». —La capa de Clarice desprendía vapor por el calor de las llamas, un vapor que le envolvía la cara y le daba un aire etéreo.

«Será mejor·que no». Se sacó la cuchara del cinturón y se llevó a la boca un trozo de estofado. Estaba cliente, era muy grasoso y sabía… horrible. Como si no fuera cordero, sino otra carne sobre la que prefería no indagar.

Esperaba que no les sentara mal.

Aunque sabía que no importaba. Tenían que comer.

En voz baja, y con cierta vehemencia, dijo:

«Estoy harta de los constantes viajes, de las medias verdades furtivas y de la comida horrible. Si no nos cuelgan, moriremos de frío».

Clarice la miró, sorprendida.

«No sabía que pensaras así».

«¿Cómo es posible que no lo supieras?» ¿Cómo era posible que Clarice fuera tan inocente? Amy mojó un trozo de pan en el estofado y se lo dio a su hermana.

«Hasta ahora, no habías dicho nada de eso».

«Claro que lo he hecho, pero no me has escuchado». Puede que Amy no hubiera dicho lo que realmente pensaba, pero no estaba de humor para ser justa. De repente, se le despertó aquel sexto sentido que había ido desarrollando a lo largo de demasiadas peleas desesperadas en demasiadas ciudades y pueblos. Se metió la comida en la boca e hizo que Clarice hiciera lo mismo.

¿Dónde estaba el posadero? ¿Por qué no había vuelto de la cocina?

«Crees que soy tu estúpida hermana pequeña que no sabe nada —Amy se guardó en el bolsillo el pan que sobraba—. Crees que tienes que protegerme, pero no puedes. Tengo que llegar antes que tú a las ciudades para prepararte el terreno para cuando llegues con las cremas. Sé cómo buscar un empleo. Por el amor de Dios, tengo diecisiete años, la misma edad que tenías tú cuando nos echaron del colegio».

«¿He sido demasiado protectora, Amy?». La lluvia que empapaba la cara de Clarice se había secado, pero ahora la tenía cubierta de humedad. Con un movimiento brusco, se la secó con los dedos rojos y cortados por el frío.

Amy sintió una oleada de culpabilidad, pero la ignoró.

«Sí. ¿Por qué no podemos escoger un pueblo tranquilo, quedarnos y abrir una tienda? Tú podrías vender cremas y yo podría coser...»

«Porque la abuela envió al cortesano que nos previno que los asesinos nos perseguían».

«Después de cinco años, ¿de verdad crees que todavía van tras nosotras?»

«Godfrey dijo que, cuando fuera seguro que regresáramos a Beaumontagne, la abuela pondría un anuncio en los periódicos ingleses. Según las noticias, la abuela sigue viva y ha recuperado el control del país».

«Seguramente ahuyentó a los rebeldes», susurró Amy.

«Seguramente, pero no es lo importante. Jamás se olvidaría de hacernos volver».

«No, nunca. Jamás se olvidaría de nada. De modo que puede que realmente no haya recuperado el control».

«Y puede que los asesinos todavía nos persigan. ¿Te acuerdas de lo que pasó en aquella posada donde estuvimos después de salir del colegio?» Al recordarlo, Clarice se estremeció.

«Sí, claro que me acuerdo». A las dos semanas de haber empezado su andadura en solitario, se despertaron y encontraron a un hombre en la oscuridad de su habitación. Era gigantesco, de espaldas anchas y llevaba un pañuelo que le tapaba la cara. El filo de la navaja brillaba con la luz de la luna y se acercaba a ellas, agitándolo en pequeños círculos. Las chicas empezaron a gritar. El posadero entró y el asesino lo dejó inconsciente de un golpe mientras huía.

Y cuando le habían explicado al posadero quiénes eran y por qué las perseguían, les había gritado:

«Sólo me traeréis problemas, las dos. ¡Fuera! Y no volváis».

Las había echado en plena noche. Había sido una lección que jamás olvidarían y, al día siguiente, se habían gastado algunas de las pocas monedas que tenían en un par de navajas para ellas. De hecho...

¿Dónde estaba el posadero? ¿Y su mujer? ¿Por qué no había vuelto de la cocina?

«Pero eso fue hace cinco años —dijo Amy—. Hemos ido con mucho cuidado. Desde entonces, no nos ha vuelto a pasar. ¡Nos han perdido la pista!»

«No puedo arriesgarme. No cuando se trata de mi vida o de la tuya —Clarice miró hacia la puerta—. ¿Dónde está ese posadero?»

De modo que ella también se había dado cuenta del paso de los minutos.

«Están tardando mucho», dijo Amy.

«Si uno de ellos va al establo...» Las princesas habían cepillado al joven semental ellas mismas.

«Si el mozo les dice lo magnífico que es Blaize…»

Las dos se miraron desesperadas.

Escucharon pasos que se iban acercando desde la cocina.

Amy apagó la vela con los dedos y la apartó. Cogió un pesado candelero de peltre y pegó la espalda a la pared que había detrás de la puerta. Le hizo un gesto con la cabeza a Clarice, que se lo devolvió.

La puerta chirrió al abrirse y le tapó la visión del salón a Amy.

«Aquí sólo hay una, Bert. La otra debe de estar arriba, robando lo que pueda».

Muy despacio, Amy se desplazó hacia un lado, con cuidado de no hacer ruido y ser discreta.

La posadera, muy alta y huesuda, entró en el salón, secándose las manos en el delantal.

Bert, más lento, corpulento y con las manos grandes siguió a su mujer.

«Bonito caballo —dijo—. ¿De dónde lo habéis sacado?»

«Fue un regalo de mi padre —sonriendo con todo el encanto de su amplio arsenal, Clarice avanzó hacia él—. ¿No es precioso?»

«¡Tu padre! —exclamó la posadera—. ¡Como si supieras quién es!»

Clarice la ignoró y siguió avanzando lentamente hacia Bert.

«Hace una noche horrible, Bert. Le agradezco mucho su hospitalidad».

Hipnotizado por su sonrisa, Bert empezó a retroceder… hacia Amy.

En un tono muy dulce, Clarice continuó.

«No tiene más huéspedes y ya se ha quedado con la moneda que le hemos pagado…»

«También nos quedaremos con el resto de lo que lleváis encima antes de marcharos, porque no vamos a dar abrigo a dos de vuestra calaña. ¿Verdad, Bert? ¿Bert?», la posadera se giró para ver cómo Clarice arrinconaba a Bert.

La mujer abrió los ojos como platos cuando vio que Amy emergía de las sombras con el candelero levantado.

Gritó.

Amy dejó caer la improvisada arma en la cabeza de Bert.

El hombre cayó al suelo como una roca, levantando una nube de polvo del suelo.

Con el ceño fruncido, Amy volvió a levantar el candelero y se dirigió hacia la posadera.

La mujer salió corriendo y gritando como una tormenta de viento de Beaumontagne.

Amy dejó el arma en la mesa y se sacudió el polvo de las manos.

«Con suerte, el mozo estará en el establo y nadie podrá oírla —luego, al reconsiderarlo, volvió a coger el candelero—. Pero últimamente no hemos tenido demasiada suerte, ¿verdad?»

Clarice se arrodilló junto al posadero y le buscó el pulso en el cuello.

«Está vivo».

«Mejor. Un crimen menos en mi lista», dijo Amy, muy seria.

«¿Por qué siempre sospechan de nosotras?», Clarice se levantó y se puso los guantes, que todavía estaban húmedos.

«Porque no hablamos como ellos y tampoco somos como ellos —con movimientos patosos, Amy ató bien la capucha en la cabeza de su hermana para esconder los rizos rubios. Mientras se ponía los guantes, dijo—. Vamos. Tenemos el estómago lleno. Y Blaize es un caballo excelente. Todavía podemos cabalgar un poco más esta noche.»

Capítulo 14

—Amy, mi querido Jermyn pregunta por ti —la señorita Victorine subió las escaleras desde el sótano hasta la cocina, donde estaba Amy sentada a la mesa con las manos en la frente—. ¿Te encuentras bien como para bajar?

—No —Levantó la cabeza e intentó sonreír—. Quiero decir que… me temo que todavía no me encuentro bien del todo y no querría contagiarlo.

La señorita Victorine abrió los ojos como platos.

—Creía que habías dicho que era un problema de mujeres.

—¡Y lo es! Bueno, lo era. Pero ahora tengo un catarro —tosió sin demasiadas ganas—. Seguramente será por haber pasado demasiado tiempo en un sótano húmedo.

—Mi sótano no es húmedo, querida —la señorita Victorine parecía ofendida—. Con la estufa, se está bastante bien.

—Está lleno de polvo —respondió Amy.

—Si de verdad crees que es contraproducente para tu salud bajar al sótano, entonces debemos soltar al marqués o su muerte caerá sobre nuestras espaldas.

—¡No! —Amy se levantó—. No, no, no. No podemos soltarlo todavía —si lo hacían, la podía atrapar y darle más besos. Se los daría a la fuerza, haciéndola aceptar una pasión que ella se negaba a reconocer.

La señorita Victorine suspiró. Rodeó los hombros de Amy con el brazo, la atrajo contra ella y dijo:

—Amy, no estás enferma. Estás evitando a Jermyn. No te culpo. Sé que es una situación desagradable cuando le decimos que todavía no podemos soltarlo...

—¿Una situación desagradable? ¡El desagradable es él!

—Podemos convencerlo con halagos.

—¿Por qué iba a halagarlo? —Amy se esperaba que, a modo de respuesta, la señorita Victorine mencionara la condición de noble de lord Northcliff.

Sin embargo, la anciana dijo:

—Porque lo secuestramos y lo encerramos en mi húmedo y polvoriento sótano —con mucha dulzura, jugueteó con un mechón del pelo de Amy—. Ahora baja y habla con el chico. Ofrécete para leerle un rato. El primer día ya te fijaste en lo guapo que es. Quizá podrías flirtear con él.

—¿Flirtear? —Amy miró horrorizada a la señorita Victorine—. Uy, no. No puedo flirtear con él. No es... No es mi tipo.

—¿De veras? Pues yo creía que todas esas miradas furtivas significaban que era exactamente tu tipo.

—¿Cree... Cree que he dado muestras de una inclinación... una preferencia... por el marqués? —¿acaso le había dado pie a todas sus atenciones?

—Una inclinación renuente —corrigió la señorita Victorine.

—No quiero sentir una inclinación hacia él —Amy pensaba que había sido una arpía pero, ¿qué sabía ella de hombres? A lo mejor les gustaban las brujas.

—No, claro que no. Pero, a veces, la naturaleza tiene otras ideas.

Con una digna imitación de su altiva abuela, dijo:

—La naturaleza no me controla.

La señorita Victorine no se parecía en nada a su abuela, pero se mostró igual de implacable cuando dijo:

—Sí que lo hace. Y ahora baja a ver qué quiere. No te estoy diciendo que te quedes ahí abajo toda la noche.

Amy observó el oscuro agujero que bajaba hasta el sótano y entonces se agarró al brazo de la señorita Victorine.

—Venga conmigo.

—Si insistes, pero la rodilla... —la señorita Victorine hizo una mueca de dolor—. La tengo resentida de tantos viajes arriba y abajo. Piensa que hoy le he bajado el desayuno, el té y la cena.

—Entonces debe quedarse aquí. Hoy ya ha hecho demasiado —Amy se armó de valor para descender la escalera y enfrentarse al hombre al que ayer había besado.

¡Había besado! Dos palabras demasiado sencillas para describir el placer que él le había mostrado.

Y ella se lo había permitido. Aquella certeza la atormentaba. Se había resistido, sí, pero como una chica; no le había arañado los ojos ni había intentado asfixiarlo. No había querido hacerle daño... y aquello era ridículo. Él no había dudado ni un segundo en utilizar la fuerza contra ella. Aunque tampoco le había hecho daño; más bien todo lo contrario. La había obligado a sentir placer y le había enseñado cosas acerca de sí misma que jamás hubiera imaginado. No se imaginaba mirándolo a los ojos.

Peor: no podía ni mirarse al espejo.

Por primera vez en el año que llevaba viviendo allí, la señorita Victorine la había examinado de arriba abajo.

—Estás muy pálida —y le pellizcó las mejillas.

Con el primer arrebato de indignación hacia la señorita Victorine, Amy se apartó. Sin embargo, antes de bajar las escaleras, se giró:

—Nunca me dijo lo de su madre.

—Sí que te lo dije —la señorita Victorine se irguió como una perdiz ofendida—. Te dije que la perdimos.

—No la perdieron. Abandonó a su familia. Al menos, eso es lo que él me ha explicado.

—Eso es lo que pareció. Se marchó y nunca más la volvieron a ver. Pero yo jamás me lo creí —la señorita Victorine pareció volver al pasado—. Jamás me lo creí. Era dulce y cariñosa. Y muy amable conmigo. Quería a su hijo y a su marido —de repente, volvió al presente—. Es imposible que lady Northcliff se alejara de ellos.

—Es lo que yo dije pero él…

—Imagina por un momento lo que supuso para ese pobre chico que la gente creyera que su madre era una cualquiera y una inmoral —la señorita Victorine le tomó la cara entre las manos—. Escuchó a los adultos chismorreando sobre ella sin piedad. No dejaban que sus hijos jugaran con él porque igual habría heredado el libertinaje de su madre. Los niños se burlaban de él y le decían que debía de ser muy malo para que su madre lo hubiera abandonado.

A Amy le dio un vuelco el corazón.

—Puede ser que yo también le hubiera dicho algo parecido.

—Oh, Amy —la señorita Victorine apartó la mano—. Te quiero mucho, pero tienes un defecto que deberías intentar corregir. Te precipitas al hablar y lo haces con demasiada pasión.

—La sinceridad es algo bueno.

—No cuando se utiliza para hacer daño a otros. Muérdete los labios para que adquieran color y baja a ver a mi querido Jermyn.

Mientras bajaba las escaleras, Amy obedeció y apretó los dientes contra los labios. Se avergonzaba de sí misma pero quería que lord Northcliff la mirara y deseara no estar encadenado a la pared.

Y, al mismo tiempo, se reía de ella misma; nunca en la vida había estado tan... tonta. Era como si aquel beso le hubiera robado su sólido sentido común y la hubiera convertido en una niña tonta y sin respiración sólo preocupada por la aprobación de un hombre.

Cuando llegó al sótano, Jermyn se estaba haciendo la cama. Aquello la dejó helada; jamás lo había visto hacer nada que remotamente se pareciera a una tarea doméstica. Debía de estar realmente aburrido. Sosteniendo el cubrecama de piel en los brazos, Jermyn hizo una reverencia.

—Señorita Amy, si eres tan amable de tomar asiento, tenemos que hablar.

Cortés. Era cortés con ella.

¿Por qué?

—¿Hablar de qué? —¿del beso? No quería hablar de eso.

—Si eres tan amable de tomar asiento —repitió él.

Amy se acercó a la silla donde solía sentarse y se acomodó.

Él se sentó frente a ella y dejó el cubrecama de cualquier manera sobre la mesa.

—Necesito ropa —dijo.

Ropa. Quería hablar de su ropa. Qué deprimente.

No es que ella quisiera hablar de los besos, pero pensó que quizá lo tendría presente... aunque si él no lo tenía presente, ella tampoco.

—Hace seis días, ¿o son siete?, que llevo la misma ropa —parecía como si hubiera intentado eliminar las arrugas de la camisa y el chaleco, pero sin éxito—. Al ritmo que avanza tu plan, podría perfectamente llevarla seis días más.

—Estoy segura que su tío podrá pagar el rescate esta vez —aunque no era cierto, no estaba segura de eso.

A juzgar por cómo Northcliff apretó los dientes, resultó obvio que él también dudaba que quedara libre a corto plazo.

—En cualquier caso, necesito ropa limpia, y la tengo en mi mansión, a escasos siete u ocho kilómetros de aquí. Sólo necesito que alguien vaya a buscarla —la miró fijamente—. Y como no me veo capaz de entrar en detalles acerca de mi ropa interior con la señorita Victorine, creo que la persona que debe ir eres tú.

—¿Quiere que me cuele en su mansión de Summerwind Abbey y robe su ropa?

—¡Muy bien, lady Desdén! Lo has entendido perfectamente —se sacó una hoja de papel doblada del bolsillo—. He escrito una lista con lo que necesito.

—¿Lo que necesita? —no podía creerse tanta desfachatez—. ¿Y cómo sugiere que entre en su casa sin que me vean?

—Has demostrado que posees una mente analítica y crítica y la capacidad de poner en marcha cualquier plan. Confío plenamente en ti; podrías robar la plata delante de las narices del mayordomo mientras la limpia.

—¿Eso es un halago o un insulto?

—Dejaré que lo decidas tú —agitó la lista—. Ahora, escúchame. La ropa interior está en la cómoda del dormitorio; no de la antecámara, del dormitorio, justo delante de los pies de la cama. Quiero dos camisolas limpias, dos pares de calzones, calcetines limpios…

Mientras lo escuchaba recitar la lista, tragaba saliva. Suponía que podría colarse en Summerwind Abbey sin que la detuvieran. Siempre que se comportara como si trabajara allí, era poco probable que le dijeran algo y, si se lo decían, había trescientos criados y trescientas tareas distintas para una doncella en una casa como aquella.

Sin embargo, rebuscar entre su ropa interior era otra cosa muy distinta. No sabía nada acerca de la ropa íntima de los hombres y la posibilidad de volver a casa con las prendas correctas parecía más que remota. Podría pedirle a él que se lo explicara pero su respuesta implicaría, posiblemente, incredulidad o burla y, seguro, una vergonzante explicación. Era mejor asentir y fingir que podía cumplir perfectamente con el cometido que le había encargado.

—… y ya está —terminó él—. He dibujado un plano para llegar a mi habitación y te he anotado el horario en el que es posible que mi ayudante esté por allí. Te recomendaría que lo evitaras. Si te descubre revolviendo el cajón de mi ropa interior, seguramente se ponga de mal humor y no esté dispuesto a escuchar ninguna historia que pudieras explicarle. Es bastante inteligente y me tiene mucho afecto…

—¿Por qué?

—… y supongo que debe estar muy preocupado por mi desaparición —Northcliff le ofreció el papel.

—Póngalo en la mesa y deslícelo hacia aquí —dijo ella.

—Pensaba que ya habíamos superado esa fase —pero hizo lo que ella le había dicho.

Ella lo cogió, lo desdobló y fingió que estudiaba el mapa.

—Aunque claro, eso era antes de que nos besáramos ayer.

Amy apretó los dientes y lo miró.

—No se preocupe, señor. Ya lo he olvidado.

—¿De veras? Me alegro por ti. En cuanto a mí, ese beso está grabado a fuego en mi memoria y así, cuando sea viejo y haya olvidado todo lo demás, seguiré recordando el calor de tus labios pegados a los míos —en un segundo, el práctico aristócrata que necesitaba ropa desapareció y cedió su lugar al hombre primitivo que acechaba a la mujer que quería como compañera.

Y no había movido ni un dedo.

¿Por qué le había pellizcado las mejillas la señorita Victorine? Amy no necesitaba más color. Notó cómo se sonrojaba y apenas podía mirar a Northcliff con serenidad.

—Por favor, señor, no quiero…

—Bobadas. Claro que quieres, Amy, y quieres conmigo.

Ella le lanzó una mirada que lo quemó y lo aborreció.

—Ya lo sé. No te caigo bien. Pero míralo desde mi punto de vista. Me has dejado en ridículo. Me has secuestrado, me has encerrado, me has hecho sentir culpable, me has hecho dudar de mi tío y administrador… y todo esto me incomoda muchísimo, te lo prometo —Mientras la miraba, acariciaba el cubrecama de piel, y Amy se quedó ensimismada observando cómo sus dedos se enredaban en aquella superficie marrón. La acariciaban una y otra vez y, mientras tanto, con la miraba acariciaba el pelo de Amy con tanta intensidad que se vio envuelta por la calidez del cubrecama. O del cuerpo de Jermyn—. Debería despreciarte. Pero te deseo. Sólo puedo pensar en ti y lo único que me reconforta es saber que tú también sólo piensas en tenerme.

—Eso no es verdad —el movimiento hipnótico la mantenía allí sentada, atrapada por aquella voz lenta, profunda y seductora.

—Puede que no. Aquí abajo sólo puedo pensar. En cambio, tú tienes tareas con qué ocupar tu mente —su mano se detuvo. Se inclinó hacia delante—. Pero, Amy, conozco a las mujeres. Sé que, en la oscuridad de la noche, cuando los sueños se deslizan por debajo de la puerta como la niebla marina, sueñas conmigo.

Horrorizada ante aquella perspicacia, ella lo negó.

—¡No!

—Actúas como si pudieras elegir. Y no puedes. Ni yo. Algún extraño capricho de nuestras naturalezas nos une en el deseo —Jermyn se sentó en la silla, quieto como un león que espera a que su presa esté al alcance de su garra—. ¿Sabes que cuando te levantas por la mañana, escucho tus pasos encima de mi cabeza? Te imagino quitándote un viejo camisón, tu cuerpo pálido y dulce, y poniéndote uno de esos horribles vestidos. Por la noche, los tablones del suelo crujen cuando te preparas para acostarte y te imagino desnudándote. Y, durante toda la noche, cada vez que te mueves en tu virginal cama, te escucho. Me tienes prisionero, pero te estoy observando.

Aquellas palabras la tenían hechizada. No podía moverse, apenas podía respirar y una desesperada mortificación enseguida se convirtió en embriagadora anticipación. Algún resto de sentido común, o quizá fue la renuencia natural de las vírgenes, la mantuvo lo suficientemente serena como para decir:

—Si quisiera le soltaría, y acabaríamos con esto.

El chasquido de lengua de él la sorprendió.

—Eres muy inocente. Jamás acabaremos con «esto», como tú lo llamas. Lo llevaremos con nosotros para siempre. ¿Eres consciente de la desesperación con que te necesito?

Amy abrió los ojos como platos y negó con la cabeza.

—Si abrieras el grillete ahora mismo, me quedaría en este pequeño y oscuro sótano para hacerte el amor.

Amy había llegado a asociar su esencia con el olor a tierra del sótano.

—No podemos. No puedo.

Él no dijo nada, pero en sus ojos se reflejaba la elocuencia de un conocimiento que ella quería descubrir y una pasión que anhelaba sentir.

—Nuestras situaciones son muy distintas. Cuando sea libre, intentará encontrarme y castigarme…

—Eso es verdad —asintió él—. Pero, cariño, mi castigo no te matará. Me pedirás más. Te prometo que haré que me pidas más.

Cuando la miró, su mirada marrón desprendía fuego y, cuando le habló, con aquella voz que le acariciaba los nervios como terciopelo negro, quería tenderlo en el catre, desabotonarse el vestido y comprobar si podía cumplir su promesa.

—Imposible.

Habló más para sí misma que para él, pero Jermyn le respondió de todos modos:

—No es imposible. Piénsalo, Amy. Jamás volverás a tener una oportunidad como esta. Estoy atado a la pared. Cuando la casa está en silencio y hasta el gato duerme, podrías bajar aquí y hacerme el amor.

—No sea ridículo. Usted jamás me dejaría…

—Claro que sí. Dejaría que llevaras la iniciativa, que me exploraras a placer, que me enseñaras qué te gusta. Te besaría allí donde me dijeras: en los labios, en los pechos, en…

—¡Señor, por favor!

—… los hombros. Amy, ¿qué creías que iba a decir? —le brillaron los ojos con la malvada burla que lo haría terriblemente atractivo para ella… si le interesaran los aristócratas insensibles, deshonestos y disolutos—. Piensa en lo agradable que sería saber que me controlas y que, si quisieras dejarme aquí frustrado e hirviendo de deseo, podrías marcharte sin mirar atrás.

—Si me sujeta como lo hizo ayer y me aprisiona contra el colchón, no podría controlarlo.

—Ayer perdí los estribos. Pero no me disculparé, porque no me arrepiento… ya te he dicho cómo me siento respecto a ese beso. Pero te juro por mi honor y, Amy, aunque lo dudes te prometo que soy un hombre de palabra, que no volveré a forzarte. Al menos, mientras estemos en este sótano.

Con la palma de la mano, Amy acarició el tablero de la mesa una y otra vez, con la superficie lisa resbalándole debajo de la piel. Jermyn le estaba ofreciendo el pacto del diablo… y ella estaba tentada de aceptarlo. Muy tentada.

Porque lo que él decía era verdad. Durante el día, su mente se llenaba de pensamientos acerca de él, pensamientos que superaban las ideas cuerdas y los sentimientos normales. Pero por la noche era peor. Soñaba con él, constantemente y en color, algunas veces luchaba, otras dormía, siempre amenazaba, exigía, la atraía.

Como ahora. ¿Cómo sabía que ella misma se había dicho: «Si tuviera el control, quizá…»? ¿Cómo se había traicionado a ella misma de aquella forma?

De golpe, volvió a la realidad del sótano y se encontró que Northcliff la estaba observando divertido y con complicidad.

¿Se había traicionado a ella misma?

Por supuesto. Jermyn la conocía, o quizá sería más apropiado decir que conocía a las mujeres, demasiado bien.

Se levantó y se dirigió hacia las escaleras.

—Amy —dijo él.

Ella se giró.

—¿Qué?

—Te dejas la lista.

Claro que se la dejaba. La había distraído.

Volvió sobre sus pasos y la cogió.

—Hay algo que no he puesto en la lista —dijo él.

—No importa. Si consigo llegar a su habitación, recoger estas cosas y marcharme sin que me vean ya será suficiente.

—Pero es que es muy importante —aquella voz profunda llamó la atención de Amy—. Cuando una mujer hace el amor con un hombre por primera vez, es mejor que utilice aceite para facilitar la penetración.

Amy se quedó helada mientras lo miraba a los ojos.

—Además, conviene que se proteja de un embarazo no deseado.

—¡Dios mío, por supuesto! —¿cómo había sido capaz de plantearse aceptar la tentación que le ofrecía sin pensar en lo más obvio?

—En el primer cajón de mi mesita de noche hay una caja pequeña. Contiene todo lo necesario para que nuestra noche sea placentera. Si no puedes traer lo demás, no importa, pero trae la caja.

Ella se rió, como burlándose, aunque sin demasiado convencimiento. Volvió a encaminarse hacia las escaleras.

—Amy.

Ella se giró.

—¿Qué?

—¿Te has fijado que no te he pedido ningún camisón?

Ella miró la lista que tenía en la mano y se preguntó por qué le decía aquello.

Y entonces lo supo.

Le acababa de decir que dormía desnudo.

Cada noche, en el sótano que había debajo de su habitación, su cuerpo desnudo la esperaba para darle la bienvenida. Y ahora que ella lo sabía, jamás podría apartarse de la cabeza la imagen… o la tentación.

Capítulo 15

—No puedo ponerme esa chaqueta. Es demasiado diferente a la que llevaba.

—Y que destrozó —Biggers y Jermyn estaban entre las sombras del armario de la habitación del marqués y discutían sobre la indumentaria que Jermyn debía ponerse para volver a su cárcel. Él insistió en llevarse básicamente lo mismo que llevaba puesto.

Biggers, en cambio, ya que normalmente era un hombre muy razonable, insistió en la necesidad de variar el vestuario.

—Las señoras no son estúpidas. Se darán cuenta que me he cambiado de ropa —Jermyn escogió una chaqueta que, en corte y color, era similar a la que llevaba el día que lo habían secuestrado—. Me llevaré esta.

—No pueden ser demasiado inteligentes. Escapó hace días y ni siquiera se han dado cuenta —respondió Biggers.

—Me gustaría pensar que, cuando me decidí a engañarlas, sería capaz de hacerlo —y, muy serio al darse cuenta que estaba a punto de repetir casi las palabras exactas de Amy, añadió—. Sin embargo, no olvides que una chica de diecinueve años y una anciana planearon el secuestro del marqués de Northcliff, y lo llevaron a cabo. Puede que quieras considerarlas tontas, pero me gusta pensar que las personas que han sido más inteligentes que yo son algo más que tontas.

—Entiendo, señor. Por supuesto que tiene razón, señor. Son unas mujeres excepcionalmente inteligentes, señor —Biggers no se estaba burlando en absoluto. Era el ayudante perfecto: recto, puntilloso, por encima de las modas, capaz de afeitarlo sin hacerle ni un rasguño y de plancharle las corbatas hasta que quedaran tiesas. Era alto, delgado y con aspecto de tener siempre cuarenta y tres años. Llevaba doce años con Jermyn y jamás le había explicado su historia, aunque hablaba con corrección y era tan perspicaz que se notaba que su pasado había sido más peligroso que su presente.

—Le he pedido a su abogado que venga con los libros de contabilidad de los negocios familiares.

—¿Y le has dicho…?

—Que eran órdenes de su tío. No sabe qué señor Edmondson le ha estado escribiendo pero, créame señor, le tiene tanto miedo a su tío que no se atreverá a cuestionar ninguna orden.

—Perfecto. Ahora necesito que vigiles a los criados. La mayor parte de ellos llevan muchos años en esta casa y, si mi tío es un corrupto, sólo se me ocurre que hubiera podido conseguir su lealtad mediante sobornos.

—O chantajeándolos —dijo Biggers.

A Jermyn no se le había ocurrido.

—Les haré algunas preguntas, muy sutilmente, y comprobaré quién mantiene todavía su lealtad hacia usted —con mucho tacto, Biggers preguntó—. Entonces, vistos los acontecimientos de las últimas semanas, ¿es adecuado decir que ya no confiamos en su tío?

—Es muy adecuado decirlo.

—Y, de hecho, no es una casualidad que haya sufrido tantas calamidades, ¿no es así?

—Exacto —Jermyn se tocó la pierna por el punto donde se le había roto el hueso.

—En tal caso, señor, me sentiría mucho más seguro si se llevara esto —Biggers se arremangó la manga de la camisa y le mostró a Jermyn la funda de piel que llevaba sujeta al brazo. De ahí, sacó una pequeña navaja con un filo reluciente.

Sí, definitivamente Biggers escondía algún tipo de pasado de mala reputación. El filo de la navaja y la funda perfectamente escondida lo demostraban.

Jermyn aceptó el arma, tocó la punta con la yema de un dedo y sonrió:

—Perfecto.

—Cuando desapareció, me tomé la libertad de confiscar una de las pistolas de duelo de la colección de su padre —la sacó del bolsillo—. Por favor, señor, es una pieza muy buena. Cójala.

Jermyn observó la pistola. Con la inconfundible culata de marfil, el cañón decorado y las iniciales J.E. grabadas en la culata, pasaría perfectamente por un juguete. Sin embargo, su padre sólo coleccionaba las mejores armas y Jermyn no tenía ninguna duda de que aquella pistola dispararía de forma certera. La cogió, así como la pólvora que Biggers le ofreció.

En aquellos momentos, Jermyn sentía que sólo podía confiar en su ayudante, en la gente de Summerwind... y en su eternamente inocente lady Desdén.

Y, aunque no dudaba que intentaría conseguirle la ropa que le había pedido, no podía bañarse por él.

—¿Cuándo estará listo mi baño?

—Señor, se tarda un poco en calentar el agua y debo añadir que tuve que dar unas cuantas explicaciones para justificar que se preparara un baño en sus aposentos en pleno día cuando usted no está —Biggers escogió otra chaqueta—. ¿Qué le parece esta para la cena?

Jermyn se rió y empezaba a explicarle otra vez sus circunstancias cuando escuchó un ruido y vio que se abría la puerta de su habitación.

Biggers se dispuso a salir y ver quién se atrevía a entrar sin llamar a la puerta, pero la precaución que había desarrollado durante el secuestro y el cautiverio hizo que Jermyn lo detuviera tomándolo por el hombro.

A Biggers se le iluminó la mirada cuando descubrió que aquella visita sorpresa podía significar más intriga.

Con una gran dosis de descaro, una criada morena pasó por delante de ellos.

Biggers suspiró, nervioso.

Sin embargo, aunque la chica les daba la espalda, la insolencia con la que se movía, la línea recta de su espalda y el vestido feo y viejo hicieron que a Jermyn le saltaran todas las alarmas: era Amy.

Jermyn sujetó a Biggers, lo empotró contra la pared y, con un gesto, le indicó que no hiciera ruido.

Biggers asintió, con los ojos como platos.

Ella se acercó a la cómoda, donde ellos no la veían.

Los dos hombres se movieron para seguirla con la mirada.

Primero, Amy observó la habitación. Acarició las cortinas del dosel, pasó la mano por encima de la tarima pulida y se acercó a la ventana que daba al balcón, desde donde se veía el mar.

Estaba satisfaciendo su curiosidad acerca de Jermyn, y él estaba encantado por ese interés.

Luego, Amy abrió el primer cajón de la cómoda. Sacó una camisola blanca. Cerró el cajón y abrió el siguiente. De ahí sacó una corbata. Lo cerró y abrió el siguiente... calcetines y ropa interior se unieron a las demás prendas.

Jermyn contuvo la respiración. La observó atentamente. Hasta ahora, había cumplido a rajatabla sus instrucciones. Ahora estaba expectante por ver si también cumpliría su última e insistente petición.

«En el primer cajón de mi mesita de noche hay una caja pequeña. Contiene todo lo necesario para que nuestra noche sea placentera. Si no puedes traer nada más, no importa, pero trae la caja.»

Mentalmente, le dijo: «Amy, coge la caja de madera. Cógela». Si los pensamientos tuvieran poder, seguro que ella seguiría sus instrucciones.

Amy recogió la ropa, la envolvió en un trozo de papel marrón y lo ató con una cuerda. Metió el paquete en una bolsa de tela que llevaba colgada del cinturón y se dirigió hacia la puerta.

Frustrado, Jermyn quería dar un puñetazo contra la pared.

¿Por qué esa chica no podía hacer, ni por una vez, lo que le decían?

En la puerta, Amy se detuvo.

A Jermyn le dio un vuelco el corazón. «Hazlo —le ordenó mentalmente—. Cógela.»

Ella se giró hacia la mesita de noche y luego apartó la mirada. Jermyn era testigo de excepción de la lucha interior que se había desatado entre su sentido común y sus anhelos.

¿Habría despertado suficiente deseo con su trampa? ¿Había interpretado el papel del macho sumiso y hambriento con suficiente sinceridad?

Con un débil «¡Demonios!», Amy se acercó a la mesita de noche. Abrió el cajón, sacó la caja de madera y la miró como si fuera una serpiente venenosa. Miró a su alrededor, la dejó en la mesa y levantó la tapa. Cogió una botellita azul y dorada. Quitó el tapón y olió.

Jermyn prefería una combinación de laurel y otras especias y contuvo el aliento mientras observaba su cara, esperando su reacción.

Si no le gustaba el olor, no tenía ninguna duda de que volvería a dejar la caja en su sitio.

Pero, por un segundo, Amy cerró los ojos. El placer le hizo dibujar una sonrisa.

Le gustaba.

Y Jermyn esperaba que asociara el olor con él, con el día que lo había secuestrado. Aquello sí que sería justicia.

Con un movimiento brusco, tapó la botella, la dejó en su sitio y se guardó la caja en el bolsillo.

Los dos hombres observaron cómo salió de la habitación. Jermyn escuchó el ruido de la puerta al cerrarse. Con mucho cuidado, salió del vestidor y echó un vistazo a la antesala.

Vacía.

Se giró hacia un desconcertado Biggers y dijo:

—¡Deprisa, necesito ese baño!

El reflejo de la luna nueva entró por la ventana de la habitación de Amy, iluminando débilmente la minúscula estancia con la cama estrecha y los escasos muebles. Jamás había sentido claustrofobia entre aquellas cuatro paredes, pero esa noche sí. Parecía que, si se atrevía a aprovechar la ocasión,

Northcliff le enseñaría a volar sola lejos de las pedantes garras de la gravedad.

Deslizó el brazo debajo de la almohada y se quedó mirando fijamente la caja de madera que había encima de la mesita.

La abuela, su padre y sus hermanas siempre estaban preocupados porque Amy era una salvaje y una tonta, pero a ella le parecía que las cosas por las que ellos se preocupaban (los modales, la osadía y una evidente falta de interés en las artes relajadas) no eran importantes.

Sin embargo, quizá la abuela tenía razón. Quizá la propensión de Amy a correr demasiado deprisa, a bailar con demasiado ritmo y a cantar demasiado alto eran características propias de un carácter salvaje.

Amy se giró y luego, cuando escuchó la voz de Northcliff en la cabeza, se quedó inmóvil. «¿Sabes que cuando te levantas por la mañana, escucho tus pasos encima de mi cabeza? Te imagino quitándote un viejo camisón, tu cuerpo pálido y dulce, y poniéndote uno de esos horribles vestidos. Por la noche, los tablones del suelo crujen cuando te preparas para acostarte y te imagino desnudándote. Y, durante toda la noche, cada vez que te mueves en tu virginal cama, te escucho. Me tienes prisionero, pero te estoy observando.»

Un escalofrío le recorrió la espina dorsal al recordar las palabras de Northcliff, pero no fue por miedo. Fue deseo. Quería levantarse de la cama e ir con él. Quería verlo. No sólo la cara o la extensión de su pecho; quería verlo entero. Porque, mientras él decía que se la había estado imaginando, ella también lo había imaginado.

Con un movimiento tan lento y cuidadoso que su viejo colchón de paja no crujió, Amy se incorporó y se rodeó las rodillas con los brazos. Northcliff estaba despierto debajo de ella. Lo sabía; podía sentir su fijación a toda prueba, las oleadas de su voluntad llamándola.

No debería importarle lo que él le pidiera.

No le importaba... excepto que era lo que ella también quería. Amy se había enfrentado a enemigos más fuertes y decididos que Northcliff, pero él había adoptado una estrategia que ella no podía resistir. Había hecho que su cuerpo despertara.

En la habitación hacía frío, pero ella no lo notaba. Había trabajado muy duro durante todo el día limpiando la casa de la señorita Victorine, había arreglado el tejado y las paredes y había cuidado el jardín. Debería haberse relajado y dormido enseguida, pero las fantasías la mantenían tensa y despierta. La mente no descansaría esa noche. Se repetía, una y otra vez, las palabras que Jermyn le había dicho, las sensaciones que había experimentado cuando la había besado, el color de sus ojos y la decisión con que giraba la cabeza. Todo lo relacionado con él estaba revuelto en una enorme bola de emociones confundidas y ella no sabía cómo empezar a desenredarla.

Volvió a mirar la caja.

Quería cantar, bailar, volar... volver a sentir aquella alegría. Y pensó que Northcliff podría proporcionársela. Podría satisfacerla.

Estaba encadenado a la pared... por el tobillo y por su promesa. Aquella pequeña punzada de inseguridad que todavía sentía podía eliminarse con...

Ella misma se llamaba princesa Don Nadie. Northcliff la llamaba lady Desdén. Y, a pesar de todo, seguía siendo simplemente Amy en un mundo cruel, luchando desesperada y perdiendo la batalla.

Esta noche, tenía la oportunidad de disfrutar de un momento para ella sola. Una oportunidad que jamás volvería a presentársele.

Cuando se sentó, el colchón crujió y la cama chirrió. No le importaba.

Se llevó las manos a la cadena que le colgaba del cuello, se quitó la cruz de plata que la designaba como princesa de Beaumontagne. La colgó del poste de la cama, cerciorándose de que el dibujo con la rosa de su país quedara de cara a la madera.

Se levantó. El suelo crujió. Aquello tampoco le preocupó. Ahora ya sabía que bajaba pero, mientras esperaba, que sufriera.

Encendió la vela. Cogió la caja. Y salió de puntillas hasta el pasillo. La señorita Victorine roncaba tranquilamente y Amy suspiró aliviada. Escondió la llama de la vela con la mano cuando pasó por delante de la habitación de la señorita Victorine, vio la puerta entreabierta y caminó con mucho más cuidado… hasta que el pie descalzo chocó contra un objeto grande, peludo y sólido.

Contuvo la respiración del susto. Se tambaleó. Sus pies descalzos se apoyaron en el suelo de madera haciendo ruido. La vela se sacudió de un lado a otro.

Coal maulló y salió disparado hacia la cocina.

Amy recuperó el equilibrio. Enderezó la vela antes de que cayera. Se quedó quieta, escuchando, conteniendo la respiración por los nervios.

La señorita Victorine dejó de roncar. Volvió a roncar, tosió… la cama crujió cuando se giró… y silencio, un terrible silencio durante el cual Amy se imaginó a la señorita Victorine mirando hacia la luz en el pasillo. Esperó a que la llamara.

Y entonces la señorita Victorine volvió a roncar, de forma más suave.

Amy persiguió al gato y le lanzó una mirada asesina. Ese gato negro malo y delator.

Él la miró, con el pelo revuelto y ofendido como sólo puede estarlo un felino. Se colocó frente al fuego, donde todavía ardían los últimos trozos de carbón, juzgándola mientras ella se acercaba de puntillas a la puerta que bajaba al sótano.

—No me importa lo que pienses —le dijo—. Voy a bajar.

Sin embargo, durante un largo rato se quedó dubitativa frente a la puerta.

Si respondía a la llamada de Northcliff, jamás volvería a ser la misma.

Capítulo 16

Jermyn se apoyó en un codo y se quedó mirando la tenue e inmóvil luz que venía de las escaleras. Amy tenía que bajar. No podía cambiar de idea ahora. Si lo hacía, entonces él mandaría al diablo el grillete y la farsa. Se levantaría de la cama e iría a buscarla... y la compostura que había prometido se desvanecería en el aire.

Seguía sin moverse.

A Jermyn le pareció que el sótano era más caluroso, húmedo y olía a nerviosismo. Se tensó, preparándose para destaparse y subir a por ella.

Después de unos minutos que parecieron horas, ella dio un paso.

A Jermyn se le tensó el cuerpo. Amy estaba haciendo lo que él quería y, a pesar de todo, tenía que hacer un gran esfuerzo por controlar sus instintos. «Ve a por ella. Poséela. Hazla tuya.» Pero sabía que con Amy aquello jamás funcionaría. Tenía que ser ella quien tomara la iniciativa. Tenía que imaginarse que lo tenía controlado.

Más adelante, ya descubriría que no había sido así.

Bajó las escaleras descalza y vestida sólo con un camisón tan viejo que se transparentaba todo. Y como llevaba la vela a un lado, Jermyn tuvo unas buenas vistas... unas vistas magníficas. Amy llevaba la caja en la otra mano y lo miraba sin un atisbo de vergüenza.

Claro que no. Una vez tomada la decisión, su lady Desdén se lanzaría a la aventura.

Aquella idea activó la sangre del cuerpo de Jermyn. Amy había acudido a él. Había bajado sin miedo. Y pronto lo haría suyo…

Ella se acercó a él, se quedó de pie a su lado y lo miró, sonriente.

—No sabía si te atreverías a bajar —dijo él.

—Sabía que, si no lo hacía, me arrepentiría toda la vida.

Ninguna otra mujer había sido tan sincera con él… o con ella misma.

Con esa confidente virgen, Jermyn estaba en desventaja. Con otra mujer más experimentada, le podía prometer la felicidad absoluta y ella sabría de qué estaba hablando. Una mujer familiarizada con los placeres de la carne sabía perfectamente lo que un hombre con práctica podía conseguir con sus besos y su cuerpo.

En cambio, a Amy la había atraído sólo con palabras y promesas, y la tentadora sugerencia del éxtasis que sus dos cuerpos ofrecían.

Él levantó las palmas de las manos.

—Esta vez no tengo armas escondidas.

Ella se rió, un pequeño sonido gutural, y con la vista recorrió su cuerpo cubierto con mantas.

—Mientes.

Jermyn tenía todos los músculos del cuerpo tensos. La verga y los testículos le dolían como si llevara horas y horas en erección. Jamás hubiera imaginado que podría reírse en un momento así, pero lo hizo. Le devolvió la sonrisa. Aquella broma subida de tono combinada con aquel cuerpo casto lo maravilló.

¿Había existido alguna vez una mujer como esa?

Amy dejó la vela y la caja en la mesa. Sin pensárselo dos veces, se sacó el camisón por la cabeza.

De repente, Jermyn dejó de reír y tragó saliva. Amy vestida con aquel camisón le aceleraba el corazón. Amy totalmente desnuda dejaba en ridículo todas las sedas, satenes, pieles y brocados. Tenía los hombros fuertes y los brazos fibrados. Los pechos todavía eran nuevos, firmes y altivos, con una aureola rosada que provocó que a Jermyn se le hiciera la boca agua. Le veía todas las costillas, tenía la cintura demasiado estrecha y el estómago cóncavo, pero tenía unas caderas redondeadas, hechas para la mano de un hombre, y allí es donde Jermyn colocó la suya. Tenía poco pelo, oscuro y rizado, entre las piernas, o sea que apenas ocultaba sus partes íntimas a la vista. Jermyn vio partes de la vagina que había tocado, los labios que protegían su núcleo de placer.

Quería volver a tocarla ahora mismo. Sólo lo detenía su promesa.

Amy debió de darse de lo que él estaba pensando, porque su sonrisa adquirió características de la de Mona Lisa.

Apoyó una rodilla en el colchón y se inclinó sobre él. Los pechos quedaron mucho más cerca de él, casi al alcance de su boca. Ahora tenía las piernas abiertas y Jermyn podía ver perfectamente esos labios, casi le pareció que podía ver su interior, la suave y aterciopelada cueva que los fundiría a los dos.

Y entonces, ella lo cogió desprevenido.

Agarró un extremo de la manta y lo destapó, dejando al descubierto el pecho, el estómago, las ingles y las piernas de él. Como le había prometido, no llevaba nada… y lo observó con curiosidad. Lo examinó con el mismo detenimiento con el que él la había examinado a ella.

El rostro de Amy seguía inexpresivo pero sus ojos… ¡cómo brillaban! Igual que los de un niño abriendo sus regalos la noche de Reyes.

Le tocó la cicatriz, todavía roja, de la pierna y dijo:

—Debe de dolerte. ¿Es reciente?

—Es soportable.

—Entonces, ¿no te haré daño?

—No. No me harás daño —sólo con la tortura de sus caricias.

Amy deslizó sus dedos hasta las caderas, a través del estómago y subió hasta el pecho. Allí lo apretó con la palma de la mano y sintió los latidos de su corazón.

Ladeó la cabeza como si pudiera saber lo que estaba pensando.

—¿Tanto me deseas?

Jermyn reconoció la pregunta por lo que era: una joven disfrutando de su poder.

Sin embargo, él también tenía poder. Con suavidad, deslizó la mano desde la cadera hasta la parte interna del muslo y subió. Encontró la entrada a su cuerpo.

Ella dio un respigo. Sus ojos verdes se abrieron como platos.

Como él suponía, estaba húmeda y caliente. Por primera vez, introdujo un dedo en su cuerpo.

Por fuera era seda y satén. Por dentro era fuego y placer.

—Te deseo tanto como tú a mí. Separados, somos dos personas que hablamos, caminamos y observamos… dos personas ordinarias, mundanas. Juntos somos gloria y llamas, un incendio de los espíritus. Jamás he deseado a una mujer como te deseo a ti pero te prometo una cosa… en toda tu vida, seré tu único amante. El único hombre al que querrás —empezó a mover lentamente el dedo arriba y abajo—. Deberías huir mientras puedas.

Ella lo miró con los ojos entrecerrados.

—Me arriesgaré.

—Entonces ven y explórame —apartó la mano—. Te prometo que este nuevo país está esperando que lo conquistes.

Se dejó caer en la cama. Sí, un nuevo país cubierto de valles, crestas… y un pico que tenía que escalar. Pero no tenía que enfrentarse a él de inmediato. Primero, había otros lugares que quería visitar.

Además, Jermyn no podía irse a ningún sitio.

—Eres mío para hacer contigo lo que quiera —ella se rió porque no se creía, ni por un segundo, que él no pudiera agarrarla y ponerla debajo de él, pero era emocionante saber que estaba encadenado y a sus órdenes.

Era como un festín y ella no sabía por dónde empezar. Tenía la piel morena, un legado de su madre italiana. Tenía poco pelo en el cuerpo, y de un color rojizo más claro e intenso que el de la cabeza, y era muy suave y rizado. Tenía el pecho y los brazos muy musculosos; cuando era libre, hacía algo más que sentarse y leer.

—¿Montas a caballo? —le acarició el perfil del hombro con un dedo—. ¿Boxeas?

—Y hago esgrima.

Los músculos del estómago se le tensaron y, de la mata de pelo de las ingles, nació la mayor demostración de vigor masculino. Amy enseguida entendió por qué Jermyn le había dicho que necesitarían aceite para facilitar que aquello la penetrara; la anchura y el largo la maravillaron… le tembló la mano cuando lo acarició, cuando realizó una exploración del mapa de venas y piel sedosa. Ante aquel contacto, el miembro de Jermyn creció más hasta amoldarse a la palma de la mano de Amy.

—Mágico —susurró ella.

Él sonrió, satisfecho e implacable.

Al final, Amy colocó su cuerpo junto al de él. Primero, lo tocó con los pezones, restregándolos contra el pelo de su pecho. Después, dejó que sus caderas descansaran sobre las de él y, por primera vez, sintió el calor de su verga contra su cuerpo. Al final, se apoyó en él del todo, y el paraíso del contacto con todo su cuerpo la hizo gemir de placer.

—Estás muy caliente.

En el encuentro de sus cuerpos, Amy casi podía sentir el ritmo dinámico de los latidos de su corazón, de los movimientos de los pulmones, de la fuerza de cada uno de sus músculos. Se desplegó totalmente para él, restregándose contra él como un gato, y él gimió como si le estuviera haciendo daño.

A Amy le bastó una mirada para comprobar que en el rostro de Jermyn, el dolor se mezclaba con el éxtasis para formar una nueva sensación, una que lo mantenía atado a la cama casi tanto como el grillete.

Ella le besó el hueco de la garganta y saboreó la pureza de su piel. Tenía la barbilla suave… se había afeitado.

—¿Cómo sabías —le preguntó mientras le mordisqueaba los labios— que bajaría a verte esta noche?

—Tendrías que ser una tonta para no hacerlo, y no lo eres.

Ella volvió a reírse, otro sonido gutural.

—Estás muy seguro de ti mismo.

—Es uno de mis encantos —se estiró debajo de ella. Un movimiento lento y pausado que la llevó a alcanzar otro nivel de intimidad. Él la desafió con la mirada—. Uno de mis muchos encantos.

Como respuesta, ella le mordió el hombro.

Él le tomó la cara con las manos. Acercó los labios a los suyos y la besó con apetito y pasión. Un tipo de intimidad distinta, cálida y húmeda, una intimidad que ya había experimentado antes. Una que se había imaginado repitiendo. Con un suspiro, deslizó los brazos debajo de sus hombros y le devolvió el beso.

Él se movió debajo de ella y los tapó con la manta, creando un refugio para el calor que sus cuerpos desprendían. Ella se relajó todavía más y saboreó la profunda unidad que se había establecido entre ellos.

Con los dedos de ambas manos, contó las vértebras de su columna dorsal hasta que llegó a las nalgas, donde se detuvo. Después siguió bajando por los muslos y le abrió las piernas, dejándolas dobladas a ambos lados de sus caderas. Ella se separó y lo miró.

—Para ser un hombre que dice no tener recursos, te las apañas muy bien para hacer saber tus deseos.

—Tengo muchos deseos y ya has hecho realidad tantos que no sé ni por dónde empezar.

La parte racional de Amy, la que planeó y ejecutó el secuestro, se burló de aquel halago. Pero la parte sensible, la femenina, quería gemir de placer. ¿Quién habría pensado que el condescendiente lord Northcliff escondía un alma de poeta?

Sentándose sobre sus rodillas, quedó totalmente abierta para él y experimentó la íntima presión de su erección contra su humedad.

Él gimió y tensó las caderas otra vez cuando lo que quería hacer era empujar. Empujar con fuerza, penetrarla hasta el fondo y deprisa hasta quedar satisfecho. Sin embargo, para Amy no sería placentera una carrera contrarreloj con un final veloz. Así que, con cuidado, la hizo rodar hasta tenderla de espaldas en la cama vigilando que no perder su sitio entre sus muslos.

Ella empezó a incorporarse para quejarse.

Pero Jermyn, muy listo, hizo resonar la cadena contra la pared de piedra.

Cuando escuchó el tintineo, la preocupación de Amy desapareció y se relajó encima del colchón. Le sonrió.

—¿Qué quieres hacer ahora?

A modo de respuesta, él le besó la elegante línea del cuello, el pálido hombro, la parte alta del pecho.

—Quiero saborearte.

Amy cerró los ojos y lo abrazó lánguidamente.

—Pues creo que deberías hacer lo que te apeteciera.

Jermyn tuvo que reprimir una sonora carcajada. Había apaciguado a la fiera y ahora tenía su recompensa. Le tomó el pezón entre los labios y lo rodeó con la lengua, unos dulces lametones que la excitaban cada vez más. Jermyn fue ejerciendo cada vez más presión hasta que Amy se retorció debajo de él. Entonces, levantó la cabeza, sopló sobre el pezón y contempló cómo se endurecía, como una pequeña y dulce frambuesa de deseo. Ella tenía los puños cerrados sobre la espalda de él y la sonrisa de su cara había desaparecido y la había sustituido una expresión de total concentración. La estaba llevando a un lugar que ella jamás había visitado, un lugar dominado por la felicidad y donde las inquietas vírgenes se retorcían en sus brazos.

Jermyn sometió al otro pezón al mismo tratamiento y escuchó encantado los gemidos que ella no podía contener. Bajó hasta la barriga depositando besos por el camino, desapareció debajo de las mantas y se perdió en la oscuridad, porque la luz de la vela no llegaba ahí dentro.

Supo perfectamente el momento en que ella se dio cuenta de lo que pretendía hacer, porque le clavó los dedos como garras en la espalda.

—No. Northcliff, no.

—Solamente pretendo el placer de mi lady Desdén —pero no modificó en absoluto su postura. En lugar de eso, le acarició el muslo con movimientos largos y le besó el delicado pliegue que hay entre el muslo y la cadera. Utilizó todas las técnicas de seducción que había aprendido, porque cualquier relación anterior sólo había sido una preparación para esta—. Voy a hacer que subas al cielo. No tendrás miedo, ¿verdad?

—¡No!

Él sonrió. Siempre que pudiera seguir desafiándola, sería fácil de convencer.

—Pero no creo que el cielo esté debajo de las mantas —la voz de Amy sonaba más fuerte y lógica.

Y como la lógica era lo último que Jermyn quería de ella, deslizó las manos debajo de sus muslos, los levantó, los separó y la abrió para sus caricias y sus besos.

Ella se estremeció, intentó resistirse, pero él le dijo:

—No, cariño, esto es mi paraíso. Deja que te ayude a encontrar el tuyo.

Amy estaba abierta ante él y, antes de que pudiera volver a protestar, la besó. La cálida y pura esencia de mujer le subió a la cabeza como un perfume embriagador; quería gritar de gusto. En lugar de eso, pegó su boca al núcleo de placer de Amy y empezó a succionar con cuidado.

Ella le clavó las uñas en la piel, pero ya no intentaba separarlo. Ahora, instintivamente, intentaba retenerlo. Los suspiros descontrolados y los movimientos impacientes y erráticos se convirtieron en los maravillosos sonidos de la euforia.

Jermyn descendió hasta la entrada de su cuerpo y lo rodeó con la lengua. Saboreó su excitación, una excitación que aumentó a medida que la iba acariciando, y la penetró con la lengua, al principio muy despacio y luego más deprisa hasta que imitó el desbocado ritmo del sexo.

Ella tembló, resistiéndose a las primeras señales del orgasmo, y los testículos de Jermyn se endurecieron como respuesta. De repente, lo vio claro: la reacción virginal y descontrolada de ella tenía resonancia en él. Había perdido el control y si no la penetraba ahora mismo…

Apareció de debajo de las mantas, apoyó las manos junto a los hombros de Amy y se preparó para fundirse con ella. Tembló del esfuerzo tan grande que le suponía controlarse. Quería hundir la verga en su interior. Necesitaba con urgencia poseerla.

Respiró hondo y contempló la cara de Amy mientras se abría camino hacia su interior. Y, en aquel momento, sintió cómo se sacudía en espasmos.

¡Por todos los cielos! Había llegado al orgasmo. ¡Amy había llegado al orgasmo! Sus fluidos lo envolvieron, lo succionaron, le dieron la bienvenida de la forma más básica en que una mujer podía hacerlo.

Con la cabeza echada hacia atrás, los ojos cerrados y los puños cerrados en la almohada, era la viva imagen del éxtasis recién descubierto.

Un éxtasis que tenía un efecto espejo en él. Mientras movía las caderas, el sudor se le iba acumulando en la frente. El virginal cuerpo de Amy lo atraía hacia ella, abrazándose todavía más a él mientras la invadían nuevas oleadas orgásmicas. La sensación de estar dentro de ella lo hacía continuar.

Necesitaba estar lo más cerca posible de Amy.

Necesitaba poseer a Amy.

Necesitaba ser uno con Amy.

No podía ser otra mujer. Tenía que ser Amy.

Encontró la membrana que le impedía el paso y apretó los dientes, decidido a que nada, ni siquiera las defensas de su cuerpo, se interpusiera en su camino. Apretó un poco más, en un delicado ataque contra la barrera y, cuando notó que su cuerpo cedía, Amy gritó. Abrió los ojos. Las lágrimas se le habían acumulado en los ojos y ahora resbalaban hasta la almohada.

El repentino dolor la devolvió a su lugar, a sus acciones, a él. Lo vio, al hombre que había aceptado como amante y un orgullo salvaje se apoderó de ella, igual que estaba haciendo él. Apoyando las piernas en las de él, lo separó de ella con las manos y lo colocó de lado.

—Déjame a mí —no fue una petición femenina, sino una orden de una mujer que estaba acostumbrada a mandar.

Él se rió, un chasquido de regocijo y frustración. ¿Estaba a medio camino del paraíso y justo ahora recuperaba la cordura para reclamar su soberanía?

Pero cedió. Por supuesto que cedió y la ayudó a hacerse a un lado para que él pudiera tenderse de espaldas en la cama y ella lo montara, con los pechos orgullosos delante de su cara y mechones de pelo acariciándole el pecho.

Jermyn jamás había experimentado una explosión de calor y avaricia femenina como aquella. Dentro de ella, su verga crecía a lo largo y a lo ancho, expandiéndose a medida que su necesidad era más y más descontrolada.

Descontrolada…

Lo recordó de repente. Había olvidado el aceite para facilitar la penetración pero, lo más importante, había olvidado el tejido francés, el que los protegía de un posible embarazo. Si no se retiraba ahora mismo, cabía la posibilidad de que fuera padre… y Amy, madre.

Y no le importó.

Cuando terminaran de hacer el amor esta noche, él no estaría satisfecho. Con su sarcasmo, su ingenio y su intenso deseo, Amy le había dejado huella.

¿Retirarse? Ni hablar. Cuando terminaran, él también le dejaría huella. Marcaría a Amy como suya de todas las maneras posibles. Y dentro de poco, ella sabría qué era ser su mujer.

Le tomó las caderas con las manos y se retorció de dolor mientras ella lo utilizaba para llegar hasta lo más profundo de sus entrañas. Entonces dejó que ella marcara el ritmo, que flotara hasta los límites de su cuerpo, que lo atormentara con un arte de hacer el amor torpe y magnífico.

Y cuando estalló dentro de ella, una sola idea cruzó por su mente.

«Es mía. Y no dejaré que se vaya nunca.»

Capítulo 17

La señorita Victorine leyó la carta por encima del hombro de Amy y suspiró.

—Me siento culpable.

—¿Culpable? —Amy acabó de leer ansiosa la nueva negativa del señor Edmondson y luego levantó la vista—. ¿Por qué?

—Porque estoy disfrutando tanto de la compañía de Jermyn que esperaba que el señor Edmondson se negara a pagar el rescate —la señorita Victorine examinó la cara de Amy—. ¿Estabas pensando lo mismo?

—No, eso no puede ser. Si el señor Edmondson no paga el rescate, estaremos aquí atrapadas para siempre con lord Northcliff en el sótano —aquella idea no le dio pavor... y le hizo comprender qué quería decir la señorita Victorine. A pesar de la insultante prosa del señor Edmondson, aquella carta animó a Amy. Con aquel «no», podía planear otra noche con Jermyn... otra noche en sus brazos. La noche anterior había sido... tan salvaje, tan libre, el tipo de emociones que había soñado toda su vida. Pero jamás había conseguido alcanzarlas sola. Había hecho falta pasión, habilidad y atrevimiento.

Había hecho falta Jermyn.

—Sí, sí, claro. Sólo quería decir que me siento culpable por... disfrutar tanto de la compañía de Jermyn —la señorita Victorine se acercó a los ganchos que había en la pared junto a la puerta y descolgó su gorro y el chal—. Voy a bajar al pueblo mientras tú se lo dices al marqués.

—No voy a decírselo ahora —Amy lanzó una incómoda mirada hacia el sótano—. No está gritando, así que estará durmiendo.

—Últimamente duerme mucho durante el día —la señorita Victorine también dirigió la vista hacia el sótano—. Espero que no esté enfermo.

—Seguro que no —si hoy estaba agotado, ella sabía por qué.

—Tú también pareces un poco cansada —la señorita Victorine le dio unos golpecitos a Amy en el brazo—. Quizá deberías ir a echarte una siesta.

Amy se sonrojó. ¡La señorita Victorine se había dado cuenta!

—Sí. Ahora mismo subiré a la habitación.

—Anoche te escuché en el pasillo. A lo mejor duermes mejor esta noche —la señorita Victorine sonrió con dulzura. Con mucha dulzura. Y se marchó, dejando a Amy de piedra.

Se dejó caer en una silla. ¿La señorita Victorine sabía que…?

No podía soportar ni pensarlo. No podría soportar que la señorita Victorine pensara mal de ella. Detestaba la idea de que todo por lo que había luchado pareciera peligrar, que sus planes hubieran resultado ser un fracaso, que Jermyn despreciara a su madre por actos que atormentaban a Amy y que ese maldito gato hubiera despertado a la señorita Victorine.

Sin embargo, lo que distraía a Amy de las preocupaciones que le ocupaban la mente eran las imágenes de la posesión de Jermyn, el puro placer de la noche anterior y…

Un estruendo resonó en toda la casa.

Amy se levantó de golpe. Se le hizo un nudo en la garganta.

«Una detonación. Un disparo.»

Lo sabía. Los complicados años vagando por el mundo le habían enseñado a reconocer un disparo.

El ruido venía de… ¡Dios mío! Venía del sótano.

—¡Jermyn! —corrió hacia las escaleras y bajó los dos primeros escalones. Un hombre, un extraño vestido totalmente de negro, subía las escaleras hacia ella.

La apartó y la empotró contra la pared.

A Amy no le dolieron los golpes. Y tampoco intentó perseguirlo.

—¡Jermyn! —bajó hasta el sótano, tenuemente iluminado. Escuchó ruido de botas en la cocina. Una refriega. Un golpe seco.

No le importaba. El sótano estaba lleno de plumas ardiendo, como si fueran copos de nieve en llamas. Las humeantes mantas cubrían la figura de Jermyn. Amy tuvo arcadas por el olor de sulfuro y de lana quemada. Arcadas cuando los helados dedos del pánico le contrajeron la garganta.

Estaba muerto. Jermyn estaba muerto.

Cuando las mantas empezaron a arder, gritó:

—¡No!

Se le aceleró el corazón, y no con el acaloramiento de la pasión, sino por la activación de la sangre propia del terror. Saltó, apartó las mantas del catre esperando, y temiendo, encontrarse sangre y carne quemada.

Más mantas. Las almohadas. Ennegrecidas, quemadas… pero ni rastro de Jermyn.

En el desconcierto del momento, no lo entendió.

Extinguió las llamas. Se quedó de pie jadeando, temblando, con los ojos incrédulos, mirando el catre como si pudiera encontrar allí la respuesta.

Jermyn no estaba.

Pero, ¿dónde…? ¿Cómo…?

Escuchó cómo unas botas iban de un lado a otro de la cocina. Fue hasta el armario, a por la pistola… y entonces Jermyn apareció en lo alto de las escaleras.

Por un segundo, por un espléndido y glorioso segundo, la invadió la felicidad. Estaba vivo. ¡Gracias a Dios que estaba vivo!

Él la vio. Se detuvo. Cerró los ojos como si ya estuviera tranquilo.

Y, en ese momento, la verdad rompió en mil pedazos la felicidad de Amy.

Estaba vivo… y libre.

«¡El muy canalla!»

—¿Estás bien? —preguntó él.

Ella meneó la cabeza, porque la sorpresa le impedía verbalizar palabra.

Jermyn miró las columnas de humo que todavía salían de las mantas. Y luego se centró en la cara y las manos ennegrecidas de Amy.

Mientras la miraba, el cuerpo de Amy empezó a temblar.

El grillete estaba abierto. Y no se había marchado. Todavía estaba ahí, lo que significaba que en algún momento, de alguna manera, se había liberado y, desde entonces, la había estado engañando.

—¿Te has quemado? —le preguntó Jermyn.

—Creo que sí. Sí. Estoy segura que me he quemado.

—¿Con las llamas?

—No —susurró ella—. ¿Cuánto tiempo…? ¿Cuánto hace que…?

Él la miró con más intensidad.

—Desde la primera vez que te besé.

El temblor se acentuó. En su vida la habían engañado, acosado, perseguido y condenado. Pero nunca se había sentido tan traicionada. Había hecho el amor con él, creyendo que lo tenía bajo control y, en lugar de eso… él se había estado riendo de ella.

La frialdad del miedo se convirtió en una tremenda humillación.

—Amy. Sube, he dejado inconsciente al asesino —Jermyn hizo una pausa, como si quisiera darle un segundo para que se hiciera a la idea de la nueva situación—. Necesito que me ayudes a atarlo.

Ella lo miró, con los ojos tan abiertos que le dolían.

Quería matarlo. Quería acabar con él. Quería despedazarlo más que nunca… y hacía tan sólo diez días le había disparado y, si no se hubiese agachado, lo hubiera matado. La rabia de aquel día no era nada en comparación con la ira que la quemaba por dentro en estos momentos.

—Amy. Necesito ayuda —había una nota de urgencia en su voz que la hizo despertar.

No podía matarlo. Sería una tontería. Una tontería mayor que todos sus actos durante aquellas dos semanas previas.

Podía descubrir quién había intentado matarlo… y por qué.

Lentamente, se acercó a las escaleras y empezó a subir; cada movimiento era tan preciso que casi le dolía.

Él se hizo a un lado para dejarla pasar.

Ella se detuvo.

—No. Tú primero —no quería que la tocara. Y lo haría. Podía verlo en el brillo y la rabia de sus ojos.

¿Cómo se atrevía a estar enfadado?

Él esperó. Ella esperó. Lucharon en silencio, una lucha de igual a igual entre dos personas de carácter fuerte.

De repente, él cedió, subió las escaleras y entró en la cocina.

Amy no sabía por qué se había rendido. Pero no le importaba. Lo único que importaba era que lo había hecho y que ahora ella podía subir, entrar en la cocina y enfrentarse a las consecuencias de meses de planificación arruinados por un disparo. Todavía sacudida por la rabia y el dolor, lo siguió.

En la cocina, la puerta estaba abierta. La mesa estaba en el suelo, de lado, con una pata rota. El jarrón estaba roto en mil pedazos y el hombre inconsciente tenía medio cuerpo fuera de la casa, formando una masa deforme que indicaba que había chocado con algo y se había resistido.

—Necesito una cuerda —Jermyn se arrodilló a su lado y lo giró bocabajo.

Amy sonrió con tristeza y fue a buscar una de las capas cortas de la señorita Victorine. Era larga y estrecha, estaba hecha de algodón fino y estaba diseñada para cubrir los hombros de una señora y atarse a la espalda. Podría servir. Se la dio a Jermyn, con cuidado de que sus dedos no se tocaran.

Él la enrolló en forma de cuerda y la utilizó para atarle las manos a la espalda al hombre. Después, le dio la vuelta y miró a Amy.

—¿Lo conoces?

El hombre tenía el pelo castaño, con la piel picada de viruela y la cara estrecha con una barbilla entrada. Tenía un moretón en la sien y el ojo morado. Llevaba ropa barata que no era de su talla; llevaba una bufanda marrón alrededor del cuello y una capa negra hasta las rodillas que le envolvía el cuerpo. La mugre le cubría el cuello y las orejas.

Era como los miles de villanos que había conocido, y negó con la cabeza.

—No lo había visto nunca.

—Yo tampoco.

En cambio, Jermyn… A Jermyn sí que lo había visto pero, en el espacio abierto de la cocina, le parecía diferente: más alto, más corpulento y al mando de la situación.

Porque ella ya no estaba al mando de nada.

Bajó la mirada y se vio las manos cubiertas de hollín. Sus esfuerzos inútiles por salvar la vida de Jermyn, que en ningún momento había corrido peligro, la habían dejado apestando a lana y plumas quemadas. Se acercó a la pila y empezó a frotarse con el jabón, limpiando debajo de las uñas, y mojó una toalla para limpiarse la cara.

La balanza del poder había cambiado. Y no le gustaba. Todo en ella se rebelaba en contra de aquello. Sin embargo, como tantas veces en su vida, tenía que enfrentarse a la implacable verdad. Ahora no tenía ningún poder. Otro ser humano la dominaba y sus deseos no contaban para nada.

Cuando regresó, con la cara lavada hasta un punto de pureza dolorosa, Jermyn estaba rebuscando en los bolsillos de aquella rata asquerosa. Sacó un pañuelo mugriento y un saquito con unos peniques. Tiró las monedas al suelo, un gesto de desprecio por el dinero que a ojos de Amy dejó claro el abismo que los separaba. Encontró una segunda pistola en un bolsillo interior de la capa y, si Amy no lo hubiera estado mirando atentamente, no se hubiera dado cuenta de su sorpresa. Jermyn observó la culata de marfil, el cañón decorado e incluso miró en la parte inferior de la culata. Era demasiado buena para ese propietario.

—Es una pieza excelente —Jermyn sonó raro, como un hombre que veía confirmadas sus peores sospechas—. Y está cargada.

Ambos sabían por qué. Si fallaba el primer disparo, aquella rata recurriría a la segunda arma.

Jermyn se la guardó, con mucho cuidado, en el bolsillo de la chaqueta.

Amy se fijó en la rata. Estaba volviendo en sí: los miraba con los párpados aún entreabiertos. Parecía un ladronzuelo de segunda y, sin embargo, tenía dos pistolas y había conseguido llegar hasta aquí. No era un ladrón cualquiera.

Como si quisiera confirmar su conclusión, de un bolsillo que quedaba a la altura del muslo de la rata, Jermyn sacó una robusta vara de nogal pulida.

—Dame su capa —dijo Amy.

El villano no se había resistido mientras le quitaban las armas, pero ahora pareció reaccionar e intentó desatarse con todas sus fuerzas.

Jermyn dejó que lo intentara. En un tono muy tranquilo, le dijo a Amy:

—Mi padre me enseñó a navegar. A los ocho años, ya sabía hacer un nudo que se aprieta más cuanto más se intenta deshacer a la fuerza.

—Ya lo veo —Amy estaba apoyada en la pared, lejos del abatido cuerpo de la rata asquerosa. Siempre que Clarice y ella estaban en un aprieto había deseado estar en otra parte, pero nunca con tanta intensidad como ahora.

Cuando el tipo se convenció que no podría soltarse, se rindió y los miró.

Con una sonrisa que fue como el preludio de un gruñido, Jermyn sacó una navaja con un filo pequeño y afilado que Amy no había visto hasta entonces. Cortó los cierres de la capa, la sacó de debajo del hombre y se la dio a Amy.

Ella cacheó los bajos hasta que encontró lo que estaba buscando. Cuando deshizo la costura fueron cayendo en sus manos, una a una, doce guineas de oro.

—Un hombre con recursos. ¿Quién lo habría dicho? —Jermyn volvió a mirarlo—. ¿De dónde habrá sacado el dinero? —Jermyn volvió a enseñar aquella sonrisa amenazadora. Y se restregó el puño contra la palma de la otra mano.

El hombre se giró, asustado, como si ya hubiera saboreado las caricias del puño de Jermyn.

Amy lo entendía perfectamente. A ella también la había golpeado, aunque no con el puño. No, para ella el dolor era distinto, como una bofetada al orgullo y al corazón.

—Mi apestoso amigo, ¿de dónde has sacado el dinero? —le preguntó Jermyn.

Amy vio una mirada de pánico y, entonces, el hombre gimoteó y volvió a quedarse inconsciente. Sin embargo, todavía tenía un ojo entreabierto y controlaba lo que sucedía a su alrededor.

Ella torció el gesto.

De manera inesperada, se encontró con la mirada de Jermyn. Las llamas doradas le iluminaban los ojos marrones con un brillo de decisión. La boca que hacía poco había besado formaba una línea firme; la barbilla que hacía poco había admirado estaba cuadrada y firme. Ya no era su compañero de largas noches, su moderado amante de la noche anterior. Era el marqués de Northcliff. Ya no era un hombre, era un señor.

Obviamente, se consideraba su señor.

Bueno, ¿y por qué no iba a hacerlo? Ella había sido una tonta y lo había proclamado suyo, pero él no estaba en disposición de ser de nadie. Era el marqués de Northcliff. Y, aunque una princesa de Beaumontagne podía escupirle en la cara y una mujer que lo tenía encadenado podía sentirse lo suficientemente segura como para darle órdenes, ahora sólo era la señorita Amy Rosabel. La señorita Amy Rosabel que lo había secuestrado, encadenado y seducido. Y ahora él era libre. Y era un marqués. Ella ni siquiera era inglesa. Era una extranjera, sin familia, una criminal. Si él quería, podía ordenar que la mataran. Si ella decidía tomar las riendas de su vida y solicitaba audiencia en la embajada de Beaumontagne, él podía negarse a enviar el mensaje.

¿Por qué iba a creer que era una princesa? Su abuela le diría que una princesa de verdad jamás se habría dejado engañar con una artimaña tan obvia como la de Jermyn.

Amy podía soportar el frío y la lluvia, el dolor y el hambre. Pero no podía soportar esperar a que los problemas llegaran. Quizá lo mejor fuera acelerar las cosas.

Cogió la jarra y le tiró agua a la cara de la rata asquerosa... y a Jermyn, en todo el regazo.

Jermyn contuvo la respiración. Le lanzó una mirada llena de odio e hizo ademán de levantarse. Era la amenaza en persona.

El hombre del suelo gritó:

—Oiga, ¿por qué ha hecho eso?

Con una última mirada hacia Amy que prometía represalias, Jermyn volvió a arrodillarse junto al hombre. Lo agarró por la camisa y lo levantó hasta que su nariz estuvo a escasos milímetros de la del furioso marqués.

—¿Quién te ha enviado? —preguntó Jermyn.

—¿Qué? —el hombre fingió que apenas estaba consciente.

Jermyn lo golpeó contra el suelo, volvió a levantarlo y lo sacudió como un perro a una rata.

—No te hagas el tonto conmigo. ¿Quién te ha enviado?

El villano tenía la cabeza colgando hacia atrás.

—No lo sé.

—Deberías haber aprovechado la oportunidad de responderme cuando te he preguntado —Jermyn separó los labios, enseñó los dientes apretados y le apretó el cuello con la mano hasta que el tipo dejó de mover los pies y los ojos se le salieron de las órbitas.

La violencia de la escena estremeció a Amy.

No, la estremeció la violencia de Jermyn. Siempre lo había visto como un noble enfadado con ella y demasiado atractivo como para resistirse a él. Y, de algún modo, se había convertido en algo más: en un señor nacido para mandar y capaz de hacer valer su voluntad al precio que fuera. De algún modo, le había ocultado a Amy su verdadero ser.

Lo observó mientras estrangulaba a aquella rata hasta que ya no pudo soportarlo más. Se acercó a él, le sujetó la muñeca y exclamó:

—¡Jermyn!

Él relajó las manos. Agarró un extremo de la bufanda con cada mano y esperó a que el tipejo ese recuperara el aliento.

—Quiero matarte. Pero la señora dice que no. ¿Hacia qué lado se decantará la balanza? Depende de ti. Dime, ¿quién te ha enviado?

—No lo sé —dijo el hombre, en un tono áspero—. Lo juro…

Jermyn apretó la bufanda.

El tipo empezó a resistirse, a patalear, a tener arcadas y a asfixiarse.

Jermyn lo inmovilizaba con la rodilla encima del estómago.

En sus viajes por Inglaterra, Amy había presenciado palizas y ahorcamientos. La crueldad jamás le había afectado... hasta ahora. Creía que Jermyn era un noble ocioso e inútil, y no aquel justiciero de mirada helada.

Él debió de verla estremecerse, porque la miró y dijo:

—Cuando escuché el disparo, pensé que te habían matado.

Al parecer, creía que aquello lo explicaba todo.

Y quizá lo hacía. Cuando ella había escuchado el disparo, también pensó que lo habían matado... y recordar aquel segundo todavía le retorcía el estómago de pavor.

No quería sentir tantas cosas por Jermyn.

—¿Crees que debería apiadarme de este mendigo? —le preguntó él.

—Creo que lo mejor sería que, antes de matarlo, averigües por qué está aquí y cómo te ha localizado —respondió ella, en un tono neutro.

Jermyn soltó los extremos de la bufanda.

La rata cayó al suelo e intentaba tomar bocanadas de aire como un pez fuera del agua.

Jermyn le dijo:

—Esta vez, si no respondes a mis preguntas, te arrepentirás.

Después de varios intentos, la rata consiguió hablar, aunque con voz ronca y con cierto tono burlón:

—¿Qué hará? ¿Me entregará al alguacil?

—¡No hombre, no! No seas ridículo. No, iba a decir que la próxima que te niegues a hablar, te arrastraré hasta uno de los acantilados de la isla y te lanzaré al agua. Cuando choques contra las rocas, te romperás todos los huesos, la corriente arrastrará tu cuerpo y los monstruos marinos se darán un festín con tu carne —el refinado acento de Jermyn contrastaba con la crudeza de sus palabras.

La cara rojiza de la rata palideció y empezó a hablar muy deprisa, como si no pudiera esperar a soltarlo todo.

—Me dieron un trabajo. Si buscan al mejor, vienen a mí.

—¿Al mejor qué? —preguntó Jermyn.

—Asesino. ¿Sabe lo que significa? —la cara de la rata era bastante seria—. Le disparo a la gente. Por dinero.

Amy sabía que diría eso porque, si no, ¿qué otra explicación podría haber? Y, sin embargo, se estremeció al oír las palabras. ¿Cómo era posible que su plan hubiera acabado así?

—Continúa —Jermyn se mostraba impasible.

—El hombre me dijo que fuera a Settersway y que siguiera las instrucciones. Me dijo que, pasara lo que pasara, las siguiera, que me llevarían hasta otro hombre que estaba prisionero. Se suponía que tenía que matarlo como quisiera y, cuando le llevara pruebas de su muerte, el que me contrató me dijo que me daría doce guineas más.

—Una recompensa de lo más generosa por ese trabajo —dijo Jermyn.

—Soy el mejor —repitió la rata—. Seguí las instrucciones… no me gustó cruzar el canal, lo admito. Jamás en mi vida me había subido a un bote y el marinero se rió muchísimo cuando vomité. Luego, llegué hasta esta casa. Miré por las ventanas, vi a las mujeres en la cocina, le vi a usted encadenado en el sótano y supuse que era a quien tenía que matar. Como estaba encadenado, supuse que no iría a ninguna parte, así que fui a la taberna a comer. Supongo que fue entonces cuando escapó, ¿verdad?

—Sí.

—Cuando vi a la anciana pasar por la calle, pensé que era mi oportunidad. Bajé al sótano y le disparé… pero usted no estaba.

—No.

—Entonces, ¿no estaba encadenado?

—No.

—Maldita sea. Ese señor Edmondson estaba convencido de que podría liquidarlo sin ningún problema.

Aquel nombre cayó como una losa en la conversación. Amy notó cómo empezaba a palidecer.

—Lo conocen, ¿verdad? —la rata los estaba mirando a los dos—. Es aterrador, ese tal Edmondson. Me dio el dinero sin regatear el precio. Y después me dijo que, si fallaba, me perseguiría, me destriparía, me despellejaría vivo y me colgaría de la horca más alta como lección para los criados que lo desobedecieran. Pensaba que era un farol pero, mientras el señor Edmondson hablaba, vi que el mayordomo iba palideciendo y luego me dijo que sería mejor que hiciera el trabajo y huyera, porque el señor Edmondson cumplía sus promesas.

—Por lo visto, estaba equivocado respecto al carácter de mi tío —Jermyn miró a Amy—. Ve a buscar a Pom. Voy a enviar a este tipo a mi ayudante. Biggers sabrá qué hacer con él.

—Pom estará pescando —respondió ella.

—No. Ahora trabaja para mí.

—Claro —Amy saboreó la amargura de la traición. Pom sabía que Jermyn estaba libre y no le había dicho nada. No la había avisado. Había dejado que hiciera el ridículo.

No, eso no era justo. Pom no había tenido nada que ver con que ella hiciera el ridículo. Lo había hecho ella solita.

Asintió y se giró hacia la puerta.

—Amy, espera —algo en la voz de Jermyn la detuvo en seco, como una nota de aviso—. No huyas. Te encontraría.

—No te preocupes —la amargura de su dilema influyó en su tono—. Jamás me marcharía sin la señorita Victorine… y ella no se marchará. Fui una tonta al creer que lo haría.

Escuchar que se quedaba por amor a la anciana no contribuyó a levantar la autoestima de Jermyn pero, al menos, le garantizó que podía terminar con sus asuntos en la isla antes de solucionar el misterio de Amy.

Cuando ella no podía escucharlo, cogió la vara de madera y la golpeó contra la palma de la mano. Se inclinó sobre la inmóvil figura del suelo.

—Dime la verdad, amigo. ¿Tenías que matar a todos los de la casa?

—No. Tenía que entrar, hacer el trabajo, marcharme y dejar que colgaran a los de la casa por asesinato.

Capítulo 18

Las velas de cera iluminaban la cocina de la señorita Victorine. La estufa ardía llena de carbón, espantando al frío de la noche y calentando de verdad a Jermyn por primera vez en diez días. Pom había arreglado la mesa y ahora la señorita Victorine, Amy, Mertle y el propio Pom estaban sentados frente a los restos de una excelente comida proveniente de la despensa de Jermyn en Summenwind Abbey que había enviado Biggers.

La señorita Victorine estaba encantada de tener a Jermyn fuera del sótano.

—Querido, ¿qué vas a hacer?

Jermyn iba de un lado a otro, controlando todo lo que sucedía a su alrededor. Se valía de su altura, de su título, de su esplendidez para recordarles a todos que sus destinos estaban en sus manos, y lo hacía de forma deliberada, intimidando a Amy sin ninguna sutileza.

—Voy a ir a casa. Voy a retomar mi vida como si nada la hubiera interrumpido.

Amy era inteligente; Jermyn sabía que lo entendía. Pero no entendía por qué, no tenía ni idea de lo que pretendía. Si lo supiera, apostaba a que saldría corriendo lo más rápido posible.

—Voy a dar una fiesta para celebrar mi trigésimo cumpleaños —miró a Amy—. Y otras cosas. Invitaré a mis amigos y a mi tío.

Amy no estaba enfadada, pero había comido muy poco y no lo había mirado a los ojos ni una sola vez. Llevaba el vestido más feo que tenía, a modo de armadura, y tenía grandes ojeras a causa del cansancio.

Bueno, eso era lógico. Había estado despierta casi toda la noche... con él.

Pom escuchó atentamente y luego agarró la mano de su mujer.

Como si Mertle supiera qué quería decir con eso, preguntó:

—¿Y qué conseguirá con eso, señor?

—Mi tío quiere matarme —dijo Jermyn—. He decidido que, la próxima vez que lo intente, debería haber testigos.

Amy lo pensó y luego asintió.

—Una trampa. Funciona.

A Jermyn le gustó mucho que pensara igual que él.

—Pero querido, ¿cómo explicarás el haberte fugado de los secuestradores? —obviamente, a la señorita Victorine jamás se le había ocurrido temer por la venganza del marqués.

Y tenía razón, la pobre. Jermyn sería incapaz de hacerla nada a la anciana.

—Le diré que me he escapado —supuso que su tío no se atrevería a dudar de él en público.

Amy frunció el ceño.

—¿No estás de acuerdo, lady Desdén? —preguntó Jermyn.

—Sí, puede decirle que se ha escapado —por primera vez aquella noche, levantó la cara y lo miró a los ojos. Su mirada era directa y absorta—. Pero, primero, escríbale una carta desesperada pidiéndole que pague el rescate porque realmente teme por su vida.

—¿Con qué propósito? —preguntó Mertle—. Ha quedado demostrado que no va a enviar el dinero.

—Porque así es mejor que si lord Northcliff vuelve a casa e, inmediatamente, le pide dinero a su tío —dijo Amy con una media sonrisa de seguridad.

—¿Qué? ¿Por qué iba a hacerlo? Es mi dinero —puntualizó Jermyn—. Mucho dinero.

Para alguien que prácticamente vivía en la indigencia, Amy demostró una indiferencia imponente.

—¿El dinero es todo suyo? ¿Su tío no tiene dinero?

—Recibió una pequeña herencia cuando murió mi padre, pero sí, el dinero es todo mío.

—¿Y hay algún motivo por el que quiera matarlo justo ahora? —preguntó ella.

—Que yo sepa, no —la miró directamente a los ojos, utilizando la información para que ella le prestara atención—. Pero mi tío es el administrador de todos los negocios familiares. Desde siempre ha tenido un pleno control sobre mi fortuna.

—Quizá ha perdido su fortuna —dijo ella, divertida.

—Si la ha perdido, la recuperaré —cuando estaba en Oxford, un amigo de Jermyn, el señor Fred Engledew, tuvo problemas con un prestamista y uno de sus muchos planes de rescate incluyó la compraventa de objetos para obtener un beneficio. Jermyn había demostrado un gran instinto para los negocios y, desde entonces, ya no lo había dejado—. Creo que ha tenido que hacer algo tan despreciable que pronto saldrá en los periódicos.

—O ha tenido problemas económicos y ha vendido una de sus propiedades y, la próxima vez que vaya, se encontrará que hay gente viviendo en su casa —Amy estaba pasándoselo en grande.

—¡Amy, eso es horrible! —la señorita Victorine meneó la cabeza a modo de reprimenda.

—Venga ya, como farsa tiene mucho potencial —dijo Amy.

Jermyn se dijo que le permitiría el pequeño placer de burlarse de él. Al fin y al cabo, él pensaba darse todos los placeres posibles con ella aquella misma noche.

—Creo que es más probable que tenga que ver con mi trigésimo cumpleaños.

—Uy, sí. Muy inteligente, señor —Amy se levantó y empezó a retirar los platos de la mesa—. Parece muy probable.

Mertle meneó la cabeza, hizo sentar a Amy en la silla y retiró los platos.

Para Jermyn, estaba claro que Amy quería estar ocupada. Sabía que, de algún modo, él estaba planeando vengarse y que ella no tendría ni voz ni voto en su destino. La espera la estaba matando… y Jermyn disfrutaba viéndola sufrir.

—¿Su tío le paga sus gastos? —le preguntó ella.

—Lleva la contabilidad de mis propiedades. Cada año, recibo una gran cantidad para mi uso personal. Y nunca he necesitado más.

—Perfecto. Pida más —Amy siguió adelante con su plan—. Podemos hacer circular un rumor sobre su adicción al juego, eso es fácil, y cuando su tío se entere de que se ha estado jugando todo su dinero y que le ha pedido un adelanto, pensará que usted mismo había planeado su propio secuestro para conseguir el dinero.

Aquellas palabras hicieron que Pom chasqueara la lengua, que Mertle sonriera y que la señorita Victorine contuviera la respiración.

—Querida, tienes una mente extraordinaria.

Jermyn estuvo de acuerdo. Cualquier mujer que pudiera organizar un plan para secuestrarlo y, además, supiera cómo contrarrestar la vileza de su tío tenía una mente extraordinaria. Algún día pretendía descubrir de dónde la había sacado. Pero…

—La fortuna no es suya —insistió Jermyn.

Pom volvió a apretar la mano de su mujer.

—Señor, ¿su tío es su único heredero? —preguntó ella.

—Sí —Jermyn se mostró seco e irritado. Y no irritado por la pregunta, sino porque había ignorado lo que ahora parecía obvio. Su tío quería matarlo. Y conociendo a su tío Harrison, sabía que no perseguía el título, las tierras o el respeto. Sólo lo hacía por el dinero. Se sabía de memoria el precio de cada pieza de fruta, de cada prenda de ropa, de cada caballo que compraban y cada carruaje que vendían. Uno de los motivos por los que Jermyn le había prestado tan poca atención a su tío durante aquellos últimos años era su increíble vulgaridad.

—Siempre fue un chico horrible —dijo la señorita Victorine—. Recuerdo cómo te azuzaba para que hicieras las acciones más osadas.

—¿Cómo qué? —preguntó Amy.

—Como salir a navegar durante una tormenta, subir colinas, ir a cazar solo a Escocia y domar al caballo más salvaje. ¡Recuerdo que me enfadaba mucho cuando me enteraba de todo esto! —la pobre mujer estaba muy alterada, retorciéndose las manos y con aspecto nervioso.

Amy le tomó las manos y se las acarició.

—Sí, es cierto —de joven, Jermyn había hecho todo eso, arriesgando su vida mientras creía que su tío era un hombre decente por animarlo a hacer cosas que la mayoría de los tutores no querían—. Qué estúpido fui.

Amy lo miró.

—No hace falta que digas que estás de acuerdo —dijo él.

—Para nada —respondió ella, con una voz brusca y fría—. Estaba pensando que ya tenemos algo en común.

—Mi intención no era dejarte en ridículo —le dijo él, con sequedad.

—No, su intención era salirse con la suya. Dejarme en ridículo fue una consecuencia añadida —el pecho le subía y bajaba de la agitación y se sonrojó.

Él apoyó las manos en la mesa, se inclinó hacia delante hasta quedar muy cerca de ella, tan cerca que la obligó a mirarlo a la cara.

—No me perdonarás, ¿verdad?

—Jamás.

—Hace una semana, yo sentía eso mismo hacia ti, pero me convenciste de lo contrario —se acercó todavía más, hasta que sus narices se tocaron—. Tendré que intentar hacer lo mismo contigo.

Ella continuó mirándolo mientras el color que le había teñido de rojo las mejillas se extendía por todo su rostro. Había entendido la amenaza. Había entendido la promesa. Sin embargo, susurró:

—Jamás.

Él sonrió.

—Ya veremos —se levantó, colocó los brazos en jarra y se la quedó mirando.

Y los demás los estaban mirando a ellos.

Amy miró a su alrededor y el suplicio le arrancó unas palabras:

—Ojalá pudiera salir corriendo y empezar otro viaje, uno que me llevara lejos de aquí.

Él no le ofreció su compasión.

—Si fueras inteligente, lo harías.

—No puedo abandonar a la señorita Victorine.

Y aquello lo satisfizo más que cualquier otra cosa que pudiera haber dicho. No era como su madre. A pesar de los problemas, Amy estaba dispuesta a quedarse por lealtad hacia una mujer que ni siquiera era de su familia. Cuando estuviera unida a él por lealtad y afecto, y estaba seguro que podía despertar esos sentimientos en su interior, sería suya para siempre.

Había llegado el momento de poner en marcha su plan.

—Pom y Mertle se quedarán aquí con usted, señorita Victorine, hasta que esté seguro que está a salvo de cualquier otro asesino que mi tío pueda enviar.

Pom y Mertle asintieron.

—¿Y dónde se quedará Amy? —preguntó la señorita Victorine.

—Conmigo —aquella palabra se apoderó lentamente del silencio de la cocina.

—No —la señorita Victorine meneó la cabeza con decisión y, para ser una mujer dulce y delicada, parecía notablemente severa—. Te aprecio mucho, querido, pero no te llevarás como amante a una joven soltera que está bajo mi protección.

—Jamás fue esa mi intención —dijo él—. Es más, voy a seguir la estela de mi padre y tomaré a una joven extranjera... como esposa.

—¿Disculpe? —Amy saltó de la silla como un corcho—. ¿Se refiere a mí? ¡No pienso casarme con usted!

—Querido, si no dispones de una licencia especial, el párroco necesitará cuatro semanas para preparar las amonestaciones —la señorita Victorine arrugó la frente—. A menos que…

—Exacto —Jermyn tomó la mano de Amy y, con una reverencia, le besó la parte interior de la muñeca.

Ella se soltó, pero no antes de que él pudiera notar cómo se le aceleraba el pulso.

—¿Qué quiere decir? —la mirada de Amy fue pasando de uno a otro.

—El arco matrimonial —dijo Mertle.

—Pero si es pagano y hace años que nadie lo utiliza —dijo, alegremente, la señorita Victorine, como una paloma henchida—. ¿Todavía lo utiliza alguien?

—Claro que sí —respondió Mertle.

—¿Qué arco matrimonial? —preguntó Amy, con beligerancia.

—Es una vieja tradición de la isla —le explicó Jermyn—. En la playa, un poco más allá del pueblo, hay una roca en forma de arco lo suficientemente ancho para que un hombre y una mujer pasen por debajo caminando. Cuando lo cruzan, están casados durante un año.

—O hasta que se casan por la iglesia —le recordó, con firmeza, la señorita Victorine.

—O hasta que se casan por la iglesia —repitió él.

—O hasta que esperan el primer hijo —dijo Pom.

La señorita Victorine se rió con disimulo.

Amy estaba totalmente horrorizada.

—¿El primer hijo?

—Ven, Amy, te lo enseñaré —Jermyn la volvió a coger de la muñeca y la arrastró hacia la puerta. Ella clavó los talones en el suelo, pero él la cogió por la otra mano y la arrastró.

—No cruzaré ese arco con usted —dijo ella.

—El arco suelen utilizarlo los hombres con prometidas reticentes, por eso es lo suficientemente alto como para que pase el hombre con la mujer a hombros —Jermyn hizo gala de su fuerza física. Sabía perfectamente que aquella era la única manera en que podía ganar esa batalla y, además, lo estaba disfrutando mucho. Le había dado la vuelta a la tortilla. Ahora era ella la que bailaba a su ritmo.

—Oh, no —Amy se dejó caer hacia atrás, intentando zafarse—. Oh, no…

Cuando llegaron a la puerta, él se inclinó y colocó su hombro a la altura del estómago de Amy. Y, como si fuera un saco de patatas, la levantó.

Amy gritó y le clavó un buen puñetazo en la espalda.

Jermyn le echó hacia atrás hasta que el trasero le quedó junto a su cabeza y la cabeza junto a sus muslos y siguió caminando.

—¡Señorita Victorine! —gritó ella.

—¡Vendré lo más rápido posible, queridos! —dijo, desde la puerta, la señorita Victorine.

—Qué vergüenza pedirle a una anciana que te rescate —Jermyn sonrió mientras se dirigía hacia el pueblo. La noche era fría y clara, las estrellas brillaban en el cielo negro y la media luna iluminaba el camino.

—Señor, no me casaré de esta manera —Amy volvió a golpearlo.

Él gruñó.

—No te he preguntado si querías casarte conmigo. Te he dicho que me casaría contigo.

Mertle pasó por su lado, camino de la taberna, y los saludó con la mano.

—No soy una de las campesinas que trabajan para usted que puede usar durante un año y después dejarme tirada —Amy le apretó con fuerza el chaleco.

—No creo que seas una campesina —llegaron a las cercanías del pueblo y la gente empezó a salir de la taberna—. Creo que eres la hija bastarda de un señor noble o una señorita educada que tuvo que pasar épocas complicadas o una princesa desposeída de su título...

—¿Qué?

—Y recurrimos a este método en lugar de la iglesia porque no puedo esperar cuatro semanas para que el párroco prepare las amonestaciones; ni siquiera puedo esperar una semana para conseguir una licencia especial. La señorita Victorine no me dejará llevarte conmigo de otra manera y esta noche te tendré en mi cama, te lo prometo.

Ella empezó a tirar insistente de la fina tela de la camisa, frustrada.

—¿Desde cuándo al poderoso marqués de Northcliff le preocupa lo que la señorita Victorine Sprott pueda opinar de sus acciones?

—El marqués de Northcliff ha sufrido un baño de humildad con las revelaciones de los últimos diez días. Sólo ha habido una cosa que me ha salvado del ataque de orgullo: tú y tu dulce seducción.

Amy odiaba aquel tono. Hizo que un escalofrío le recorriera la espina dorsal y que quisiera abrazarlo en lugar de golpearlo y clavarle las uñas en la espalda. Sería mejor decirle toda la verdad y salvar su orgullo que no sucumbir a aquel encaprichamiento.

—Le diré quién soy. Llevo recorriendo los caminos de Inglaterra como vendedora ambulante desde los doce años. Tenía un pequeño puesto con mi hermana y vendíamos cremas y cosméticos para las mujeres pobres y con delirios de grandeza que querían imaginar que podían ser atractivas. Me he codeado con ladrones y mendigos.

Él se detuvo en seco.

Amy pensó que, por fin, había dicho lo correcto para que la soltara. Lo había convencido. Se marcharía y la dejaría en paz…

Con cuidado, la dejó en la hierba que había junto al camino que bajaba a la playa. La sostuvo hasta que recuperó el equilibrio y, cuando la miró, era tan alto que ella no podía ver el cielo.

—¿Tu frialdad asustó a esos ladrones y mendigos? —le preguntó.

—¿Qué quiere decir? —los habitantes del pueblo los seguían como los niños al flautista de Hamelin.

—Si fueras tan disoluta como dices, no me habrías entregado tu virginidad.

Quizá sus otras mujeres aguantaran aquellos comentarios. Quizá a las demás mujeres no les importaba que lo oyera todo el pueblo. Amy lo miró a los ojos y gritó:

—¡Cállese!

—Entonces, deja de intentar convencerme que eres alguien que no eres —la volvió a coger a cuello. Mientras bajaba hacia la playa, las rocas le resbalaban bajo los pies—. Eres una dama. No sé cómo ni por qué, pero con cada palabra bien pronunciada y cada exigente instinto, me demuestras que has tenido un pasado fastuoso.

—¡No es cierto!

—Al menos, parte del pasado —hundió los talones en la arena.

La brisa marina soplaba con fuerza; la despeinó y le puso la piel de gallina en los brazos. Escuchaba las voces emocionadas detrás de ellos. Ni las últimas semanas, ni siquiera la noche anterior, la habían preparado para eso. «Matrimonio.» Con el marqués de Northcliff. Con el hombre que había aceptado como amante. No era posible.

—Ahí está —se detuvo y lo dijo como si ella tuviera que alegrarse—. Desde tiempos paganos, los habitantes de Summerwind han cruzado a pie, o los han llevado a cuestas, el arco para casarse. No seré el primer Edmondson que lo utilice para legalizar su unión.

En la zona rocosa que bordeaba la playa se levantaba un arco de piedra, más alto que Jermyn, y suficientemente ancho como para que pasaran caminando dos personas. La parte superior del arco tenía forma de dos cabezas, una más alta y otra más baja. Seguro que aquella era la razón por la que había empezado toda aquella absurda superstición del matrimonio. Sin embargo, Amy podía ver las estrellas a través del arco, brillando como ojos emocionados, y ella reveló la poca superstición que albergaba en su alma.

—No puedo casarme con usted.

Él volvió a ponerse en marcha. Aquel hombre era como encaje de acero: complicado, difícil de controlar y muy fuerte. Fuerte física y mentalmente.

—No soy quien cree que soy —como último recurso de defensa, Amy le dijo la verdad. Toda la verdad—. Soy una de las princesas de Beaumontagne exiliadas.

Él aminoró la marcha.

—¿De verdad? —no la cuestionó ni se burló de ella. En lugar de eso, parecía estar sopesando aquella posibilidad… y lo estaba disfrutando.

—Sí, de verdad —apretó los dientes y admitió—. Tengo la obligación de casarme por mi país.

Ahora Jermyn sonrió, una hilera de dientes blancos en la oscura noche.

—¿Quieres convencerme de que te casarías con un príncipe que te hubieran elegido? ¿Tú?

—Bueno… Bueno, tengo que hacerlo —replicó ella.

Incluso en la oscuridad, vio cómo le brillaban los ojos.

¿Cómo sabía lo que la abuela haría? ¿Por qué había aceptado sin más que era una princesa pero ponía en duda que cumpliera con su deber como tal?

¿Cómo es que la conocía tan bien?

Miró por encima del hombro de Jermyn y vio a una hilera de gente junto a las rocas. Eran los habitantes del pueblo. Vio a un enorme hombre abriéndose paso entre el gentío y vio una pequeña cabeza apoyada en su hombro; Pom había traído a la señorita Victorine en brazos para que ella también pudiera estar allí. Amy quería gritar para pedir ayuda, pero toda esa gente no había acudido allí para socorrerla, sino para ser testigos de la boda del marqués.

Amy miró hacia delante; el arco matrimonial estaba frente a ellos. Jermyn salió de la arena. Con cuidado, subió por las rocas. El arco era cada vez más alto y estaba cada vez más cerca. Amy lo miraba, hipnotizada, viendo cómo su destino se acercaba inexorablemente hacia ella. Hacia los dos.

Cuando estuvieron debajo, le agarró un mechón de pelo.

—Señor, no lo haga. Se arrepentirá toda la vida.

Él echó la cabeza hacia atrás y soltó una sincera carcajada.

—Mi querida princesa Desdén, si no lo hago, me arrepentiré toda la vida.

Capítulo 19

—¿Cómo ha podido creerme cuando le he dicho que era una princesa? —Amy luchaba por soltarse de la cuerda con la que le habían atado las muñecas—. ¿Qué clase de estúpido se cree un cuento así?

—Esta clase de estúpido —Jermyn estaba sentado frente a ella en el bote, remando. Pom estaba sentado detrás de él, con otro par de remos en las manos—. La clase de estúpido que deja que su tío lleve los asuntos familiares sin supervisión porque es demasiado arrogante para imaginar que alguien pueda engañarlo y mucho menos para pensar que alguien quiera matarlo. Me has enseñado valiosas lecciones con mano dura, y te doy las gracias. Estoy vivo gracias a ti.

El bote surcaba las olas con suavidad, alejándola de Summerwind y llevándola a la vida que temía. Llevándola a la casa de Jermyn y a Summerwind Abbey. Todavía no era medianoche, no había nubes y hacía fresco y, sin embargo, parecía que su vida había dado un giro de ciento ochenta grados. Había pasado de ser una mujer independiente y libre de cualquier compromiso a verse llevada a rastras por debajo de un arco y que el párroco del pueblo la declarara esposa del Jermyn.

¡El párroco, por todos los santos! ¿Cómo era posible que un viejo párroco de la iglesia anglicana dulce y educado pudiera autentificar un matrimonio basado en un rito pagano?

—Eres culta, inteligente, llevas las riendas de tu vida y la exprimes hasta conseguir lo que quieres. Demuestras gran indiferencia por el estado de tu vestimenta —sonriendo, Jermyn dijo—. Serás la cruz de Biggers.

—¡Como si me importara mucho lo que piense su ayudante! —Amy no podía ver a Pom, pero lo escuchó reír y pensó que se lo debía estar pasando en grande.

—Eso también.

Bajo la luz de las estrellas y la luna, Amy sólo podía adivinar a Jermyn, pero vio perfectamente el brillo de sus dientes al reírse. Estaba disfrutando como un niño. ¡El muy sinvergüenza!

Jermyn continuó.

—Te da completamente igual lo que los demás piensen de ti. Tienes el valor de hablar con sinceridad. No, más que eso; crees que hablar con sinceridad es tu derecho. Has convertido la falta de tacto en un arte.

Como una niña engreída, respondió:

—Usted también.

—Sí, pero yo soy un hombre, y todo el mundo sabe que los hombres somos bestias peludas que la civilización no ha conseguido domar —parecía que sus defectos le hacían mucha gracia—. Sólo conozco a otra mujer que tenga algunos de tus atributos, y lady Valéry es una anciana duquesa tan convencida de su superioridad que ni siquiera necesita los métodos habituales para demostrar al mundo su importancia. Su Excelencia es rica, es una privilegiada, ha vivido una larga vida bendecida con maridos y amantes, ha viajado por todo el mundo… cuando tengas sus años, te imagino igual que ella.

Amy abrió la boca para protestar.

Él la interrumpió sumariamente.

—Excepto por lo de los maridos y amantes. Yo no voy a dejarte sola.

Lo dijo como si fuera una amenaza. La había metido en el bote para ayudar a Pom a arrastrar el bote hasta el agua, y la había tirado al fondo de la barca y también la había atado porque intentó escaparse. Estaría una semana escupiendo arena.

—Pero, por encima de todo, no esperas a que nadie pase a la acción —Jermyn cometió la imprudencia de decirlo en tono de admiración—. Viste una injusticia e hiciste algo para enmendarla.

—¡Sin éxito! —le había colocado el pañuelo entre la piel y la cuerda para protegerla de los posibles cortes y había atado los nudos con fuerza aunque asegurándose de no cortarle la circulación.

—Pero lo intentaste y, si mi tío no hubiera estado intentando matarme, lo habrías logrado. Eres mi inspiración.

—¿Inspiración? —Amy no quería ser una inspiración. Quería ser libre—. ¿Para qué?

—Para casarme contigo antes de que pudieras hacer las maletas y desaparecer.

¡O sea que era víctima de su propio descaro! La abuela lo llamaría justicia.

Y también expresaría abiertamente sus protestas acerca de ese matrimonio.

—Puede que crea que estamos casados —dijo Amy, con una falsa confianza—. Pero, en Beaumotagne, ningún miembro de la familia real está casado a menos que ambos contrayentes sean miembros de nuestra iglesia.

—¿Y cuál es vuestra iglesia?

—La iglesia de la montaña —volvió a pelearse con la cuerda. El pañuelo resbalaba pero los nudos se mantenían firmes—. Vivimos aislados demasiados años como para someternos a la iglesia católica romana, así que nuestro arzobispo oficia todos los matrimonios reales.

—Entonces, tendremos tres bodas —anunció Jermyn como si nada.

—¿Tres? —a cada minuto, la vida de Amy entraba en una espiral de locura mayor… y Jermyn siempre estaba en el centro.

—Una bajo el arco, otra por la iglesia anglicana y otra por la iglesia de la montaña. Espero que no te importe aplazar un poco la ceremonia de Beaumontagne. Los próximos meses estaremos ocupados intentando atrapar a mi tío en sus planes de matarme.

—Pero yo no soy miembro de la iglesia anglicana, y usted no es miembro de la iglesia de la montaña.

—Te sorprenderían las dispensas que se pueden obtener una vez cometido el delito… y, por supuesto, después de pagar un generoso precio.

—Así que no tengo elección.

—Por supuesto que no. Sólo era un comentario de cortesía, nada más.

¿Qué atractivo le había encontrado algún día? Era el mayor y más completo asno que jamás había tenido la suerte de conocer.

—¿Por qué tenemos que ir a Summerwind Abbey esta noche? ¿Por qué no podíamos esperar a que, al menos, me quitara la arena del pelo? —reconoció la queja en su voz y se dio cuenta que ya sólo tenía mal genio. Con suerte, se convertiría en una gruñona y sería una esposa horrible para Jermyn.

—¿No te lo había dicho? No vamos a Summerwind Abbey. Vamos a pasar la luna de miel a una casa que Biggers nos ha preparado en mi propiedad.

—Sabe que no me lo dijo. Además, ¿cómo sabía que Biggers tendría que preparar una casa para la luna de miel?

—Porque anoche, cuando te hice mía...

—Shhh. Eso no es verdad.

—Está bien. Anoche, cuando me hiciste tuyo...

Ahora estaba segura: Pom se estaba riendo.

—Decidí que sería una relación permanente y que incluiría todo tipo de promesas y compromisos que un hombre puede adquirir —los dientes de Jermyn brillaron en la oscuridad—. Y que, por lo visto, también incluirían una cuerda.

Los acantilados de la propiedad de Jermyn eran cada vez más altos y estaban más cerca.

—Por eso me marché de casa de la señorita Victorine. Porque quería que Pom le llevara un mensaje a Biggers. Si hubiera sabido que habría problemas, jamás te hubiera abandonado —Jermyn subió los remos a bordo. Se inclinó hacia delante y le tomó las manos entre las suyas—. Créeme, no voy a perderte ahora.

Con gran solemnidad, Jermyn cogió a Amy en brazos y cruzó con ella el umbral de la gran mansión. Cerró la puerta con el pie y, por primera vez desde su boda pagana, Amy se quedó sin palabras.

Así que eso era lo que podía comprar una fortuna. Velas de cera blanca enormes que hacía tan poco que las habían encendido que no había ribetes de cera deshecha por el tallo. Flores frescas en jarrones de porcelana que llenaban el aire con un delicado aroma a primavera. Un fuego bailando en la chimenea. Una magnífica alfombra oriental de colores beige, dorado y azul. Una suntuosa comida fría servida en un mantel de hilo blanco, así como dos brillantes sillas de madera colocadas juntas para favorecer la intimidad. Cortinas abollonadas doradas frente a las ventanas. Y, en la esquina, una cama perfectamente hecha con más cortinas doradas abollonadas en las paredes que se podían cerrar alrededor de la cama para crear un nido de amor para dos. Y todo en una casita de madera.

Si Amy hubiera tenido un gramo de romanticismo en su alma, estaría suspirando de placer. En cambio, en un tono mordaz, dijo:

—Sólo falta el poema de amor.

Jermyn la sentó en una silla junto a la mesa.

—Haré que te traigan papel y tinta.

Con qué tranquilidad se habían vuelto las tornas. Amy levantó las muñecas y dijo:

—Desáteme.

—Todavía no, mi amor. Antes tengo que hablar con Biggers…

¿Iba a dejarla sola? Intentó reprimir su alegría.

—… y me temo que no puedo confiar en que te quedes aquí —se agachó y, de debajo de la mesa, sacó un rollo de cuerda.

Amy lo miró, horrorizada. Aquello no podía presagiar nada bueno.

Jermyn se colocó detrás de ella y rodeó su cuerpo y la silla con la cuerda. Se la ató a la altura de la cintura, fijándole los brazos y pegándole la espalda al respaldo de la silla.

Amy reaccionó con patadas y movimientos bruscos, pero ya era demasiado tarde.

Por la atención que él le prestaba, bien podría ser una actriz interpretando su papel. Hizo un nudo a su espalda, lanzó la cuerda hacia la pierna, que ató a la pata de la silla. Con la otra hizo lo mismo.

Con unos cuantos movimientos de muñeca, la había sometido.

Obviamente, los nudos eran seguros.

—¿Cree que me ha atado suficientemente bien? —le preguntó ella, en tono sarcástico.

—Lo sé —respondió él, con una falsa empatía en la voz—. Puede que, para una mujer normal, esto fuera excesivo… pero tú, princesa mía, no eres una mujer normal —le dio un beso en la mejilla—. Biggers me está esperando. Te prometo que volveré enseguida.

Y desapareció en la noche.

Ella se quedó mirando con odio la puerta cerrada.

Debería haber planeado su huída.

Debería haber sabido que, después de haberlo encadenado a la pared, él disfrutaría vengándose.

Debería haber visto antes la pistola que había junto a la cama… En un segundo, estudió la casa y se marcó una ruta. Pasaría por encima de la alfombra hasta llegar a la cama. Podía hacerlo. Sabía que podía.

Con la mirada fija en la culata de marfil, apoyó los pies en el suelo con fuerza y empujó. La silla se movió. Sólo un poco, pero se movió. Animada, volvió a empujar. Y otra vez. Las patas de la silla chirriaban mientras avanzaban por el suelo de madera. Iba hacia atrás pero, ejerciendo más presión sobre un pie iba dando la curva hacia la cama. A medio camino, hizo una pausa para recuperar el aliento… y creyó escuchar un ruido fuera.

Con una desesperación renovada, se lanzó a por su objetivo. Las patas de la silla fueron doblando la alfombra, que acabó por no dejarla avanzar. Estaba prisionera.

No podía ir ni hacia delante ni hacia atrás.

Así que saltó. Pequeños saltitos que levantaban un poco la silla y la dejaban caer. La levantaban y la dejaban caer. Le dolían las pantorrillas, los hombros y la silla pesaba cada vez más. Se deslizó unos centímetros más, con mucho esfuerzo, y acabó junto a la cama.

A menos de un palmo, la pistola brillaba a la luz de las velas, con el cañón engrasado y decorado y con la culata de marfil reluciente.

Pero no alcanzaba a cogerla.

Se miró las manos. Estaban atadas con una cuerda oscura, aunque tenía la piel protegida con un pañuelo blanco. Deshacer los nudos sería muy complicado, pero si conseguía soltarse una mano, tenía alguna posibilidad.

Movió ambas manos. La izquierda estaba más floja que la derecha. Intentó alargar la mano, adelgazarla. Y entonces, sin preocuparse por su piel, tiró con fuerza. Se llevó el pañuelo consigo y sacó la mitad, justo hasta donde el pulgar se une a la mano.

Ahí se detuvo. Intentó forcejear con la cuerda un segundo y luego lo dejó. Se apretó el pulgar contra la palma de la mano. Respiró hondo y volvió a intentarlo. Huesos, ligamentos y músculos gritaban agonizando.

Pero la mano se movió un centímetro. Y luego otro.

Al final, liberó los dedos.

Y cogió la pistola.

• • •

Jermyn se había pasado casi toda su vida de adulto en Londres y había olvidado la despiadada oscuridad que podía reinar en el campo. La luna se había escondido detrás del horizonte y, entre árboles que estaban creciendo y arbustos muy altos, los jardines del otro lado de su propiedad eran densos. La luz de las estrellas ni siquiera llegaba al suelo. Sin embargo, la tenue luz que provenía de las ventanas de la casa de madera lo estaba llamando, y jamás la perdió de vista.

No tenía que ver a Biggers para descubrir la información que necesitaba.

—¿Estás seguro que Walter no sospecha nada? —le preguntó.

—Señor, desde su secuestro, ha abandonado sus deberes como mayordomo casi de forma cómica. Además, ha empezado a beber y, últimamente, le ha dado por probar el coñac que dejó su padre. Está claro que Walter cree que se ha ido para siempre y que no regresará —el tono de Biggers dejaba claro lo que opinaba de tal comportamiento—. Por suerte, creo que es el único al que su tío ha corrompido. Me he ganado la confianza del ama de llaves, una mujer excepcional, y ella me ha ayudado a preparar su llegada.

—En ese caso, estaremos a salvo en la casita —aquella era la única preocupación de Jermyn: poder perderse en Amy sin ponerlos en peligro a ninguno de los dos, porque ahora sabía que lo que pudiera pasarle a él también era una amenaza para ella.

Y ella se enfrentaba al peligro sin miedo.

La obligación de Jermyn era protegerla.

—Sí, pero no estará desprotegido —le aseguró Biggers—. ¿Tiene la navaja que le di?

—Sí.

—¿Y la pistola?

—La llevo encima.

—Y le he dejado otra junto a la cama.

A Jermyn se le paró el corazón.

—¿Cargada?

—Sí, señor. Por supuesto.

Al segundo, Jermyn procesó la información, dio media vuelta y echó a correr. Cruzó los caminos de gravilla y corrió a toda velocidad hacia la casa, donde Amy estaba sola… con una pistola cargada.

Estaba atada, sí. Él mismo la había atado a la silla. Sabía que los nudos estaban fuertes…

Pero, las manos. No le había revisado los nudos de las manos. Y el pañuelo podía ayudarla a deslizar las manos…

Abrió la puerta como un vendaval.

Amy y la silla estaban junto a la mesita de noche. Tenía la mano izquierda libre… y sujetaba la pistola con ella.

—Amy —dijo él, levantando las manos—. No lo hagas.

—Si no me desata, le dispararé —aquellos ojos verdes eran fríos como el hielo. Hablaba con voz tranquila. Y tenía el brazo firme.

La pistola le apuntaba directamente al corazón.

—Señor, ¿qué…? —Biggers se quedó de pie en la puerta—. ¡Dios mío!

Amy sonrió, satisfecha.

—Esto es mejor —no dejó de apuntar a Jermyn—. Biggers, si no me desata, lo mataré.

—Biggers, déjanos solos —Jermyn dio un pequeño paso hacia Amy—. Y cierra la puerta cuando salgas.

—Por favor, señor. Señora —Biggers tenía las manos juntas a modo de plegaria—. No lo haga.

—Biggers, haga lo que le digo —le lanzó una mirada amenazadora, pero siguió concentrada en Jermyn—. Desáteme.

—Vete, Biggers —dijo Jermyn—. Vuelve a la casa. Cuando vengas mañana con el desayuno, estaré muerto y ella seguirá atada a la cama, o estaré vivo y estaremos los dos en la cama. En cualquier caso, no eres responsable de nada.

—Biggers, si el marqués muere, serás el responsable —Amy parecía serena y acostumbrada a dar órdenes.

Biggers irguió la espalda.

—Señora, mientras que en cualquier otro sitio estoy a su disposición, en las estancias privadas del marqués, sigo únicamente sus órdenes —con una reverencia hacia ambos, se marchó.

La irritada mirada de Amy encontró la de Jermyn.

—¿Recuerda lo que le dije en el sótano antes de dispararle? Le dije que tenía muchas ganas de matarlo. ¿Qué cree que siento ahora después de que me haya humillado delante del pueblo entero, me haya obligado a casarme con usted y me haya atado como a un animal?

—Estaremos empatados… —se acercó a ella aunque sabía que, con la puntería que había demostrado, seguramente le atravesaría el corazón—… cuando gane.

—Será… —empezó a apretar el gatillo.

Y Jermyn se preparó para tirarse al suelo.

Y entonces lo vio. Al fondo del oscuro cañón de la pistola vio un destello blanco.

Alguien había manipulado la pistola. Cuando apretara el gatillo, el arma fallaría. Se mataría ella misma.

Él se abalanzó sobre ella gritando:

—¡No!

Y ella, como una esposa obediente, lanzó la pistola al suelo… sin apretar el gatillo. Golpeó contra la pared y cayó al suelo.

Jermyn tomó a Amy entre sus brazos, con silla y todo.

—¡Pequeña estúpida! —mientras le acariciaba la cara le temblaban las manos. Después la tomó por los hombros y la sacudió—. Hubieras podido matarte.

—¿Que habría podido matarme? —dijo, en un tono áspero. Tenía la mirada perdida—. Pero si iba a matarlo a usted.

—Sí, y si hubieras disparado, la pistola te habría estallado en las manos. Dios mío —apretó los labios contra su frente. El corazón le latía con fuerza en el pecho—. Dios mío —aquellas palabras eran una plegaria de agradecimiento—. Dios mío.

La quería. Quería a Amy la desdeñosa, Amy la vengativa, Amy la princesa. La quería en todas sus facetas… y ella había estado a punto de matarlos a los dos.

—Ya es hora que aprendas a amar la vida —sacó la pequeña y afilada navaja de debajo de la manga y la utilizó para rasgarle la ropa—. Y yo soy el hombre que te enseñará a hacerlo.

Capítulo 20

Jermyn sacó un cuchillo de una funda de piel que llevaba debajo de la manga. El filo brillante se acercaba a ella. Y ni siquiera se inmutó.

«¿Por qué iba a hacerlo? Si quería, podía matarla. Ella había perdido las ansias de... de ejecutar a un hombre que merecía morir.

Independientemente de cuánto quisiera hacerlo, no podía matar a Jermyn.»

—Siento mucho hacerte esto —la navaja empezó a cortar la tela del cuello del vestido—, pero odio este vestido desde el primer día que te lo vi puesto y cortarlo me da gran placer.

«Y ella quería matarlo, de verdad que quería.» No importaba que aquella tarde, cuando había oído el disparo en el sótano, pensara que iba a morirse de angustia, de rabia y de culpa. A los pocos segundos, había descubierto su mentira y todo había cambiado. Estaba lista... no, ansiosa por matarlo.

Le cortó las mangas y luego, tomando un trozo de tela en cada mano, tiró con fuerza. La vieja tela se separó como si fuera papel.

«Y entonces, por Dios, había agravado sus pecados casándose con ella.» Esta noche, si hubiera apretado el gatillo, de un disparo habría liberado al mundo del bastardo más embustero que jamás había existido.

Y, en lugar de eso, había tirado la pistola al suelo. Porque no podía… no podía soportar vivir en ese mundo sin él.

Por todos los santos, no lo quería, ¿verdad?

El vestido había desaparecido, lo había destrozado hasta dejarlo sólo en un recuerdo. Jermyn sonrió con fiereza cuando contempló los jirones de ropa en el suelo.

—Jamás he disfrutado tanto haciendo algo como cortando ese horrible vestido.

Entonces levantó la vista y la miró, atada a la silla, todavía sorprendida por su propia timidez. La mirada de Jermyn recorrió de arriba abajo su cuerpo, cubierto sólo por una vieja camisola, las medias y los zapatos roídos. Pero, en lugar de la pasión que ella esperaba, y que, para su mayor desesperación, quería, vio un destello de furia en sus ojos.

—Te dejo sola. Tengo que atarte de pies y manos y, a pesar de todo, intentas matarme —se alejó de ella. Se echó el pelo hacia atrás. Volvió a acercarse—. ¿Voy a tener que atarte a mi lado? ¿Tengo que temer, a cada momento, cada día, que me dejes?

Ella no sabía qué decir. Si pudiera, ¿desaparecería?

—No, porque no quieres abandonar a la señorita Victorine —dijo, repitiendo lo que ella había dicho por la tarde—. No voy a hacerle nada a la señorita Victorine. Voy a mejorar sus condiciones de vida. Voy a mejorar las condiciones de vida de todo el pueblo, maldita sea pero, mientras tanto… —gesticuló con vehemencia—, me he casado con una mujer que sueña con escaparse a la mínima ocasión —cogió un extremo de la cuerda, deshizo un nudo y le soltó una pierna, y luego la otra. Le liberó la cintura y los brazos. Tiró la cuerda al suelo.

¿Iba a obligarla a escoger?

Lentamente, Amy se levantó. Estiró los brazos.

—No puedo vivir así. Decídete —le desató la cuerda de las muñecas—. Sal por la puerta y, dentro de un año, serás libre de cualquier tipo de compromiso conmigo. O quédate y sé mi esposa. Mi esposa de verdad. Decide.

Amy miró la cuerda que estaba alrededor de sus pies, en el suelo, y luego lo miró a él.

Tenía una expresión de feroz indiferencia, pero ella veía más allá. Aquel hombre orgulloso, aquel marqués noble, había decidido que quería casarse con ella sin saber quién era o qué había hecho. Se atrevería a decir que aquella decisión había sido el primer acto impulsivo que había hecho desde el día en que desapareció su madre.

Amy no podía engañarse. Para ir tan en contra de su naturaleza, debía de sentir algo muy fuerte por ella. Quizá sólo fuera pasión, pero no cometió el error de menospreciar su deseo, ni suyo propio, y calificarlo de insignificante. A ella también la tenía prisionera y le consumía los pensamientos, los sentimientos y, posiblemente, el alma.

¿Era el hombre del que le había hablado su padre? Jermyn y ella compartían muchas otras cosas: la pérdida de sus padres, la desconfianza hacia el mundo, una lealtad total hacia sus amigos y un odio profundo hacia las injusticias. ¿Compartirían también la misma alma?

En su vida, Amy había tenido muy poco tiempo para pensar en enamorarse pero siempre había imaginado que, cuando lo hiciera, sabría que habría aparecido su alma gemela.

En lugar de eso, estaba casada con un hombre que la engañaba, se la llevaba a la fuerza, la ataba y ella no sabía si seguir sus instintos y salir corriendo o hacer caso a su corazón y quedarse.

Estaba en un precipicio y dar un paso en cualquiera de las dos direcciones podría significar el desastre.

De modo que, sin saber qué hacer, apartó las cuerdas. Alargó la mano y tocó el brazo de Jermyn. Sintió la fuerza férrea y la tensa espera y, guiada por una impetuosidad que apenas conocía, susurró:

—Me quedo.

A él se le incendiaron los ojos con el fuego que podría consumirla a ella.

—Perfecto.

Parecía tranquilo pero la atrajo hacia él con fuerza, fundiéndolos a los dos con calor y pasión. Se inclinó sobre ella y la besó. Todo en aquel beso era distinto. Era distinto a los besos que le había robado él cuando la había atrapado y la había retenido en el catre. Era distinto a los besos que ella le había dado la noche que había bajado al sótano a hacerle el amor. Y entonces, Amy lo supo: era la primera vez que se besaban de pie. Y ahora era muy consciente de lo alto que era y de lo diminuta que parecía su cintura entre sus enormes manos, entre su fuerza, su supremacía.

Le tomó la cabeza entre los dedos y se la echó hacia atrás. Desequilibrada y totalmente en su poder, Amy se agarró a sus hombros. Jermyn le abrió los labios con los suyos con una certeza que no pedía permiso ni consentimiento; entró en ella, la llenó, la ocupó como si fuera una ciudad y él, el conquistador. El sabor de Jermyn, su aroma y su intensidad la llenaron hasta que no pudo hacer otra cosa que darle lo que quería durante el tiempo que lo quisiese.

La tomó en brazos y la depositó en la cama. Las sábanas, frías y aromatizadas, le hicieron abrir los ojos. Él estaba junto a la cama, con los brazos en jarra. En sus ojos marrones no había ni pizca de fuego y no sonreía. Estaba esperándola, ¿esperándola… para qué?

Esperando que lo mirase, que lo mirase de verdad, que viera su fuerza y su poder y supiera el trato que había hecho.

En un movimiento muy mesurado, ella se acarició el pelo y lo dejó caer encima de la almohada blanca. Con una sonrisa adormilada, se desató las cintas del cuello de la camisola y, con un dedo, lentamente pero con seguridad deslizó la tela hasta dejar un hombro al descubierto.

El fuego volvió de inmediato a los ojos de Jermyn. Su piel se incendió. Se quitó la camisa. Se desabrochó los pantalones y los tiró al suelo, revelando los tensos músculos de su estómago, los potentes músculos de sus piernas y una erección que miraba hacia el techo con una agresiva necesidad.

Amy se asustó un poco y se incorporó apoyándose en un codo.

Sin embargo, él apoyó una rodilla en el colchón y la presión hizo que Amy rodara hacia él. La cogió con fuerza por debajo de los muslos y la estiró para que quedara abierta para él. Vulnerable ante él. La camisola se le quedó arrugada en la cintura y, con la luz de las velas, él podía verlo… todo.

Se sintió extraña y tímida mientras él la miraba, la observaba, con ojos intensos y peligrosos.

—Eres preciosa. Preciosa por todas partes.

La emoción que la embriagó le aceleró el corazón. Cada respiración le dolía, como si sus pulmones ya no supieran funcionar solos. Le dolía la entrepierna, estaba húmeda y quería levantar las caderas y salir a buscarlo, fundirse con él.

Y eso que Jermyn apenas la había tocado.

Él se inclinó hacia delante y colocó las manos a ambos lados de la cabeza de Amy.

—Te necesito ahora.

Ella no reconoció su voz cuando contestó:

—Por favor. Ahora.

Jermyn deslizó un brazo por debajo de las caderas de Amy y la levantó para él. Juntó los dos cuerpos y ella se asustó un poco cuando notó el tamaño y el calor que desprendía la verga de Jermyn.

La última vez había sido totalmente distinto: ella tenía el control, o eso creía, y él no la había sacado de su engaño. Esta vez, él la dominaba. ¿Lo hacía a propósito, para impresionarla, o porque no tenía otra opción? No lo sabía. Y no le importaba. Porque cuando la penetró, cuando su cuerpo cedió y lo envolvió, ella también cedió. Él necesitaba aquella seguridad y ella se la dio porque no le quedó otra opción. Su femineidad acogió su masculinidad y se derritió a su alrededor.

Y él la miraba… la miraba con la fiereza propia de un águila que la tuviera entre las garras mientras subía al cielo. Jermyn movía las caderas lentamente, adentro y afuera, profundizando cada vez más la invasión. Ella intentaba salir a su encuentro, hacer que entrara y saliera más deprisa, pero él se detenía y controlaba el ritmo.

El creciente impacto de la carne en su interior hizo que Amy gritara cosas incoherentes. Él se estaba apoderando de su cuerpo, le estaba endureciendo los pezones, evaporando sus pensamientos. En el mundo, sólo existían él, ella y la pasión que la poseía. Que los poseía a los dos.

Cuando la verga de Jermyn presionó contra el fondo de la cueva de Amy, ella hundió los talones en el colchón y él se detuvo. Durante unos largos segundos, se quedó quieto contemplándola, toda despeinada. Y entonces, lentamente, salió de ella del todo.

—¡Jermyn, por favor! —quería desesperadamente que se diera prisa, que le diera lo que necesitaba.

Pero él se burló.

—Por favor, ¿qué? Por favor… ¿esto? —volvió a penetrarla hasta tocar el fondo de su pared.

—Más deprisa —dijo ella, con unos labios que parecían dormidos—. Por favor, Jermyn.

—¿Así? —empezó a bombear más fuerte, más deprisa, haciéndola retorcerse de placer.

—Sí —ella forcejeó, intentando liberarse, intentando moverse—. Jermyn, déjame a mí…

—¡No! —se dejó caer sobre ella, aplastándola contra el colchón con todo su peso—. Esta noche eres mía. Esta noche, yo te hago el amor a ti.

Sin embargo, al contacto de sus cuerpos, su piel prendió fuego. Se hundió en ella, llevado por la necesidad, el calor y un deseo tan nuevo y tan antiguo que los unía con todos los hombres y todas las mujeres de la historia. Bailaron la danza de los dioses, luchando por llegar a la frenética culminación.

Ella gimió. Rodeó el cuerpo de Jermyn con sus piernas. Se agarró con fuerza a su espalda porque quería tenerlo cerca, pero sabía que nunca estaría lo suficientemente cerca.

Cuando alcanzó el orgasmo, se olvidó de cualquier aroma, visión y sonido. Lo único que sabía era que él estaba en su interior y la estaba llevando a alcanzar una cima que jamás imaginó. Estaba hecha para ese hombre. Había nacido para vivir este momento, un momento que fue aumentando en intensidad hasta que creyó que moriría de un placer demasiado intenso para sobrevivirlo.

Y cuando él se unió a ella, cuando sus embistes fueron más rápidos y profundos y su miembro creció en su interior y gruñó como si estuviera pasando una violenta agonía, el orgasmo de Amy se intensificó. Su cueva acogió su semilla, absorbió su ferocidad y tomó y ofreció con igual fuerza.

Juntos eran uno.

Cuando él eyaculó, se dejó caer encima de ella, sudado, agotado y precioso. Ella le apartó el pelo de la frente con manos temblorosas e intentó comprender cómo era posible. ¿Cómo era posible que dos personas, que hasta hace dos semanas jamás se habían visto, pudieran alcanzar aquella locura de placer juntos?

—No lo hagas —dijo él con voz ronca.

—¿El qué?

—No intentes comprenderlo. Hasta que no lo hagas con el alma, no tiene sentido intentarlo.

¿El alma? ¿Qué sabía él de su alma? ¿Cómo se atrevía a hablarle de su alma como si fuera un poeta de culto, un amante inquieto?

No era ninguna de las dos cosas. Era el marqués de Northcliff y ella haría bien recordándolo... y olvidándose que, en algún rincón del planeta, existía su alma gemela.

En algún rincón del planeta... quizá más cerca de lo que ella creía.

Jermyn levantó la cabeza, se apoyó en los codos y la miró.

—Me vuelves loco. Jamás había sentido esta necesidad. No me he quitado ni las botas.

—¿De verdad? —estaba encantada—. Pero bueno, tampoco has puesto los pies en la cama.

—Será mejor que me las quite, porque pienso meterme en la cama... y quedarme ahí mismo mucho, mucho tiempo —la miró fijamente—. Has prometido que te quedarías conmigo.

Ella se movió debajo de él, recelosa.

—Un año. He prometido que me quedaría un año, el tiempo que dictamina nuestra boda pagana —creyó ver un destello de algo en los ojos de él. ¿Era posible que fuera decepción?—. Entonces... Entonces ya veremos si me quedo para siempre.

Él guardó silencio un buen rato. Y luego dijo:

—Está bien —se retiró de su interior. Se sentó, se quitó las botas y las tiró, primero una y después la otra, contra la pared.

Ella se estremeció ante la violencia del gesto. Cerró las piernas en un gesto de repentina e incoherente modestia y se tapó con la sábana.

Sin embargo, la voz de Jermyn era tranquila y calmada cuando dijo:

—Te conozco, princesa Desdén. Sé que cumplirás tu promesa —la volvió a mirar, clavándola en el colchón con la mirada—. Al menos, durante un año.

Capítulo 21

Harrison Edmondson se quedó mirando la carta con frustración.

«11 de mayo de 1810

Querido tío:

Debes ayudarme ahora que más te necesito. Mis secuestradores son hombres crueles que se pasan la noche hablando de las ganas que tienen de matarme, y cuando los escucho se me hiela la sangre. Hablan de torturas, de cortarme la cabeza...»

—No sería una gran pérdida —murmuró Harrison.

«... de ponerme en un saco con pesos y lanzarme al mar, y morir de la forma más terrible. Si no les das lo que piden pronto, perderás a tu único y adorado sobrino, el único Edmondson que queda, aparte de ti mismo. He conseguido hacerte llegar esta súplica recurriendo a las artimañas más astutas y gracias a la amabilidad de la oprimida doncella. Te lo ruego, acude en mi ayuda con una inmediata inyección de dinero. Sé que te será difí-

cil reunir la cantidad de oro que piden pero, por favor, tío, por la continuidad de mi buen estado físico, debes hacerlo.

Tu adorado y leal sobrino,
Jermyn Edmondson
El honorable y noble marqués de Northcliff»

—Mocoso melodramático —Harrison dejó la carta en la mesa. Ahora, además de verse acosado por secuestradores ineptos y tener que preocuparse por un asesino desaparecido, el estirado de su sobrino también lo incordiaba. El pobrecito debía de imaginarse que su querido tío Harrison, que administraba las fincas y la fortuna de su sobrino sin que este se lo agradeciera, acudiría en su rescate—. No lo creo —susurró Harrison. Cogió la carta y la volvió a leer.

Sí, era la letra de Jermyn, con las majestuosas curvas y los ángulos cerrados. La reconoció porque era igual que la de las escasas comunicaciones que Jermyn le enviaba. Las que escribía pidiendo que le enviara su asignación anual a una de sus magníficas mansiones. Jamás pedía ver los libros de contabilidad, lo que facilitaba mucho las actividades industriales de Harrison, pero odiaba trabajar y ganar dinero para otro. Y si no hacía algo antes de un mes, todas sus actividades de los últimos diez años saldrían a la luz, y dudaba que Jermyn le diera las gracias por ello.

Lo dudaba mucho.

No había palabras para describir el silencio roto únicamente por los gritos de las gaviotas, el romper de las olas contra las rocas y el lejano susurro de la brisa salada. Nada podía igualar la perfección de un momento observando las volutas de la nube gris que rodeaba la lejana isla de Summerwind y, a lo lejos, la dulce promesa de un cielo azul. Una barca de pesca se dejaba mecer por las olas y, en su interior, Amy sentía cómo la tierra la acunaba mientras recibía los golpes del oleaje oceánico.

En los cinco días que había pasado sola en la casa con Jermyn, cada día había caído un chaparrón típico de primavera, Biggers les había llevado la comida a la casa y se habían pasado horas en la cama, casi sin hablar, aunque haciéndose promesas con sus cuerpos.

Hoy, por primera vez, el sol brillaba y los animó a salir fuera con una manta y una cesta de picnic.

—El día que me secuestraste estaba justo aquí, mirando el mar. La niebla se acercaba y todo estaba gris y apagado... no tenía nada que hacer, ni adónde ir y deseaba estar en cualquier otro sitio —dijo, con voz suave, sin romper la paz aunque verbalizando perfectamente las sílabas muy bien escogidas—. Poco podía imaginarme que mi vida iba a cambiar de manera tan drástica... tan maravillosa.

—Hace dos semanas no decías lo mismo —como si lo hubiera hecho toda la vida, Amy guardó la comida en la cesta.

Se sentaron en la manta en medio de la hierba y las flores primaverales; Jermyn llevaba ropa informal, aunque a Amy no le parecía en absoluto informal, y ella llevaba uno de los viejos vestidos de la señorita Victorine. Hacían una extraña pareja.

Amy se imaginó que eso jamás cambiaría.

—Pragmática como siempre. ¿Ves aquel ala de Summerwind Abbey?

Ella miró por el acantilado hacia el sólido edificio que estaba al borde de las rocas.

—Parece precario.

—Como la casa se construyó hace doscientos años, el océano ha ido comiéndole terreno a la tierra, dejando la casa al borde del precipicio —señaló hacia los enormes ventanales y el precioso balcón de piedra blanca que había frente al mar—. Es la habitación principal, ¿recuerdas? Allí es donde fuiste a buscar mi ropa interior.

—Sí. Eres el canalla que me envió a hacer unos recados cuando podía haber ido él mismo —observó la expresión de Jermyn—. ¡Estabas allí!

—Te vi —admitió él.

—¿Te he llamado canalla? —al recordar las trampas que tuvo que hacer para colarse en Summerwind Abbey no supo si reír o gritar—. Más bien diría ser despreciable.

—Sí, pero debes perdonarme. Ser despreciable es mi naturaleza.

—Es verdad —pero no podía enfadarse. Por lo visto, el sexo frecuente y vigoroso la aplacaba igual que a una yegua de buena cuna. Aquella idea debería haberla molestado… pero estaba demasiado serena.

Jermyn le rodeó los hombros con el brazo y la atrajo hacia él. Se abrió la chaqueta para que ella pudiera apoyarse directamente sobre su pecho.

Ella aceptó la invitación encantada, absorbiendo su calidez y ofreciéndole su felicidad.

—Tu casa es muy bonita, sobre todo los jardines.

—Así tu año aquí será agradable —susurró Jermyn en voz baja y profunda, como si cada palabra fuera de amor.

—Muy agradable —Amy le acarició el muslo para esconder sus nervios—. Aunque me preguntaba cuándo podría volver a la isla para ver a la señorita Victorine.

—Cuando quieras. Es un viaje muy corto.

—La echo de menos —necesitaba hablar con ella sobre la situación con Jermyn. A pesar de la imprecisión de sus palabras, la señorita Victorine entendía la naturaleza humana y le diría qué esperar del pacto del diablo que habían acordado Jermyn y ella. Un año juntos, después una cuidadosa evaluación y, quizás, una boda… cuando Jermyn cortó las cuerdas, Amy creyó que sería feliz con aquel compromiso temporal. Ahora no sabía si había sido demasiado inteligente.

Jermyn parecía encantado con su pacto. Aparentemente despreocupado, le siguió hablando de la isla:

—Pom ha puesto en marcha muchos planes en la isla. Ha contratado a hombres para que arreglen las casas, empezando por la de la señorita Victorine.

—¿Y ella está contenta con los cambios?

—Tengo entendido que está muy preocupada por el hecho de tener una estufa en la habitación, pero cuando esté instalada y le mantenga el cuarto caliente, seguro que le gusta. Pom ordenó que enviaran a la isla un gran cargamento de carbón y que lo distribuyeran entre los habitantes del pueblo, y Mertle ha ido al mercado y ha comprado metros de tela para las mujeres. Ah, y en honor a mi trigésimo cumpleaños y a mi boda, he ordenado que enviaran una vaca entera, así como pan, queso y barriles de cerveza.

—Eres un encanto —cada día que pasaba, Amy estaba más enamorada de él. Más convencida de que Jermyn era su media naranja.

—Como me dijiste un día, soy el responsable de dejar que el pueblo haya llegado a estas condiciones tan desesperadas —le echó la cabeza hacia atrás para mirarla a la cara, flanqueada por el antiguo sombrero de ala ancha. Se lamió el pulgar y luego, lentamente, le acarició el labio inferior. Se quedó mirando la humedad brillante y, de golpe, la necesidad de que la besara hizo que Amy dejara de pensar en todo lo demás.

Jermyn sabía perfectamente cómo despertar su deseo. Y era desesperante lo mucho que ella lo quería. Y cuando terminaban de hacer el amor, lo quería otra vez.

Con una impaciencia muy bien fingida, le preguntó:

—¿No reconoces a un hombre que está intentando impresionar a su mujer con todas sus buenas obras?

—No. ¿Es lo que estabas haciendo?

—Sin duda —la besó, aunque sólo fue un roce de labios, un aperitivo que la hizo querer más—. Aunque me temo que, al decirlo, ha perdido fuerza.

—En absoluto. Reboso felicidad ante tanta generosidad —y lo decía de corazón.

—Perfecto —la incorporó, pero sin dejar de rodearla con el brazo.

Ella se quedó medio dormida junto a él, en aquel estado entre el sueño y la conciencia, en aquel momento entre un punto de la vida y el siguiente. La semana pasada, soportaba el peso del mundo en su espalda. La semana próxima asumiría nuevas responsabilidades. Pero ahora todo era paz.

—De pequeño —dijo Jermyn—, a veces dejaba de jugar y me estiraba en el suelo, bocabajo, y miraba el mar.

—Yo solía dejar de jugar, me estiraba bocabajo, y miraba las montañas.

—¿Lo echas de menos? ¿Tu hogar?

Los agitó una ráfaga de brisa marina, y luego desapareció, como si fuera un golpe suave con el codo para sacarla de su ensimismamiento. Jamás hablaba de Beaumontagne. Con nadie. Los recuerdos estaban en un rincón de su memoria, encerrados de modo que el dolor estaba dentro de esas cuatro paredes y la soledad, fuera.

Sin embargo, tenía que compartir un poco de su pasado con él. Porque, aunque Jermyn había tenido una vida privilegiada, también había sufrido sus traumas y quizá la entendería. Amy creía, de verdad, que la entendería.

—Solía echar de menos Beaumontagne. Cuando me enviaron interna al colegio, por la noche, cuando nadie me oía, lloraba. Entonces papá murió y la abuela dejó de enviar el dinero para la matrícula. La directora nos echó a la calle a mi hermana y a mí, y estaba demasiado confundida como para pensar en Beaumontagne.

—¿Qué hicisteis?

—Ya te lo dije. Vendíamos cremas. Prometíamos belleza —le hizo una mueca—. Hicimos lo que hacen dos mujeres solas en el mundo… vagamos y sobrevivimos.

—Cuando pienso en ti, abandonada, vagando por el mundo se me hiela la sangre. ¿Por qué no os quedasteis en algún lugar? ¿Por qué no creasteis una especie de hogar? Seguro que algún pueblo os hubiera acogido encantado.

Se separó de Jermyn, se rodeó las rodillas con los brazos y se quedó mirando el mar.

—El cortesano de confianza de la abuela nos encontró y nos dijo que alguien quería asesinarnos.

La perplejidad del rostro de Jermyn se convirtió en asombro.

—Así que, aunque yo quería instalarme definitivamente en algún lugar, Clarice siempre decía que no. Sabía que tenía razón, pero odiaba los constantes engaños, el miedo… además, buscábamos a Sorcha. Pensaba, las dos pensábamos, que si encontrábamos a nuestra hermana mayor, habríamos ganado una importante batalla. Así que seguimos yendo de un lado a otro.

Jermyn entrecerró los ojos.

Después de la confianza ciega que le había demostrado, ¿ahora no la creía? Mientras Clarice y ella viajaban por Inglaterra, las habían perseguido las sospechas despiadadas. Sin embargo, enseguida se había acostumbrado a Jermyn y a la credibilidad que daba a sus promesas y sus palabras. Y no quería perder aquello. No quería perderlo a él. No obstante, no sabía qué más hacer, excepto decir la verdad:

—Godfrey dijo que la abuela pondría un anuncio en el periódico cuando pudiéramos volver a casa. Su Majestad siempre cumple su palabra y, de momento, todavía no ha aparecido nada en la prensa.

—Lo siento, pero esta historia del cortesano de tu abuela parece muy absurda. ¡Ninguna joven tendría que pasar por una experiencia tan terrible!

Una sensación de alivio invadió a Amy. No era a ella a quien Jermyn no creía, sino a Godfrey.

Él continuó.

—Tu abuela sabía que estabais solas en Inglaterra sin sustento. Por lo que dices, parece una mujer estricta, y una mujer estricta no habría enviado un mensaje, habría enviado protección. Os podrían haber matado, os deberían haber matado, un centenar de veces. Si este tal Godfrey realmente hubiera sido criado de tu abuela, jamás se habría apartado de vuestro lado.

—Tienes razón. Ahora suena muy estúpido —tragó saliva y admitió—. Y mi abuela puede ser muchas cosas, pero estúpida no.

¿Por qué no se había dado cuenta de eso mucho antes?

Porque, cuando las echaron del colegio, tenía doce años. Y como una niña, tenía la desviada percepción de lo que estaba bien y lo que estaba mal. A medida que fue creciendo, luchar por la supervivencia ocupó toda su mente mientras que, al mismo tiempo, escondió el dolor del abandono y de la muerte de su padre en lo más profundo de su mente. ¿Acaso Clarice y ella había evitado volver a Beaumontagne cuando, en realidad, es lo que tendrían que haber hecho? Sería una amarga ironía, una ironía que la dejó sintiéndose llorosa y estúpida.

—¿Confías es ese hombre? —le preguntó Jermyn—. ¿En ese Godfrey? Porque, si no confías en el mensajero, no puedes confiar en el mensaje.

—No sé la verdad sobre Godfrey, Jermyn —le tembló la voz—. Era una niña.

—Todavía lo eres —cambió de tema con destreza al mismo tiempo que le daba un golpecito en la temblorosa barbilla—. ¡Si sólo tienes diecinueve años!

Aquella compasión le hirió el orgullo, y respondió:

—Puede que Godfrey me engañara pero te aseguro, Jermyn, que tengo experiencia suficiente como para haber vivido diez vidas.

—Y te irrita el hecho de ser joven.

Se lo estaba pasando en grande.

—Me siento, más que nunca, un auténtico asaltacunas.

Pero ella sabía cómo desinflar su alegría.

—Y tú eres muy viejo —dijo, con recato.

Él la tendió en la hierba a la fuerza.

Ella se rió e intentó resistirse.

A los pocos minutos, él había conseguido colocarle los brazos encima de la cabeza y la estaba besando mientras el mundo giraba a su alrededor.

—¡Gano yo! —dijo él, junto a sus labios.

—Sólo porque has recurrido a la fuerza bruta.

—Es mejor que el veneno en una copa de vino —respondió él.

—Es normal que lo digas, ya que la fuerza bruta está a tu favor.

Él le sonrió.

—Pero he ganado.

—Sí, sí. Has ganado —ignoró su fanfarronería como si no tuviera importancia—. ¿Olvidarás alguna vez ese estúpido grillete?

—No, creo que lo seguiré sacando a relucir en momentos inconvenientes el resto de nuestra vida.

Justo al pronunciar aquellas palabras envenenadas, los dos se quedaron de piedra, con los ojos abiertos como platos. ¿El resto de sus vidas?

Apartaron las miradas.

A Amy se le aceleró la mente. ¿Lo había dicho de verdad? ¿Pensaba que estarían juntos para siempre?

Jermyn se sentó, le ofreció su mano y la ayudó a levantarse. Como si no hubiera pasado nada destacable ni importante, dijo:

—Gran Bretaña tiene lazos diplomáticos con Beaumontagne. Creo que las relaciones son cordiales. Con tu permiso, ordenaré que, desde Londres, hagan alguna investigación con mucha discreción.

La oleada de emoción que la invadió la cogió por sorpresa. Durante aquellos largos años con Clarice, Amy había desechado la idea de volver a ver Beaumontagne algún día. Y ahora, con su máxima amabilidad, Jermyn le estaba ofreciendo su hogar.

—Me encantaría —aunque la precaución la hizo añadir—. Siempre que no tengamos que confesar el por qué de nuestras preguntas.

—Podemos hacerlo. Nadie cuestionará mi interés. Ser marqués tiene algunas ventajas —sonrió—. Además, me estoy convirtiendo en un experto en el arte de mentir. Mi tío ya habrá recibido la carta que escribí el día después de nuestra boda, donde le rogaba que pagara el rescate antes de que los villanos me mataran de la forma más cruel.

—Encantador.

—Hoy le escribiré otra carta comunicándole que he logrado escapar, que voy a organizar una fiesta para celebrar mi trigésimo aniversario, que está invitado y que deseo recibir un avance de mi asignación anual.

—Delicioso.

—Y, cuando volvamos a la mansión, agradeceré a Walter su lealtad y dedicación durante mi ausencia.

—¿Por qué? —Amy no podía creerse que Jermyn premiara al mayordomo traidor.

—Biggers dice que es mejor que finjamos que no sabemos nada de su mala conducta. Que no queremos que el tío Harrison tenga que comprar o amenazar a otro de mis criados para que colabore con él.

—De acuerdo —Amy dobló el labio inferior—. Pero no me gusta.

—No te preocupes —el brillo dorado de sus ojos desapareció y, en su lugar, apareció un color marrón amargo e inexpresivo—. Cuando esto termine, Walter descubrirá otro mundo… el de la cárcel de Newgate.

—Una vez, mi hermana y yo estuvimos en la cárcel —un recuerdo nada agradable—. A Walter no le va a gustar.

—¡Querida! ¿La cárcel? ¿Cómo? ¿Por qué?

—Ya te lo he dicho. Éramos vendedoras ambulantes que prometíamos juventud y felicidad a quien consumiera nuestras cremas. Eran buenas, pero no estaban a la altura de las promesas. Por eso nos peleamos Clarice y yo. Yo quería olvidarme del sueño de volver a Beaumontagne, quería quedarme definitivamente en un lugar y llevar una vida normal. Era como una gallina clueca, protegiéndome y manteniendo el sueño intacto mientras yo ya había perdido la esperanza de volver… Es extraño que, con tu ayuda, quizá vuelva a casa algún día —de repente, se le ocurrió algo y se giró hacia Jermyn—. ¿Te das cuenta de lo paralelas que son nuestras vidas? Puede que tú seas quien me devuelva a casa y puede que yo sea quien te haga cambiar de opinión sobre tu madre.

Él se puso serio.

—¿Por qué sigues pensando en eso? Olvídala. Si quieres hacerme feliz, olvídala.

—No puedo. Y menos en esta casa, donde la verdad sobre tu madre exige ser explicada.

—Ya se explicó. Ninguna razón justificaría que abandonara a su marido y a su hijo.

—Parece imposible que una mujer a la que querías tanto te abandonara —Amy le acarició la tensa barbilla con los nudillos—. La señorita Victorine tampoco lo cree.

Él apartó la cabeza.

—La señorita Victorine es una señora encantadora que siempre piensa bien de todo el mundo.

—De todo el mundo, no. De Harrison Edmondson no piensa bien. Es vieja, Jermyn, pero no está senil. Recuerda lo sucedido hace veintitrés años con la claridad de quien no se vio implicado personalmente en los acontecimientos. Eras sólo un niño. Igual que yo no sé si puedo confiar en Godfrey, tú no sabes qué le sucedió a tu madre.

Jermyn se levantó, fue hasta el extremo del acantilado y volvió.

—Sé que nunca volvió. Además, ¿por qué te preocupas tanto por mi madre?

—Porque tú te preocupas.

—Pero insistes mucho. Debe de haber otra razón —fijó la mirada en ella, exigiéndole que hurgara en su mente y le dijera la verdad.

Y aunque Amy creía haberle dicho toda la verdad, lentamente admitió:

—Nunca tuve madre. Y mi padre me envió al extranjero. Dijo que era por mi bien. Luego se fue a la guerra… y murió liderando a las tropas. Se sacrificó por vencer a los rebeldes. Su muerte marcó el principio del fin de la revolución. Su sacrificio salvó a Beaumontagne de la anarquía —con amargura, añadió—. O eso he oído.

Jermyn se arrodilló ante ella.

—Estoy seguro de que es lo que pasó.

—Cuando soy racional, cuando no me siento como una niña abandonada, también estoy segura que así es como fue —sin embargo, como gran parte de su vida había estado marcada por las injusticias, a veces se dejaba llevar por una absurda desesperación—. No puedo soportar la idea que una madre tan cariñosa que despierta devoción en su hijo se marche sin echar la vista atrás. Yo quiero recordar a mi padre como un hombre que estuvo ahí hasta que pudo. Hasta que la muerte se lo llevó.

—Pero la muerte no se llevó a mi madre.

Amy respondió enseguida.

—¿Estás seguro?

Él entrecerró los ojos, fijándose sólo en ella, escuchándola con mucha atención.

—Desde que te dejó, nadie más ha vuelto a verla —dijo ella.

—El mundo es un lugar muy grande.

—Pero no tanto como para que una dama y su amante inglés puedan esconderse sin que nadie los delate —Amy vio que, al menos, la estaba escuchando. Y, por ahora, era todo lo que podía pedirle—. ¿Alguien te ha hablado de ella desde que eras pequeño?

—Sólo el tío Harrison, y me dijo que le sorprendía que no se hubiera marchado antes. Que era una extranjera veleidosa y que… —se calló, de repente consciente de aquellas palabras y un poco a la defensiva.

—Si no confías en el mensajero, no puedes confiar en el mensaje —Jermyn se lo había dicho sobre el cortesano de la abuela y, en ese momento, Amy se dio cuenta que era cierto.

Esa misma noche le escribiría a Clarice, le diría dónde estaba, le daría unos detalles de la boda pagana, le preguntaría todo lo que deseaba saber y, lo más importante, le diría que no confiaba en Godfrey. Le diría que Jermyn hablaría con la embajada de Beaumontagne y descubriría la verdad sobre el estado de la abuela, sobre los asesinos y sobre el país. Y esperaba que Clarice lo aprobara.

—No importa si confío en el tío Harrison y en lo que dijo de mi madre. La verdad no importa porque la realidad es… que se marchó. Tu padre murió en el campo de batalla, una muerte honorable. Ambos hemos perdido a nuestros padres, pero no somos ellos. Puede que mi padre le fallara a mi madre de alguna manera. Sé que es lo que lo atormentó toda la vida.

—¡Pobre! —a Amy se le encogió el corazón al pensar en el difunto marqués—. ¿Te lo dijo alguna vez?

—Una vez. Sólo una. Pero yo no creo que le fallara. Mi padre era muy generoso y la quería. Me crió para que fuera como él y aceptara la responsabilidad de lo que era mío. Sólo había olvidado sus enseñanzas… hasta que me las hiciste recordar a la fuerza —la tomó de la mano y se acercó los dedos a los labios—. Me haces bien.

«Algunas veces, las familias se pelean. Pero eso no quiere decir que tengan que separarse.» Pero ella no era quien para decirlo porque, ¿acaso no había hecho exactamente eso? ¿No había abandonado a Clarice en Escocia en lugar de intentar solucionar las cosas?

Y Jermyn tenía una expresión muy seria, el tipo de expresión que ocultaba una angustia más profunda que el mar. Así que, para animarlo un poco, dijo en tono burlesco:

—Siempre digo que encadenar a un hombre a la pared es la mejor manera de controlar su tozudez.

—¿De veras? le agarró la mano con más fuerza—. Pues yo siempre digo que una esposa lista sabe cuando debe dejar de hablar y besar a su marido.

La estaba desafiando a cambiar de tema. A seguirle el juego.

A ella le encantaban los desafíos. Y sus hermanas lo sabían. Rainger lo sabía. Entre todos la habían convencido para que los llevara por los sótanos del castillo en su carruaje y saltara el parapeto de tres pisos que había en el jardín. Los habían castigado a todos y la abuela, para su edad, tenía un brazo fuerte y un estricto sentido de la justicia.

Amy había visto a amantes en casas y prados, y siempre parecían enamorados. ¿Tan difícil sería dejarse llevar y besar a un hombre?

Lo empujó hacia la hierba y lo besó. El ala del sombrero los encerró en un mundo traslúcido envueltos en sus respiraciones, la sonrisa de Jermyn y la persuasión de Amy. La boca de él, suave, cálida y húmeda, se abrió bajo la de ella y Amy persiguió su lengua. Los movimientos lentos, las caricias suaves, el calor de su cuerpo bajo el de ella; se esforzaban como locos por convertirla en una mujer capaz de encontrar una aventura dentro de los confines de los brazos de un hombre. Era un viaje que le encantaba hacer. Un viaje al que le encantaba arrastrarlo a él.

Con una coquetería muy pensada, Amy presionó sus pechos contra las costillas de Jermyn, recordándole lo mucho que le gustaba acariciarle los pezones. Le masajeó los hombros y luego descendió una mano por su cuerpo, encontró su erección y la acarició. La tela de los pantalones se tensaba a medida que sus besos eran más apasionados y el desafío se convirtió en pasión. Una pasión impulsiva, irresistible e infinita.

Rodaron por la hierba, dejándose llevar por el peso y la necesidad. El aroma a hierba los envolvió, embriagador y cálido, y se besaron con una pasión desbocada hasta que golpearon contra algo...

Algo que le dio una patada a Amy. La perfecta dicción de un hombre dijo:

—¿Cuántas veces os he dicho al servicio que no quiero que uséis los jardines de Summerwind Abbey como vuestro antro de lujuria? —Amy notó que la separaban de Jermyn y la levantaban por el cuello del vestido.

La voz pertenecía a un hombre con una barbilla alargada y delgada, a juego con la nariz, y unos ojos azules que la miraban con una expresión desagradable.

—Jovencita, no retozarás por la hierba como una cualquiera mientras yo sea el mayordomo de Summerwind Abbey y tú… —el hombre miró hacia el suelo. Debió de reconocer a Jermyn porque empezó a hablar en un tono muy agudo, como una niña—. ¡Milord! No había visto… No sabía… por favor, disculpe mi insolencia… —la mano que sujetaba a Amy por el vestido empezó a temblar de pánico.

Ella miró a Jermyn y entendió el motivo. Parecía un hombre al que habían interrumpido a medio coito. Parecía un hombre capaz de matar.

Lentamente, se levantó; era más alto y joven que el mayordomo, y estaba totalmente furioso.

—Walter, te sugiero que sueltes a mi…

«Mujer.» Amy vio la palabra en los labios de Jermyn y lo interrumpió.

—Jermyn, deberías agradecerle a Walter que vigile al personal y que mire por su virtud.

—¿Qué? —él la miró con los ojos encendidos y rojos.

Ella lo miró fijamente.

La rabia de Jermyn se relajó lo suficiente como para que el sentido común volviera a reinar.

—Ah, sí. Claro que sí. De todos modos —Jermyn apartó la mano del mayordomo del vestido de Amy—… sería mejor que Walter quitara la mano de encima de mi prometida.

—Su… prometida… milord, jamás imaginé… ¿Por eso desapareció? —Walter palideció hasta el punto que Amy casi sintió lástima por él. Casi—. Quiero decir, estábamos muy preocupados por usted… sobre todo Biggers… y yo, por supuesto, temía mucho por su seguridad.

—Pues hacías bien. Me han secuestrado. Estoy seguro que organizaste una búsqueda desesperada, pero ya puedes interrumpirla. Estoy en casa —Jermyn se acercó a Walter—. Para quedarme —se separó—. Y ahora quizá quieras ir a decirle a la señora Valentine que prepare una habitación para mi querida princesa Desdén.

—¿Princesa…? —Walter miró el miserable atuendo de Amy.

—Desdén —repitió Jermyn, y los dos se quedaron observando cómo el mayordomo se alejaba, hacía una reverencia, se giraba y se dirigía hacia la casa.

—Demasiado para nuestro idilio —Jermyn miró al cielo y luego hacia la isla. La brisa le levantaba el pelo de la frente y se lo revolvía alrededor de la cara—. Pero, seguramente, estaremos más seguros en la casa. Se acerca una tormenta, una de las grandes —la tomó de la mano y dijo—. Venga. Te llevaré a casa.

Capítulo 22

En la casa, por la tarde, Biggers echó un vistazo al limpio, planchado y absolutamente horrible vestido de Amy, heredado de la señorita Victorine, y su expresión de horrorizada incredulidad hizo que Jermyn quisiera reírse a carcajadas. Pero contuvo sus instintos mientras Biggers tartamudeaba:

—Si... Si me permite el atrevimiento, lady Northcliff... pronto llegará el carruaje para llevarla a Summerwind Abbey. Los criados están muy ansiosos por conocer a su sueva señora. Y juraría que esperan algo más que su habitual... Quiero decir, su estilo es suyo, poco habitual y versátil, pero en esta primera presentación formal en casa del marqués, quizá quiera renovar su... —movió las manos en el aire mientras intentaba encontrar una manera delicada de criticar el atuendo de Amy.

Obviamente, no lo consiguió y su voz se apagó.

—Biggers, será mejor que no me sigas llamando lady Northcliff —sonó absolutamente serena y su expresión no mostraba más que interés—. Sobre todo porque Walter cree que soy la *futura* mujer de Jermyn.

—Tiene razón, milady. Creo que ya llega el carruaje —Biggers se aclaró la garganta y pareció más tranquilo.

—Biggers, tú te quedarás y dejarás la casa como estaba —Jermyn ayudó a Amy a ponerse el viejo abrigo. Le pareció que estaba preciosa con el pelo oscuro recogido en lo alto de la cabeza, el sombrero, ahora un poco aplastado, y su preciosa piel rosada después de haberle hecho el amor—. Es primordial que nadie sepa que hemos estado aquí esta semana o la mentira de que estamos prometidos saldrá a la luz.

Ella lo miró por encima del hombro.

—De modo que, hasta la ceremonia en la capilla, ¿nos mantendremos castos?

Le lanzó una sonrisa sensual y atractiva, y Jermyn se maravilló de lo deprisa que había aprendido a seducir.

—Es la ventaja de vivir en un edificio que antaño fue una abadía.

—¿Cuál es esa ventaja, Jermyn? —Amy se puso los desgastados guantes.

Biggers gruñó.

—Que está lleno de pasadizos secretos —le dijo Jermyn.

—¡Pero, milord! ¿No estarás sugiriendo que visitarás mi habitación para una cita? —aleteó las pestañas e intentó parecer sorprendida.

Muy serio, él respondió:

—Para nada. Ya has demostrado que se te da muy bien colarte en mi habitación, así que había pensado que podrías venir tú a la mía.

Ella se echó a reír. Era la alegría personificada. Lo tomó del brazo y le riñó:

—¡Vago!

—Sólo contigo, lady Northcliff. Sólo contigo.

En la puerta, Amy se detuvo.

—Dame un minuto, por favor.

Se giró y observó la casita donde habían pasado la luna de miel, paseó la vista por la chimenea de piedra donde anoche las llamas bailaban, por la cama con baldaquín donde se habían explorado mutuamente, se habían dormido y se habían despertado para volver a explorarse, las flores que había cogido y había dejado en la mesa. Jermyn escuchó cómo Amy contenía la respiración y vio su expresión de angustiosa melancolía.

A Amy le gustaba la sencillez de aquel lugar. Iba con ella y él se preguntó, aunque no por primera vez, cómo se adaptaría al papel de señora de una gran mansión.

Amy se giró y salió con Jermyn al soleado exterior.

El emblema del marqués de Northcliff estaba impreso en la impoluta puerta blanca del carruaje. En el interior, la madera brillaba y la piel negra relucía. Los caballos brincaban mientras esperaban y el cochero y el lacayo llevaban pelucas empolvadas y un uniforme azul.

Jermyn llevaba a su mujer, aunque algunos creían que era su prometida, a su casa y sabía perfectamente cómo debía actuar y las opiniones que generaría dicha actuación.

—Milton es mi leal cochero —le dijo a Amy. Leal, sí, porque en el accidente en que Jermyn se había roto la pierna, Milton se había hecho todavía más daño. Cuando el carruaje empezó a dar vueltas, Milton se dio un golpe en la cabeza que lo dejó inconsciente durante tres días. Todavía no debería haber vuelto al trabajo pero Jermyn le necesitaba y Milton no quería ni oír hablar de que otro ocupara su lugar.

Antes de conocer a Amy, Jermyn daba por sentada la lealtad de Milton; ahora planeaba agradecérsela con una suma que permitiría que su hijo se convirtiera en abogado.

—Y Bill es mi lacayo. Puedes confiarles tu vida —si algo salía mal con el plan para desenmascarar al tío Harrison, Amy debía saber quiénes eran sus aliados.

Bill colocó los escalones para que Amy subiera al carruaje, pero antes de subir ella permitió que la vieran bien.

—Milton, Bill, muchas gracias por cuidar tan bien del señor por mí.

—Milady —Bill hizo una reverencia.

—Señorita Rosabel —Milton se tocó el sombrero.

Amy aceptó la mano de Jermyn y subió al carruaje. Cuando él se sentó a su lado, ella le dijo:

—Nadie sabe cómo llamarme. Tenemos que decidir una fórmula y Dios sabe que en tu elaborado protocolo británico habrá algo que se adapte a esta situación.

—¿No teníais normas de protocolo en Beaumontagne?

—Sí, pero la alta sociedad inglesa tiene muchas normas y jamás las recuerdo todas —estaba disgustada por tener que intentarlo.

—Somos muy egocéntricos, ¿no? —cuando Milton puso los caballos en marcha, Jermyn se reclinó en el asiento y rodeó a Amy con el brazo. La idea de dejar la casita le gustaba casi tan poco como a ella. Ya en el momento de marcharse estaba haciendo planes para volver… y estar a solas con ella otra vez—. Creo que deberíamos llamarte «princesa» o mejor… «Alteza».

—Un poco ostentoso, ¿no crees? —ladeó la cabeza hacia Milton y levantó las cejas.

—Pero es cierto, y deberías tener el respeto que la monarquía se merece.

—La monarquía exiliada sólo es un estorbo. No, milord, prefiero «señorita Rosabel».

—Como tú quieras, querida —era muy consciente de que los criados los escuchaban y, aunque sabía que ambos le eran leales, la lealtad no les impediría hacer correr la voz… una voz que esta vez Jermyn quería que corriera. Satisfecho con su objetivo, se dedicó a enseñarle la propiedad: los jardines, los caminos, los antiguos robles que bordeaban las tierras, los acantilados que bajaban hasta el mar. Ella le preguntó sobre la historia de la zona y él le respondió, manteniendo una relajada conversación.

Sin embargo, el ambiente estaba quieto y tranquilo con el olor del océano salado y el romper de las olas. Cerca del acantilado, los caballos relincharon como si percibieran la ira de la tierra y Milton tuvo que recurrir a toda su pericia para controlarlos.

Jermyn observó el cielo y se estremeció de arriba abajo, como si alguien hubiera pisado sobre su tumba. Las nubes que se acercaban tenían un aspecto fino, alargado e irregular, seguidas de unas nubes hinchadas que ocultaban el azul del cielo. En el horizonte, como una mano que no presagiaba nada bueno, se levantaba una franja oscura a la velocidad de un caballo desbocado.

Jermyn había visto muchas tormentas, pero ninguna como aquella.

Amy había crecido lejos de allí y, afortunadamente, no se dio cuenta. En un tono burlón, ella dijo:

—No sé por qué los marqueses de Northcliff llamáis a esto Summerwind*. El viento también sopla en invierno —volvió a levantarse la brisa, sacándole algunos mechones de debajo del sombrero y haciéndolos revolotear alrededor de su cara.

—Porque «Viento todo el año» es demasiado largo —a medida que iban acercándose más a la casa, el camino estaba

---

* *Summerwind* significa *Viento de verano*. *(N de la T.)*

cada vez más cerca del mar. Las olas rompían contra las olas, enfureciéndose debajo de la espuma que creaba el choque—. Ya casi hemos llegado. Después de esta curva, tendrás una vista de la casa por primera vez. Bueno... la vista que se supone que deben tener los invitados.

Ella se asomó a la ventana mientras los caballos daban la curva.

—Summerwind Abbey es como una conejera —observó el edificio con el mismo detenimiento de siempre que se acercaba a él—. Es un poco medieval, pero básicamente de estilos tudor y estuardo, con un ala georgiana pegada como un dedo irritado. En términos arquitectónicos, es horrible.

—Pero a ti te encanta —dijo ella, con perspicacia.

—Sí. Lo admito. Durante mucho tiempo no me permití recordarlo pero, todas esas horas solitarias encadenado a la pared me han recordado qué es importante en mi vida —la tomó de la mano y le besó los dedos—. Y lo que es importante en mi vida, te lo ofrezco a ti.

—Gracias —dijo ella, pero apartó la mirada, volvió a mirarlo, y volvió a rehuirlo.

Él pensó... deseaba que le preguntara: «¿Durante cuánto tiempo?», y él le respondería: «El que tú quieras».

Pero el silencio fue más tenso hasta que ella se rió y dijo:

—Me debes mucho por encerrarte. Tu carácter ha mejorado muchísimo.

No disimulaba bien. No formaba parte de su carácter y así sólo le demostraba a Jermyn lo mucho que tendría que luchar para mantenerla junto a él. Sonrió como ella quería y dijo:

—Te daré tu merecido. No sufras.

Ella le sonrió, más relajada ahora que la conversación había vuelto a su cauce.

El carruaje se detuvo delante de las escaleras principales. Los criados estaban en fila, por rango, con Walter y el ama de llaves delante, y la cocinera al final.

—Ya estamos —Jermyn le dio un golpecito a Amy en la mano—. No tienes por qué estar nerviosa. Walter es un canalla que recibirá su merecido, pero el resto estará encantado de conocer a su futura señora.

Cuando el lacayo colocó los escalones, ella le lanzó a Jermyn una mirada irónica.

—¿Nerviosa? No estoy nerviosa. Más bien resignada.

Jermyn no la entendió hasta que bajó del carruaje y le ofreció su mano. Entonces lo vio.

Vio el manto de la monarquía sobre sus hombros. Curvó los labios con gracia. Se alejó del carruaje con elegancia y le dio las gracias con una voz cálida y profunda. Ella apoyó la mano en su brazo y le permitió que la guiara hasta la fila, donde repitió cada nombre a medida que él se los iba presentando. Dedicaba a cada criado una mirada que expresaba preocupación personal e interés. Sí, llevaba ropa tan vieja que estaba hasta roída, pero nadie se fijó en su vestido. Se quedaron con sus maneras. Jermyn supo que aquella mujer había hecho muchas entradas en mansiones y palacios donde ella era el centro de atención. Había aprendido a hacer que cualquiera que conocía la respetara.

Cuando le dijo que era una princesa, la creyó; era la única explicación razonable a su educación, sus modales y su orgullo.

Sin embargo, jamás la había visto en acción. No había visto la prueba que lo sacara de toda duda.

Igual que su madre, su mujer era extranjera pero, a diferencia de su madre, Amy había nacido para reinar. Y, aunque intentó alejar la idea de su mente, no pudo evitar que nublara aquel momento de triunfo.

Si la obligación la requería, un marqués británico no podría hacer nada para retener a una princesa de Beaumontagne.

«15 de mayo de 1810

Querido tío:

¡Excelentes noticias! ¡He escapado de las viles garras de los villanos que me habían secuestrado y soy libre! Sé que te alegras por mí y que acudirás como invitado a la fiesta que voy a ofrecer para celebrar mi trigésimo cumpleaños. Una fiesta que, por cierto, me va a costar más de lo que pensaba. Invitar a las personas importantes, el gasto en comida y bebida y, por supuesto, los sueldos del personal adicional. Por lo tanto, querido y estimado tío, ~~te pido~~, ~~te exijo~~, te solicito un avance de mi asignación anual. Lo máximo que la fortuna familiar pueda permitirse en estos momentos, por favor.

Quizá hayas oído chismes del dinero que he perdido en el juego, pero te aseguro que esos rumores son malintencionados, una tempestad en una tetera, aparte de absolutamente falsos. Además, estoy seguro que lo recuperaré sin tener que jugarme Summerwind Abbey. Por favor, deposita el dinero en mi cuenta de inmediato. Espero ansioso verte el 10 de junio en la celebración y ten garantizado que, como mi único pariente vivo, te trataremos con los mayores honores.

Tu adorado y leal sobrino,
Jermyn Edmondson
El honorable y noble marqués de Northcliff»

* * *

Harrison Edmondson se echó a reír. Una risa que resonó en las paredes de su despacho.

Fuera, el criado se estremeció y se tapó los oídos.

Harrison se frotó las manos. ¡Al final, resultaba que el pequeño desgraciado tenía cerebro! ¿Quién iba a pensarlo? Ahora todo estaba claro.

Northcliff había organizado su propio secuestro porque necesitaba dinero. Muy listo porque, normalmente, la mayoría de tíos habrían pagado el rescate.

Harrison frunció el ceño. ¿Por qué Northcliff no estaba furioso con su «querido tío» por no enviarle el dinero?

Relajó los músculos de la cara. Porque Northcliff no tenía ni idea de que sus propiedades producían tanto dinero que podría tener diez mil libras inmediatamente, y mucho, mucho más cuando las fábricas y las propiedades rendían al máximo.

Volvió a fruncir el ceño. Pero, como su sobrino le había recordado, su trigésimo cumpleaños estaba a la vuelta de la esquina y todos los intentos por eliminarlo habían fracasado. Ninguno de los tipos que había contratado para acabar con él había logrado su cometido: ni el asesino, ni el cochero ni el mayordomo, que había trucado los cañones de las pistolas. Tanta incompetencia demostraba que una frase era cierta:

«Si quieres algo, hazlo tu mismo.»

Harrison llamó a su asistente y le ordenó que prepararan su equipaje para acudir a una celebración en Summerwind Abbey. Luego, gracias a su peculiar afición, escogió una variedad de armas para usar con su sobrino… cuando se le presentara la ocasión.

Capítulo 23

—Después de pensarlo mucho, ya sé por qué lord Northcliff me atrae tanto —Alfonsine, la condesa de Cuvier, estaba sentada como una enorme y satisfecha gata en medio del salón de Summerwind Abbey y, en un tono divertido, dijo—. Porque quiero escalar su pico más alto.

Las señoras que estaban sentadas a su alrededor, la señorita Hilaire Kent, lady Phoebe Breit y su Excelencia la duquesa de Seymour, se echaron a reír.

Amy esbozó una sonrisa enigmática y siguió caminando.

Los dos caballeros que la acompañaban, lord Howland Langford y su hermano Manning Langford, conde de Kenley, miraron horrorizados a las cuatro damas.

—Estoy destrozada por la mujer que ha elegido para casarse —¿destrozada? ¡Ja! Lo que estaba era rencorosa—. Una chica de la que nadie ha oído hablar y que dice que es princesa. ¡Qué vergüenza!

—¡Es absurdo! —dijo la señorita Kent.

Por supuesto, las señoras habían visto que Amy se acercaba por el recibidor hacia la puerta y habían afilado sus lenguas viperinas.

—Vivir con él antes del matrimonio y decir que es huérfana —lady Phoebe bajó la voz, pero no lo suficiente como para que Amy no la oyera—. Los criados dicen que duermen en habitaciones de alas distintas, pero ya sabéis cómo transmiten los chismes los criados fieles.

—Se diría que, después del escándalo de su madre, habría aprendido de los errores de apuntar bajo a la hora de escoger pareja —dijo la señorita Kent.

—Exacto —añadió lady Alfonsine—. ¡Pero esto sólo demuestra que lo malo se hereda!

Girando sobre los talones, Amy se dirigió hacia el salón con los ojos entrecerrados y las garras preparadas.

Kenley la agarró por el codo y, aprovechando su ímpetu, la giró.

—No les haga caso —era un hombre refinado con un gusto impecable y una clara preferencia por los de su género cuando se trataba de escoger pareja y por el género opuesto cuando se trataba de hacer amigos—. Están celosas.

Ella intentó soltarse.

—Me da igual que estén celosas, pero no permitiré que hablen así de Jermyn o de su madre.

—¿Y qué va a hacer? —preguntó Kenley—. ¿Arrancarles la cabeza?

—¿Cree que no puedo? —ella lo miró de reojo.

Él le soltó el brazo enseguida.

Pero Amy sabía que tenía razón. No debía montar una escena allí. Hoy no. No quería que los invitados chismorrearan sobre su comportamiento. Es más, quería que todo el mundo se concentrara en el horrible asesinato de su querido prometido… que tendría lugar dentro de poco. Así que siguió caminando hacia el exterior, donde se había servido una elegante cena en la glorieta que presidía los jardines. Era la cena de cumpleaños de Jermyn, que culminaría con un trágico accidente, en público, y con un elegante baile por la noche.

El criado abrió la puerta y ella salió justo enfrente de las escaleras principales de la entrada. Jermyn y Amy habían llegado a la mansión apenas a tiempo, porque la tormenta duró tres días y arrancó árboles del suelo, la lluvia golpeó los cristales de las ventanas y el viento lanzó gigantescas olas contra los acantilados. Había sido una increíble demostración del poder de la naturaleza y había hecho que los jardineros tuvieran que esmerarse en limpiar las flores, podar los árboles que habían caído y barrer las hojas del suelo. Sin embargo, hoy nadie sospecharía que la tormenta hubiera causado tantos estragos; la propiedad estaba impecable y el sol brillaba en un cielo azul impoluto, casi como si el marqués de Northcliff hubiera encargado el día para su representación.

—Kenley, tú también estás celoso porque Northcliff ya está ocupado —dijo lord Howland con suavidad.

—Sí, pero no paseo mi dolor por la cara de su prometida, ¡por el amor de Dios! —Kenley parecía sorprendido pero luego, un poco avergonzado, añadió—. Aunque, querida princesa Desdén, si me permitiera darle unos consejos sobre su atuendo, haríamos que esas brujas se arrodillaran ante usted, metafóricamente claro.

Amy le sonrió a los dos hermanos, tan diferentes entre ellos y, sin embargo, tan amables. Jermyn se los había presentado como sus mejores amigos y les había pedido que cuidaran de ella mientras él atendía otros asuntos.

—Pero no me importa mi aspecto, ni que esas brujas se arrodillen ante mí, metafóricamente o no, ni me importa lo más mínimo que lady Alfonsine quiera escalar a mi prometido. Ni usted, Kenley. Ninguno de los dos tiene la resistencia necesaria.

Kenley se tapó la boca con el pañuelo.

—¡Princesa Desdén! ¡Qué descaro!

Pero a Amy le pareció que se estaba riendo.

Lord Howland sí que reía a carcajadas.

—No estás sorprendido, Kenley. ¡Te duele no haber pensado tú esa respuesta!

—Es cierto. Sin embargo, creo que no hay nada más maravilloso que una mujer tan enamorada que no se la pueda poner celosa.

Amy se giró de golpe para mirarlo.

—Tan enamorada... ¿qué quiere decir?

Ambos hermanos chasquearon la lengua como si les estuviera tomando el pelo.

«¿Acaso se comportaba como una mujer enamorada?»

Entonces, Kenley emitió un sonoro suspiro.

—En cualquier caso, mi oferta sigue en pie. Con su estilo y mi arte, podría convertirla en la dama más elegante de toda la sociedad.

«¿Cómo actuaba una mujer enamorada?»

No quería hablar del último grito en moda. Quería preguntarle por qué había dicho que estaba enamorada. No estaba enamorada. Simplemente, había accedido a quedarse con Jermyn durante un año. Pasado ese tiempo, ya decidirían si querían celebrar una ceremonia religiosa... no significaba nada que no usaran métodos anticonceptivos y que la aparición de un hijo convirtiera en permanente la ceremonia pagana. Si le preguntaban, diría que todavía no sabía qué sentía hacia él, que no sabía si era su alma gemela. No sabía por qué no había podido dispararle.

Y, lo que era más importante, no sabía qué sentía él por ella.

Excepto que había hecho todo lo posible por introducirla en su círculo social, incluyendo una habitación al otro lado de

Summerwind Abbey. Por supuesto, las dos habitaciones estaban conectadas por un pasadizo secreto que Jermyn recorría cada noche, pero nadie lo sabía, por lo visto ni los criados.

—Biggers y una doncella francesa que ha contratado están desviviéndose por hacerme un vestido —dijo, en un tono lo más informal posible—. Creo que los dos son muy buenos pero Kenley, debe entender una cosa… no llevaré encaje áspero, ni una cola con la que tropiece a cada paso, ni un escote con el que no pueda bailar por miedo a que se me salga todo.

Lord Howland volvió a reírse, se lo estaba pasando en grande.

Kenley se detuvo y se tapó los ojos con la mano.

—¿Se le salga? ¿Se le salga? Nosotros no usamos esos términos en referencia a su delicada figura, milady. Y seguro que tampoco pasaría nada porque, una vez, se aprovechara de la inmensa fortuna de Northcliff.

—Northcliff no ha hecho otra cosa que mimarme desde el día que nos conocimos —que, según se había informado a los invitados, había sido el mes pasado mientras ella visitaba a la señorita Victorine en la isla de Summerwind, que era lo más cercano a la verdad que se merecían saber, según Jermyn.

—Al menos, tendrá algo imponente para el baile de esta noche, ¿verdad? —preguntó Kenley.

—El vestido es muy imponente —prometió ella.

—Explíqueme cómo es —la urgió él.

—No sé. Creo que es rosa —intentó recordar pero es que se había probado tantos vestidos—. O azul.

—Rosa o azul —Kenley vocalizó sin voz.

Parecía tan preocupado por ese tema que Amy decidió darle algo que lo hiciera feliz.

—Ahora me acuerdo. Es rosa.

En un tono de súplica, él dijo:

—Ahora, usted es la moda. Es bonita, ha atrapado el corazón del escurridizo lord Northcliff y se rumorea que es una princesa. Northcliff incluso le ha puesto un mote maravilloso: princesa Desdén. Las demás mujeres la envidian. Pero la fama es fugaz —arqueó la ceja—. ¿Cómo pretende seguir siendo un referente si no se emplea a fondo?

—Seguirá siendo un referente precisamente porque no se preocupa en lo más mínimo. Yo creo que es encantadora tal como es —lord Howland sonrió a medida que se iban acercando a la glorieta donde se estaba sirviendo la cena.

—Sí que lo es —Kenley hizo una elegante reverencia en su honor.

—Es muy amable —dijo ella. Entonces, Jermyn hizo una pausa en su conversación con lady Hamilton, la miró y a Amy ya no le importó Kenley, o Howland, o cualquier otro invitado de los demás grupos. Sólo veía a Jermyn, su robusta figura, su pelo castaño rojizo, sus suaves labios, los mismos que cada noche la llevaban al cielo…

Jermyn la saludó con un leve movimiento de cabeza y luego volvió a concentrarse en lady Hamilton, dedicándole toda su atención.

Y, como una idiota, a Amy se le encogió el corazón. Era tan amable, cuidando de una señora a la que el resto evitaba por su evidente sordera.

En la glorieta, había largas mesas cubiertas con manteles blancos y llenas de comida y bebida. Había camareros de uniforme que se paseaban entre la gente con botellas de champán. Señoras con coloridos vestidos primaverales y señores de traje paseaban por los jardines admirando las flores que acababan de trasplantar del invernadero. Sólo unos pocos tocones daban fe del virulento ataque de la tormenta, y la belleza de la escena hizo que a Amy le diera un brinco el corazón.

«¿Cómo era posible que quisiera tanto ese lugar?»

Volvió a mirar a Jermyn.

«¿Cuándo había aprendido a quererlo?» No era el lugar, sino el hombre al que pertenecía. Dios mío, Kenley y Howland tenían razón. Estaba perdidamente enamorada de Jermyn, el marqués de Northcliff.

¿La quería… La quería él también?

—Princesa Desdén, ¿conoce a todo el mundo? —preguntó Kenley.

Ella apartó la mirada de Jermyn y se giró, ausente, hacia Kenley.

—¿Qué?

—¿Si conoce a todos los invitados? —repitió él.

Ella miró a su alrededor.

—Me han presentado a la mayoría.

Aunque no le importaban lo más mínimo. Sólo le importaba Jermyn. ¿La quería? Puede que sí. Le gustaba su cuerpo, de eso estaba segura. Y, además, era muy cariñoso con ella. La creía sin importarle lo absurdo que fuera lo que le explicaba, y ella admitía libremente que sus historias eran extraordinarias, aunque verdaderas.

Pero, ¿significaba eso que la quería? No lo sabía. El problema era que… no sabía reconocer el amor. Conocía el amor de hermana, y el de padre, pero este no. No conocía el amor que le golpeaba el alma igual que la tormenta golpeó los acantilados.

—¿Recuerda sus nombre? —le preguntó lord Howland.

—¿Qué? —¿por qué lord Howland interrumpía sus pensamientos?

—¿Recuerda los nombres de los invitados? —repitió muy despacio y con paciencia.

—Por supuesto. Recordar nombres es un arte que toda princesa domina —y que ella había perfeccionado a lo largo de tantos años por los caminos del país donde recordar un nombre podía marcar la diferencia entre una paliza con la escoba o una cena amablemente servida.

A Kenley se le iluminaron los ojos.

—Entonces, ¿de verdad es una princesa?

—Tan de verdad como que soy vendedora ambulante —se rió ante la expresión alicaída de Kenley. ¡Si supiera la verdad!

No tenía más tiempo para seguir explorando sus sentimientos hacia Jermyn. Había llegado el momento de la actuación. Sin embargo, por la noche, cuando todo hubiera terminado y el villano hubiera desaparecido, hablaría con él. Le diría a la cara que lo quería. Después, le preguntaría si la quería y lo abrazaría mientras esperaba su respuesta y…

—Northcliff quería que le presentásemos a los invitados que no conociera —dijo Kenley de mala manera—. ¿Cómo vamos a cumplir con nuestro cometido si no presta atención?

Decidió no anticiparse a lo que pasaría por la noche y se concentró en el presente.

—No conozco a esos dos caballeros que están junto a la mesa del ponche.

Lord Howland miró a contraluz a los dos hombres mayores, y elegantemente vestidos, que tenían unas caras muy serias.

—No alcanzo a reconocerlos desde tan lejos. Tengo una visión catastrófica. ¿Kenley?

—¡Jamás pensé que vería a esos dos lejos de Londres! Son el señor Irving Livingstone y el señor Oscar Ingram, conde de Store —dijo Kenley.

—¿De veras? ¿Qué les traerá por aquí? —lord Howland se giró hacia Amy y dijo—. Eran muy buenos amigos del padre de Jermyn. Creo que, mientras el difunto marqués vivía, solían venir de visita, pero creo que no habían vuelto desde su muerte. Me sorprende que Northcliff los haya invitado.

—No creo que haya sido él —de hecho, Amy estaba segura que no había sido él porque había estudiado la lista de invitados para familiarizarse con los nombres y esos dos no le sonaban.

La voz de Kenley sonó más bien como un susurro cuando dijo:

—Y fijaos en ese hombre de allí. Parece serio y duro… ¡y atractivo! Todo lo contrario a lo que suele verse en estas fiestas.

—¿Dónde? —preguntó Amy.

—Allí, junto al tocón de aquel árbol tan grande.

Amy lo localizó enseguida.

«La estaba mirando.»

Aunque claro, mucha gente la estaba mirando. Era la prometida de Jermyn y, como tal, era alguien importante.

Pero aquel hombre la miraba de una forma distinta. Sí que era atractivo, y sí que parecía serio y duro, y la miraba como si tuviera que darle el visto bueno. Y, cuando tomó la decisión, le dirigió un movimiento de cabeza como si le estuviera enviando un mensaje.

Sin embargo, ella no entendió qué quería decir ni por qué ese hombre creía que tenía el derecho de enviárselo.

—¡Perfecto! —dijo Kenley, algo desesperado—. Parece que ha hecho otra conquista. ¿Lo conoce?

—No —respondió ella. Pero le costaba apartar la mirada de él. Había algo que le resultaba familiar...

—Aquí viene lord Northcliff —dijo Kenley.

Y, de repente, Amy se olvidó del otro hombre. Se olvidó de Kenley, de Howland y del resto de invitados. Jermyn iba hacia ella, con el pelo castaño rojizo brillante bajo la luz del sol, con los ojos marrones sonrientes, con el traje impecable y era suyo. Todo suyo.

—¿Te has fijado que, siempre que la princesa Desdén está cerca, Northcliff no tiene ojos para nadie más? —preguntó lord Howland.

—No tienes que restregármelo por la cara —dijo Kenley, apenado. Y entonces, cuando Jermyn estaba lo suficientemente cerca como para oírlos, lo saludó con la mano enguantada—. Ah, lord Northcliff, ¡hoy tienes un aspecto estupendo!

—Gracias. Me siento estupendo —tomó la mano de Amy y la colocó entre las suyas—. Siempre que mi princesa esté cerca.

Amy se sonrojó. Jermyn tenía una manera de mirarla y de hacerla sentir... cálida, licenciosa, viva. Como si lo único que necesitaran fuera un momento a solas para que le diera una pasión que ella jamás había experimentado.

Y además, era cierto. Sólo necesitaban un momento a solas para estar en los brazos del otro, descubriendo nuevas formas de deseo.

Jermyn le quitó un guante y la besó en la parte interna de los dedos, y luego en la palma de la mano.

—Oh, demonios —dijo Kenley, disgustado.

Lord Howland dio unos golpecitos a su hermano en el hombro.

—Unas veces se pierde y otras se gana —le dijo—. El truco está en no apostar siempre al mismo caballo.

—Gracias por tu eficaz consejo, señor de las Artes Sociales —Kenley se dirigió hacia las mesas.

Lord Howland hizo un gesto con la cabeza hacia el camino que quedaba a sus espaldas.

—Northcliff, ¿ese tipo de ahí es amigo tuyo? Parece muy peculiar y, si me permites el atrevimiento, bastante fuera de lugar.

Amy se giró y vio que otro señor que no conocía se acercaba a ellos. Era de estatura media, tendría unos cincuenta años y pesaría unos setenta y cinco kilos. Tenía caídas las ojeras, las mejillas, el cuello y los lóbulos de las orejas. El tronco alargado contrastaba con las piernas cortas. La barriga, que le tensaba el chaleco azul y la chaqueta marrón se apoyaba encima de la cinturilla de los pantalones marrones. Como si no estuviera acostumbrado a caminar por el campo, se acercó a la glorieta por el sendero de gravilla, levantando bien las botas azules con borlas.

—Ah, sí —Jermyn miró a Amy divertido—. Es mi tío, el señor Harrison Edmondson.

Ella se esperaba un villano y, en lugar de eso, se encontró con un perro sabueso. Taciturno pero amable.

—¡Dios mío! —ella caminó hacia él—. Debería ir a saludarlo.

—Deja que te acompañe —Jermyn le tomó la mano y la colocó en su brazo.

—Claro. Lo olvidaba. Tienes que presentarme —dijo ella, un poco disgustada. La celebración había empezado el día anterior. Había conocido a gente que le caía bien, como Kenley y Howland, y gente que detestaba, como Alfonsine, condesa de Cuvier. Sin embargo, mientras que hasta ahora los invitados le habían parecido amables o desagradables, entretenidos o terriblemente aburridos… en otras palabras, seres humanos normales, la barrera constante del rígido protocolo británica la ahogaba tanto que a cada momento estaba agotada.

Y, a pesar de todo, Jermyn seguía insistiendo en alabarla: en voz alta, en público y de manera constante. Había decidido que su prometida sería un éxito. Y como, por lo visto, era la primera mujer hacia la que había demostrado interés en público, los invitados le seguían la corriente… aunque Amy no era tan tonta como para creer que lo hacían de corazón. Las señoras del salón se lo habían dejado bien claro.

Los ojos del tío Harrison brillaron con interés cuando Amy se acercó a él. Obviamente, había escuchado los rumores sobre ella.

—Tío Harrison, tengo noticias que seguro te llenarán de alegría —Jermyn encajó con brío la mano de su tío—. Te presento a mi prometida, la princesa Amy de Beaumontagne.

Amy lo miró sorprendida. Habían acordado dejar que los rumores sobre su título corrieran por la sociedad; ella lo prefería por miedo a tener que regresar a las complicadas pleitesías presentadas ante una princesa y él, porque el misterio le daría a Amy más popularidad y facilitaría su ingreso en la sociedad británica. Sin embargo, con su tío, Jermyn la había presentado con todos los honores… y ella se preguntaba por qué.

La demostración paternal y amistosa de sorpresa y placer casi convencieron a Amy de que nunca había roto un plato.

—¡La princesa Amy de Beaumontagne! —le hizo una reverencia con todo el protocolo propio del criado más antiguo de su padre—. Es un honor conocerla. Y en cuanto a ti, ¡chico! —golpeó la mano de Jermyn—. Te felicito por haber en-

contrado la esposa perfecta. Te envidio hasta límites insospe-
chados.

Amy no escuchó ninguna nota de falsedad. ¿Dónde estaba
el tío Harrison que ella esperaba: malicioso, asesino y traidor?

—Es un placer conocer al único pariente de Jermyn —Amy
le lanzó a Jermyn una mirada de adoración—. Es un hombre
maravilloso y estoy impaciente por escuchar todas las historias sobre su infancia.

—Era un chico revoltoso, eso se lo puedo asegurar. Siempre ensuciándose los pantalones cuando se metía en líos por
ahí —le lanzó una mirada llena de picardía a Jermyn—. Sobre todo después de que su madre… nos dejara.

La sonrisa de Jermyn desapareció.

Ah. Ahí estaba: el tío Harrison, el villano que ella esperaba.

—Sí, ya supongo que sin una madre, Jermyn debió de ser
revoltoso —dijo ella, sonriente.

Harrison se puso serio, y las arrugas de su cara parecían
el primer intento de una cocinera de hacer un suflé de huevo.

Amy siguió hablando, apartando la atención de Jermyn.

—Cuando perdí mi hogar y a mi padre, yo también me
volví muy rebelde. Era la cruz de mi hermana y, cuando la
dejé, sé que debió de preocuparse mucho.

—Quieres decir cuando murió —la corrigió Jermyn.

—No, cuando la dejé… —por primera vez, se dio cuenta
de lo que Jermyn había pensado hasta ahora. Había creído que
su hermana estaba muerta—. Quería viajar sola, así que hace
dos años la dejé en Escocia.

—¿La dejaste? —preguntó Jermyn, en voz baja y con la
mirada sombría—. No. Es tu hermana. Tu familia. No la habrías abandonado.

Quizás Amy debería comentarle lo de la carta que había escrito hacía tres semanas… pero no ahora. No ahora que la severa línea de la barbilla de Jermyn irradiaba crueldad y ella se estremecía por el frío que su cuerpo desprendía. Pero no quería mentirle. Entre ellos, todo era verdad.

—Pero la dejé.

Jermyn la miró, contempló su expresión de suma sinceridad, observó ese cuerpo ágil que inevitablemente despertaba deseo en él, miró la resplandeciente perfección que había acabado adorando… y vio las primeras grietas en el pedestal donde la había puesto.

—Discúlpanos, tío —la tomó por el brazo y se la llevó en dirección opuesta a la fiesta.

Seguía hablando con los invitados mientras caminaban, les sonreía, aceptaba sus felicitaciones, mantuvo la fachada del orgulloso marqués. Había cultivado esa máscara toda su vida porque mantenía a raya las risas sobre el abandono de su madre. Cuando decidió casarse con una princesa exiliada, sabía que habría más risas, pero no le importó. Por primera vez, la cara que ofrecía al mundo representaba sus verdaderos sentimientos: felicidad, emoción, euforia.

Y ahora… ahora tenía un horrible sentimiento de traición. ¿Aquella mujer, aquella princesa, había abandonado a su hermana? ¿En medio de Escocia? ¿Había dejado atrás a un miembro de su familia?

Se había marchado igual que su madre. Sin mirar atrás. Sin una gota de culpa. Había asumido ciertas informaciones sobre Amy… ¿alguna era cierta o había estado viviendo en un sueño?

Aunque Amy intentaba soltarse, él la llevó hacia el acantilado. Hacia el lugar donde se habían sentado, habían mirado el mar y lo había convencido para que le confesara su pasado, sus miedos…

—Dios mío. ¡He sido un estúpido!

—Jermyn, escúchame, no es lo que crees —utilizó un tono de razonamiento, un tono que lo ponía todavía más nervioso.

—Espera hasta que estemos lejos de la fiesta —no se esforzó en ocultar su desprecio y mantuvo los dedos firmes alrededor de su codo.

Ella no le hizo caso. Claro que no.

—Crees que abandoné a Clarice igual que tu madre te abandonó a ti, pero no es verdad.

—Espera —repitió él. No podría soportar que ninguno de los invitados escuchara aquello… el lío en que había convertido su vida.

—Clarice y yo no estábamos de acuerdo en qué hacer con nuestras vidas —Amy sonaba muy sincera.

Él la arrastró más deprisa. Llegaron al final del acantilado. Jermyn la soltó de inmediato, ya que no quería tocarla por miedo a que lo contagiara.

Amy continuó.

—Intenté que me escuchara, pero es mi hermana mayor. Pensaba que yo era una cría. Insistió en que hiciéramos lo que a ella le parecía mejor.

Sin embargo, Jermyn tenía las mismas ganas de alejarse de ella como de castigarla por traicionar a Clarice. ¿A Clarice? Por traicionarlo a él. Por traicionar a sus estúpidos sueños de una mujer que se mostraba leal con los suyos y que era capaz de dar todo el amor del mundo. La agarró por los hombros y le preguntó:

—¿Dónde está? ¿Qué hace? ¿Te echa de menos cada día? ¿Se siente culpable porque provocó que te fueras? ¿Pasa hambre y está enferma y tú no estás con ella? —vio que a ella le dolían aquellas preguntas.

Que se aguantara.

—¡No abandoné a mi hermana! —exclamó ella—. Estaba a salvo en aquella casa y era una mujer fuerte, ¡una fuerza de la naturaleza! Y vi cómo la miraba lord Hepburn. Creí que estaba enamorado de ella y no me equivoqué. Se casó con él. Es una condesa. ¡Y van a tener un hijo!

—¿Os escribís? —al menos, eso era algo.

—Sí, bueno…

—Sabes lo de la boda y el niño por las cartas, ¿no? ¿Las guardas? ¿Puedo verlas?

Los ojos de Amy se encendieron y cambiaron al color verde del veneno. Estaba igual que la primera vez que Jermyn la había visto: hostil y amarga.

—No tengo ninguna carta. Nos hemos mantenido en contacto mediante anuncios en los periódicos, igual que esperaba contactar con mi abuela.

—¡Maldita sea! ¿Ni siquiera vas a escribirle una nota a tu hermana? —otra esperanza que se desvanecía. Amy no aceptaría ni siquiera una conexión tan débil como la palabra escrita. Todos aquellos años que él se había pasado esperando una carta de su madre, ¿a Clarice le habría pasado lo mismo?—. ¿Qué va a hacerte tu hermana desde Escocia?

—No lo sé —Amy cruzó los brazos, cerrándose en sí misma—. Posiblemente nada, pero soy una princesa, Jermyn. Hasta que Clarice sepa que estoy casada, querrá que viva el sueño perfecto de ser princesa de Beaumontagne. Así que no le escribí porque sé cuál es el precio de la realeza.

—Tu padre pagó ese precio.

Ella contuvo la respiración.

Jermyn sabía que había sido muy cruel. No le importaba. Ella levantó la voz.

—Sí, y si algún día tengo que pelear por mi país, lo haré encantada. Pero no me sacrificaré en el altar de un matrimonio convenido, y ahí es donde se sacrifican las princesas.

—Excusas.

—No son excusas. Me estoy explicando, aunque no sé por qué me molesto cuando eres incapaz de entender que la solución no está en mi mano.

—Ni siquiera te sientes culpable —Jermyn no intentó ocultar su desprecio.

—Por supuesto que me siento culpable. Desde que dejé a Clarice hace dos años, he vivido todo tipo de experiencias que me han hecho crecer, una de las más importantes durante los dos últimos meses —señaló hacia la mansión donde, esa misma noche, pondría en marcha su plan—. Pero todavía no estoy preparada para lanzarme al vacío respecto a ese tema.

—No te atreves a contactar con tu abuela. No sabes dónde está tu otra hermana y, a pesar de todo, abandonaste al último miembro de tu familia que te quedaba —se separó de ella como si estuviera enferma. Era como su madre. Se había casado con una mujer como su madre—. Aunque mantengas tu promesa de quedarte un año conmigo, no dejaré de preguntarme si te marcharás tan pronto pase ese tiempo.

—No. Sí. No lo sé —se retorció las manos—. ¿Qué quieres?

—Eso es lo que no quiero.

—¡Mantendré mi promesa! —gritó ella.

Él bajó la voz.

—No lo hagas. No te quiero. No quiero a una mujer inconstante como tú.

—¿Una mujer inconstante como yo? —tuvo la desfachatez de no dejarse llevar por la sorpresa—. ¿Me estás diciendo que me marche?

—Exacto —mejor echarla ahora que esperar al día en que se despertara y se hubiera ido.

—¿Y qué hay del plan de esta noche? Me... Me necesitas.

—Cualquiera puede hacer tu parte. Enviaré a Biggers a hablar con el tío Harrison... lo hará bien.

—Pero quiero saber cómo termina todo —se acercó a él necesitada, preciosa... y rabiosa—. Me estás condenando por un crimen que todavía no he cometido. Y yo... yo...

—Tú, ¿qué? —le dejó helada con el tono de voz.

—Te quiero.

Las olas rompían contra la base del acantilado. Las gaviotas volaban en círculo sobre sus cabezas. Y la brisa agitaba los mechones de su pelo alrededor de su precioso rostro.

Y él se rió. Se rió ante las palabras que más había deseado escuchar de sus labios. Se rió mientras se le rompía el corazón.

—Has escogido un momento de lo más oportuno para confesarlo.

—Es que no lo sabía hasta ahora —lo agarró por el brazo—. Lo he descubierto hace unos minutos en el jardín. Kenley y Howland me dijeron que estaba enamorada, pero no los creí. Y entonces te vi hablando con esa señora mayor y sentí una oleada de...

—¿Estiércol subiéndote por la garganta?

Amy contuvo la respiración como si le hubiera dado una bofetada. Se le humedecieron los ojos.

—Jermyn... —y no pudo decir nada más.

No podía soportar verla llorar. Quería abrazarla y calmar su dolor, confesarle que no lo decía en serio, que él también la quería. Pero había aprendido la lección. Hacía muchos años, y ya estaba escarmentado. Sólo la había olvidado temporalmente.

—Haz el equipaje —le dijo—. Márchate ahora mismo. Llévate lo que quieras. Ve a Beaumontagne o donde quieras, pero no te quedes aquí para romperme el corazón. Una vez me dijiste que era un estúpido por desconfiar de todas las mujeres por lo de mi madre y había empezado a creerte —se alejó de ella—. Por lo visto, no era tan estúpido.

Capítulo 24

Pálida, Amy se quedó observando cómo Jermyn se alejaba indignadísimo, muy orgulloso y tenso. Sí, el marqués de Northcliff había vuelto.

Se giró, se secó las lágrimas con la manga del vestido y se marchó en la otra dirección.

A su lado, una voz muy profunda dijo:

—¿Adónde va?

Miró al hombre que se había colocado junto a ella sin hacer apenas ruido. Era el caballero por el que Kenley se había derretido en la glorieta, el del pelo oscuro y la mirada dura con el traje oscuro. El que tenía algo que le resultaba familiar… aunque no es que le importara en esos momentos, cuando lo veía a través de un velo rojo de furia.

—Vuelvo a la casa —dijo ella.

—A hacer el equipaje, espero.

—Sí, ¿cómo lo sabe? —se detuvo y se giró hacia él, casi como una perra rabiosa—. Me marcho lejos de aquí, lejos de Jermyn y de sus ridículos prejuicios, sus estúpidas opiniones y su actitud de superioridad.

—Pero usted es una princesa. Él no es superior a usted —aquel hombre decía las frases correctas, justo lo que ella quería escuchar.

—Pues alguien debería decírselo. Voy a volver a Beaumontagne y, como princesa, utilizaré mi autoridad para hacer que lo decapiten —se acarició la garganta.

—Me parece un castigo un tanto exagerado por… lo que sea que haya hecho —aquel hombre parecía estar divirtiéndose.

—No lo diría si lo supiera —empezó a caminar otra vez, con los brazos rectos y los puños cerrados, pero volvió sobre sus pasos hacia el acantilado—. De acuerdo. Haré que lo encadenen en el calabozo durante años y cada día bajaré a martirizarlo con su impotencia.

—Eso me parece más razonable.

—Entonces haré que lo decapiten.

—¿Por qué? —su interlocutor parecía muy paciente.

—Porque cualquier hombre que juzgue mis acciones con severidad merece que lo torturen, lo encierren y… —aminoró la marcha.

Su madre lo había abandonado y había decidido que Amy había abandonado a su hermana.

Bueno, lo había hecho, pero no era lo mismo.

—No voy a abandonarlo porque sea inconstante. ¡No soy inconstante! —era una palabra muy fea.

—Espero que no —sonó muy serio y la miraba como si aquello le interesa sobremanera.

—Y no lo abandono, me marcho.

—Una decisión muy sensata.

—Exacto. Es sensato marcharme de donde no me quieren —volvió a acelerar el paso y giró hacia la casita donde Jermyn y ella habían pasado la luna de miel.

—Por ahí no se va a la casa donde tiene que hacer el equipaje —dijo él.

—¿Qué? —preguntó ella, ausente.

¡No era inconstante! Dejar a Clarice había sido el resultado de años y años de frustraciones y de la necesidad de demostrarle a su hermana mayor que era una adulta responsable que podía sobrevivir por sí sola.

Volvió a aminorar la marcha.

Con suavidad, dijo:

—Ahora me doy cuenta que debería haber insistido más en hablar con Clarice sobre nuestros planes en lugar de enfurruñarme como una niña pequeña —y huir.

Cuando conoció a la señorita Victorine, estaba en una situación muy delicada. Habían estado a punto de violarla y el frío y el hambre la estaban matando. Jamás se lo diría a Clarice porque sabía que, incluso ahora, su hermana se echaría las culpas de su sufrimiento… y no era culpa de Clarice. Era culpa suya. Se había imaginado que podría vagar por Inglaterra sola cuando, en realidad, habían necesitado el ingenio y la experiencia de las dos para sobrevivir a los rigores de la ausencia de techo. Amy había sido arrogante e impetuosa, y había pagado el precio.

Clarice había sido su hermana y compañera durante años y, aunque Amy no había querido admitirlo, la echaba de menos. Se dio cuenta de lo que había perdido y ahora quería ver a su hermana.

A sus dos hermanas, Sorcha y Clarice. Incluso echaba de menos al viejo dragón que era su abuela. Jermyn tenía razón. Quería recuperar a su familia… y no se arriesgaría a perderlo a él igual que había perdido a los demás. Igual que había perdido a su adorado padre.

Lentamente, se sentó en un banco que había junto a la casa. Quería marcharse de Summerwind Abbey, pero un peso en las costillas no la dejaba moverse. Estaba cansada. La pelea debía de haberla dejado casi exhausta, porque estuvo a punto de desmayarse.

Aunque no lo había invitado, el extraño se sentó a su lado.

—Oh, márchese —le sorprendió escuchar aquel tono malhumorado en su voz.

Pero él no se marchó.

—Amy, ¿sabes quién soy?

—¿Debería? —no le importaba quién era. ¿Por qué debería importarle?

—Soy el príncipe Rainger.

Aquellas palabras tuvieron tan poco sentido como si se las hubiera dicho en un idioma extranjero que ella no pudiera entender. Se giró hacia él y lo miró con la mirada perdida.

Llevaba el pelo negro hacia la cara, en un peinado descuidado muy cuidado… una cara que, sin estar demacrada, mostraba el paso del tiempo y una fuerza desconocida. Tenía los ojos marrones, enmarcados en pestañas oscuras y eran cautos. Muy cautos. Sin embargo, en el fondo vio al chico que una vez había conocido y, lentamente, fue dándose cuenta de la verdad.

—Claro. Debería haberte reconocido pero has… cambiado —había sido un niño malcriado y ahora se había convertido en el hombre que hacía que las mujeres se derritieran a su paso y que los hombres lo miraran recelosos cuando pasaban por su lado.

—Es lo que hacen siete años en el calabozo —la observó mientras ella interiorizaba aquella información—. La reina Claudia quiere que vuelvas.

La reina Claudia… la abuela.

—¿Está bien? —preguntó ansiosa.

—La última vez que la vi estaba muy bien. Creo que es indestructible.

—Eso creo. Y espero. Y... ¿has visto a mis hermanas?

Rainger sonrió.

—La princesa Clarice ya me rechazó como pretendiente.

—Está casada.

—Cuando me rechazó, no lo estaba —dibujó una media sonrisa, como si aquello fuera dolosamente divertido—. Me envió a una caza imposible... detrás de ti. Se aseguró que tuvieras tiempo de alejarte lo suficiente, y tengo que reconocer que no me esperaba una estratagema así de ella.

Amy comprendió la verdad. Clarice le había dado la oportunidad que tanto quería. La oportunidad de escribir su propio destino. ¿Y no lo había hecho de maravilla?

El mundo daba vueltas a su alrededor. Se puso la mano en la frente.

—¿Estás bien?

—Sí. Sólo estoy cansada.

—¿De verdad? —la miró inquisitivamente—. ¿Y te encuentras mal?

—¡Estoy bien! —que la conociera desde que estaba en la cuna no le daba derecho a inmiscuirse en su vida de aquella manera. ¡Y no estaba exagerando!—. ¿Has visto a Sorcha?

—No.

—La echo de menos —se le humedecieron los ojos—. A pesar de no haberla visto en los últimos diez años, la echo de menos.

—Es tu hermana —él le ofreció su pañuelo.

Amy lo aceptó y se sonó la nariz. Con fuerza. ¿Por qué le había venido ahora aquella nostalgia? Seguro que era por culpa del estúpido de Jermyn. Había hecho reaparecer en ella todo el dolor de la separación y la había dejado orgullosa y sola. Estaba impaciente por dejarlo. Iba a dejarlo ahora mismo. Se levantó.

—¿Cómo me has localizado, Rainger?

—Cuando lord Northcliff envió un mensaje a la embajada de Beaumontagne interesándose por la situación del país, conseguí… bueno… interceptarlo y, a partir de ahí, seguí solo —él también se levantó y le ofreció su mano—. Ven conmigo a Beaumontagne. Te llevaré con tu abuela y allí estarás a salvo.

Ella miró su mano. Lo miró a él. Y, de repente, fue consciente de una horrible revelación.

—No puedo marcharme. Juré quedarme con Jermyn un año.

—Eres una princesa.

—Y, como tal, debo cumplir mis juramentos —empezó a caminar hacia la fiesta. Luego se detuvo y se giró—. ¿No es así, Rainger?

Él asintió de mala gana y la observó alejarse. En voz baja, dijo:

—Yo también hice un juramente de venganza, princesa, pero creo que habrías podido cambiar mis planes de forma permanente.

Ella volvió por el camino que llevaba a la glorieta y se dirigió hacia la fiesta. Cuando se cruzaba con algún invitado, bien se la quedaban mirando o bien apartaban la mirada, aunque al final todos acababan girándose para ver la reacción de Jermyn cuando la viera.

Obviamente, los invitados que hacía una hora habían sido tan amables, sabían que Jermyn y ella habían discutido. Habían visto que él volvía sin ella y habían dado por sentado que el compromiso estaba roto.

Miró a Harrison Edmondson. La manera como se regodeaba de satisfacción la hizo estremecerse.

Claro. Ahora no podía acudir a Jermyn. No podía explicarle, rogarle, intentar que entrara en razón. Habían preparado cuidadosamente la farsa de esta noche pero aquello… aquello era mejor, más convincente, parecía real… porque lo era.

¿Y qué importaban unas horas de diferencia? Hablaría con Jermyn después de la representación. Aunque él no quisiera hablar con ella, lo obligaría a escucharla. No iba a perder a nadie más por culpa de su orgullo. Ya sabía el precio de esas acciones. Y, al menos, lo había pagado.

Con la cabeza gacha, en una actuación memorable, dio media vuelta y volvió a la casa.

Esa noche, Harrison Edmondson recibiría su merecido.

Esa noche, mataría a su sobrino delante de todos los invitados.

El vestido era de satén rosa con las mangas abullonadas y, a pesar de lo mucho que había insistido, tenía un escote tan bajo que tenía miedo que, de verdad, se le saliera todo. Le habían cortado el pelo y le habían dejado flequillo, muy a la moda, y la doncella se lo había decorado con una pluma rosa. Los guantes blancos le llegaban por encima de los codos y se cerraban con una hilera de botones de perlas de verdad que traían a Amy loca por el trabajo que suponía abotonarlos todos. Estaba sentada en su habitación con la espalda recta.

Biggers no había acudido a darle el visto bueno y eso, más que cualquier otra cosa, era una señal inequívoca de que

Jermyn no quería saber nada de ella. Biggers se había mostrado muy quisquilloso con todo lo relacionado con la prometida del marqués, pero la había dejado preparándose para la gran ocasión, el baile de Jermyn, sola con la doncella.

Amy miró el reloj que había en la repisa de la chimenea. Todavía faltaban diez minutos para las seis. El sol todavía no se había puesto, lo que proporcionaría una dramática luz a su representación. El público pronto estaría en su sitio. El ruido del péndulo marcaba los segundos de su vida y Amy esperaba, impaciente, a que le tocara salir a escena.

—Es la hora, señorita —dijo la doncella.

Colocó bien los hombros, se levantó y fue hacia la puerta. Jermyn y ella habían planeado que Harrison se hospedara en una habitación cerca de la de Amy para que así ella pudiera ir a hablar con él a las seis en punto. Había memorizado el camino y, por los pasillos, sólo se cruzó con doncellas que corrían con vestidos planchados en los brazos y criados con botas relucientes para sus señores. Se detuvo frente a la puerta de Harrison, respiró hondo y golpeó fuerte con los nudillos. Luego, intentó fingir que estaba triste y decaída.

El ayudante de Harrison abrió la puerta, muy enfadado porque lo interrumpieran mientras preparaba a su señor.

—¿Qué pasa…? —cuando reconoció a Amy, abrió los ojos como platos—. ¡Señorita! ¡Señora! ¡Alteza!

Con un hilo de voz, Amy dijo:

—Por favor, ¿podría hablar con el señor Edmondson? Es urgente.

—Por… supuesto. Yo… sí, claro… si quiere esperar aquí un momento —salió corriendo.

Ella se lo quedó mirando mientras pensaba que no se parecía en absoluto a cualquier otro ayudante de cámara que hubiera conocido. Más bien parecía un boxeador que se hubiera ganado la vida en los cuadriláteros de la calle. Quizá eso explicaba la ropa tan peculiar del señor Edmondson.

Escuchó una discusión al otro lado de la puerta y, mientras esperaba, se concentró en lo mucho que echaba de menos a sus hermanas, en la muerte de su padre y en el enfado de Jermyn. Cuando Harrison apareció en la puerta, colocándose bien el abrigo, Amy había conseguido una expresión abatida y un río de lágrimas le resbalaba por las mejillas.

—Señorita… Alteza —el perenne aspecto de sabueso de Harrison esta vez se veía acentuado por un atuendo a la última moda que le sentaba fatal, así como por el fruncido de la frente—. ¿Puedo ayudarla en algo?

El ayudante acabó de colocarle bien el abrigo mientras los observaba de reojo.

—¿Sería posible que me acompañara a dar un paseo? Quisiera hacerle algunas preguntas… bueno, estoy preocupada por algunas cosas y esperaba que pudiera ayudarme —Amy retorció el pañuelo entre las manos y consiguió hacer el papel de desvalida a la perfección.

—Como desee, Alteza. Estoy a su disposición —se giró hacia el ayudante y le dijo—. Merrill, vigila mis cosas. Todas las cosas de las que hemos estado hablando.

A Amy le pareció una orden muy extraña, pero ahora no tenía tiempo para preocuparse por eso. En lugar de eso, se dirigió hacia el otro ala de la casa. Hacia la habitación de Jermyn. Con una voz suave y temblorosa, dijo:

—Me temo que ya sabrá que Jermyn y yo hemos discutido esta tarde.

—Sí. Es una lástima cuando el amor joven se acaba —la miró—. Porque se ha acabado, ¿no es así?

—En realidad, sólo ha sido una pelea de enamorados. No sabía que se enfadaría tanto conmigo. Así que le he enviado una nota y me ha respondido de manera muy cruel. ¡Muy cruel! —agitó la carta que había robado de la habitación de Jermyn. Estaba escrita con su letra, pero iba dirigida a un ayudante de otra de sus propiedades—. Sí, he estado demasiado atrevida, incluso irracional pero, oh, señor Edmondson, no piense mal de mí. ¡Lo quiero tanto! —apretándose el pañuelo contra la boca, gimoteó un poco y miró a Harrison por el rabillo del ojo.

—Bueno, bueno —le ofreció una mano y miró a su alrededor en busca de ayuda.

Ella dejó de gimotear de inmediato. No quería que buscara ayuda. Necesitaba hablar con él a solas.

Le tomó la mano y la apretó.

—Sólo quiero el amor de su sobrino. Vivo para apoyarlo en todos los sentidos. Cuando tenga la fortuna de convertirme en su mujer, cuidaré de él y jamás permitiré que corra más riesgos ni haga nada alocado. Le ruego que no piense mal de mí por ser tan imprudente pero, más que cualquier otra cosa, quiero tener hijos con él y continuar la saga de los Edmondson.

Las flácidas facciones de Harrison se tensaron en un segundo ante aquella idea.

La sola mención de los herederos de Jermyn había hecho que Harrison le prestara toda su atención de un modo que ni siquiera Jermyn se habría imaginado.

—Sé lo que debe suponer para usted saber que los hijos de su querido sobrino continuarán con la saga familiar, pero Jermyn es… —se giró y fingió que lloraba—. Pensará que soy una atrevida, pero he ido a su habitación a rogarle que me perdonara.

—¿De veras? —Harrison ya no sonaba compasivo, sino duro y seco.

—No ha querido escucharme. Ha... Ha estado bebiendo y está muy enfadado. Destructivo. Estaba lanzando cosas contra las paredes. Incluso llegó a caminar por la baranda del balcón y amenazaba con lanzarse al vacío. ¿Conoce esa habitación, señor Edmondson?

—Sí, claro que sí —sonaba un poco nervioso.

Ella se giró hacia él, desesperada.

—El balcón está encima del acantilado.

—Si salta, se matará y el océano lo arrastrará hasta sus profundidades —dijo Harrison.

—Su ayudante no pudo convencerlo de que bajara. Y a mí no quería escucharme. De hecho, cuando hablé con él parecía decidido a suicidarse. Por favor, señor Edmondson, usted es su tío. A usted lo escuchará. ¡Usted puede convencerlo para que viva por el bien de sus futuros hijos!

—Mi querida princesa, iré a hablar con él ahora mismo —dijo él, con los ojos brillantes—. Estoy seguro de que puedo disuadirlo de esa locura. Déjemelo a mí.

—Muchas gracias, señor Edmondson. Sabía que haría todo lo posible por mi querido y adorado Jermyn —y se quedó contemplando, muy satisfecha, cómo Harrison se alejaba.

Biggers, que estaba escondido, salió de detrás de la esquina donde estaba y la miró maravillado.

—Ha sido magnífico, Alteza.

—¿Verdad que sí?

—Creí que se iba.

—No, para nada. No me voy —le lanzó una mirada muy elocuente—. Ni ahora, ni dentro de un año, ni nunca. Será mejor que reúnas al público, Biggers. El último acto va a empezar.

—Acérquense, acérquense —dijo Biggers, mientras acompañaba a los invitados hasta las sillas que se habían colocado en el jardín—. Deberíamos sentarnos y escondernos para que podamos sorprender al marqués como se merece.

Las sillas estaban escondidas detrás de árboles y arbustos, y la mayoría de invitados se sentaron sin rechistar.

Sin embargo, lord Smith—Kline refunfuñó:

—Por el amor de Dios, Biggers, hubiera sido mejor quedarnos en el salón para felicitar al marqués por su cumpleaños.

—Pero allí se lo esperaría —Amy parpadeó con inocencia e intentó parecer la mujer más alocada del mundo—. Aquí es mejor.

—¿Para quién?

—Hace que la fiesta sea una auténtica sorpresa —dijo ella—. Y a mí me encantan las sorpresas, ¿a usted no?

—Sí, supongo —después de su caída en desgracia, Lord Smith—Kline ya no sentía la necesidad de ser educado—. ¡Eh, tú! ¡Chico! Tráeme algo para encenderme el puro.

Kenley se colocó junto a Amy y se sentó.

—Esto es realmente excéntrico, Alteza.

—Confíe en mí, Kenley. Disfrutará cada segundo —permitió que una sombra de travesura tiñera su sonrisa.

—¿De veras? —Kenley miró el balcón iluminado por el sol poniente—. ¿Qué ha organizado?

—Espere y verá —se levantó y se colocó el dedo índice delante de los labios—. Pero, por favor, mucho silencio.

Los primeros gritos provenientes de la habitación de Jermyn cogieron a todos por sorpresa.

Ella se sentó cómodamente, satisfecha de que su plan estuviera saliendo según lo previsto.

—Maldita sea, Harrison, ¿cómo te atreves a meterte en mis asuntos? —era la voz de Jermyn, arrastrando las palabras, furioso y arrogante—. Soy el marqués de Northcliff, el cabeza de familia, el miembro vivo más joven de una dinastía noble. Me casaré con quien me plazca.

El señor Edmondson estaba más tranquilo y en algún lugar donde los invitados no lo veían.

—Sólo quería señalar que la señorita con quien te has prometido ha venido a mi habitación esta noche.

Kenley se giró hacia Amy horrorizado.

Todos se giraron hacia Amy horrorizados.

—¿Es cierto? —le susurró Kenley.

—Por favor —le hizo una mueca de incredulidad, y luego se giró hacia los demás—. Ninguna mujer ha caído nunca tan bajo.

Todos asintieron. Debían de odiar mucho a Harrison para estar de acuerdo de aquella forma tan unánime.

—¿Esta noche? —Jermyn sonaba muy seco y bastante sobrio.

—Sí, esta noche —dijo el señor Edmondson.

Amy se tensó mientras esperaba que Jermyn dijera que él mismo la había echado de su habitación.

Sin embargo, en lugar de eso, se echó a reír.

—La has visto esta noche. Debería haber supuesto que dirías eso.

—Pregunta a los criados —dijo Harrison—. Te aseguro que es verdad. Aunque después de la desagradable falta de respeto hacia ti y tu autoridad de esta tarde, no debería significar nada para ti.

—Pero la quiero —la voz de Jermyn sonó destrozada—. ¿Has querido a alguna mujer, tío? Es lo más bonito del mundo. Le perdonaría cualquier cosa sólo por el placer de su compañía. No la habrás dejado entrar en tu habitación, ¿verdad? —Jermyn salió al balcón tambaleándose: arrastraba los pies e iba despeinado. Llevaba la capa negra, que se apartó con una gran floritura. Llevaba un pañuelo rojo alrededor del cuello y una pistola en la mano.

Abajo, todo el mundo contuvo la respiración y unos cuantos se escondieron mejor detrás de los árboles.

—Porque si lo has hecho —Jermyn apuntó cuidadosamente—, tendré que dispararte.

—Adelante —Harrison seguía oculto en las sombras de la habitación, pero Amy sabía por qué estaba tan tranquilo ante la perspectiva de que le dispararan.

Había hecho trucar todos los cañones de las pistolas de Summerwind Abbey y, aunque Jermyn los había hecho arreglar, Harrison no lo sabía, por lo que tenía la esperanza de que Jermyn apretara el gatillo y acabara con su propia vida.

Sin embargo, Jermyn le ofreció la pistola.

—No, no puedo dispararte. Dispárame tú a mí.

Harrison suspiró con tanto asco que Amy creyó que había perdido el poco respeto que tenía por su sobrino ebrio.

—No pienso dispararte. Con esa pistola, no. Escucha bien lo que te digo. Tu prometida vino a mi habitación, pero yo la rechacé. Esto demuestra lo irresponsable que eres para cuidar de ti mismo.

—No soy irresponsable. Puedo hacer lo que quiera.

—Me han dicho que querías andar por la barandilla. En tu estado, es ridículo e imposible —el desprecio de Harrison fue como una bofetada para Jermyn.

—Ridículo e imposible, ¿eh? Bueno, ya lo he hecho esta tarde justo antes de beberme la tercera botella de coñac.

—¿Sólo te has bebido tres? No aguantas el alcohol. Toma, bébete esto y demuéstrame lo que sabes hacer —Harrison salió al balcón y todos pudieron verle. Colocó una botella de coñac en la mano de Jermyn.

Amy observó con satisfacción cómo algunos invitados movían las sillas para seguir mejor el espectáculo. Nadie podía apartar la fascinada mirada del balcón, y nadie dijo ni mu.

Con una estúpida expresión de decisión, Jermyn saltó sobre la barandilla. Echó la cabeza hacia atrás y bebió un buen trago de coñac, y luego caminó tranquilamente de un extremo a otro de la barandilla.

Dos mujeres gritaron, pero sus acompañantes las hicieron callar. Todos estaban cautivados.

Con una reverencia muy formal hacia su tío, Jermyn dijo:

—Mi equilibrio es excelente. Por muy borracho que esté, nunca caigo.

—Con que caigas una vez, basta —el señor Edmondson soltó una risa socarrona.

Jermyn levantó una pierna en el aire y miró a su tío.

—No sé a qué te refieres pero, ¿ves, tío? Soy perfectamente capaz de caminar y, aquí arriba, con la brisa marina, he tomado una decisión. Voy a casarme con la princesa Amy y tendré una docena de hijos que serán mis herederos. Y tío, lamento mucho decirte esto, pero el señor Irving Livingstone y el señor Oscar Ingram, el conde de Store, me han enseñado el codicilo perdido del testamento de mi padre donde se me obliga, el día de mi trigésimo cumpleaños, a hacerme cargo de la administración de mi propia fortuna…

Amy se inclinó hacia delante. No tenía ni idea de aquello.

—… y, por lo tanto, ya no te necesito.

—Sobrino —Harrison lo interrumpió mientras cogía una silla—, no vas a eliminarme.

—¿Me lo escondiste para que nunca supiera de su existencia? —el tono de Jermyn había cambiado, ahora era sobrio e intenso.

—Sí.

—¿Qué te hace pensar que puedes cambiar la voluntad de mi padre y salirte con la tuya?

—Esto —levantó la silla y la rompió contra las rodillas de Jermyn.

Jermyn voló por los aires como si hubiera saltado, aunque Amy sabía que era lo que había hecho. Con un grito largo y dramático, y un gran movimiento con la capa, desapareció por detrás del acantilado.

Amy vio que Harrison se asomaba por la barandilla, con una mirada demoníaca.

El público, inmóvil, se quedó mudo. Y entonces, al unísono, todos empezaron a gritar. Gritaron y se levantaron.

Harrison los vio. Retrocedió. Tenía las facciones tensas mientras escuchaba los gritos de la gente. Entró corriendo en la habitación y luego, cuando vio que Biggers y otro criado corpulento se acercaban, volvió a salir corriendo al balcón.

Amy sonrió ante su horror.

—Alteza, ¿acaso ha perdido el juicio para sonreír así en un momento como este? —Kenley estaba temblando. No podía esconder su alteración—. Su prometido ha desaparecido.

—No es lo que cree —lo tranquilizó ella.

Entonces, el grito de una señora que estaba al borde del acantilado llamó su atención.

—¡Oh, Dios mío, Dios mío! —gritó la señorita Kent—. Veo el cuerpo.

—¿Qué cuerpo? —preguntó Amy.

—No sabe lo que hace, ¿verdad? —le dijo Kenley en un tono de súplica—. ¿No se da cuenta de lo que ha sucedido?

—No hay ningún cuerpo —Jermyn le había dicho que saltaría a un saliente y se escondería en la cueva—. Ya lo verá.

Sin embargo, los gritos eran cada vez más desgarrados.

Lord Howland se acercó al borde del acantilado, se tapó la boca con la mano y salió corriendo.

Lady Alfonsine miró hacia las rocas, se giró y estalló en lo que parecía un llanto sincero.

Amy se negaba a asustarse.

—Puede que haya algo ahí abajo, pero seguro que no es un cuerpo —le volvió a asegurar a Kenley. Era absurdo, de verdad, cómo la gente veía lo que quería ver. Se acercó al borde del acantilado y miró hacia abajo.

En un saliente a unos nueve o diez metros más abajo, vio una sombra. Parecía un cuerpo, pero era imposible. Excepto por... por la tela negra, igual que la capa de Jermyn, que cubría la figura y ondeaba al viento. Y los últimos rayos de sol se reflejaron en un mechón castaño rojizo que salía de la capucha...

—¿Jermyn? —gritó. Era una artimaña, pero debería habérselo dicho antes—. Jermyn, no me hace gracia.

Nadie respondió desde las rocas.

Respiraba con dificultad. Buscó por todos los rincones de las rocas, por si lo veía. Más fuerte, mucho más fuerte, gritó:

—Jermyn, me prometiste que no era peligroso.

De lejos, escuchó a Kenley decir:

—Se ha vuelto loca.

Alguien la tomó por los hombros e intentó alejarla del acantilado.

Pero ella se soltó y volvió a asomarse.

—¡Jermyn, respóndeme ahora mismo!

Jermyn no aparecía.

Se dejó caer de rodillas en la hierba. No podía creerlo. No era posible. Le había prometido que no era peligroso. ¡Se lo había prometido! Le había dicho que conocía cada centímetro del acantilado. Le había dicho que ya había hecho ese truco antes y que era a prueba de tontos.

Pero, ¿quién era el tonto ahora? ¿El hombre que había saltado al vacío o la mujer que había dejado sola para llorarlo?

¿Por qué no se había dado cuenta que debería haber ido a hablar con él de inmediato, que deberían haber hecho las paces y aprovechar la ocasión para hacer el amor?

Ahora ya no volvería a verlo nunca más. Nunca más en esta vida. Nunca volvería a verlo bajo la luz del sol, de las velas, no volvería a acariciarlo enamorada, a respirar su aroma, a estar con él…

—¡Dios quiera que tu alma arda en el mismísimo infierno, Harrison Edmondson! —exclamó, alzando el puño hacia el balcón.

Las damas se escandalizaron por aquel tipo de lenguaje.

Los caballeros daban vueltas por allí, impotentes ante la rabia y el dolor de Amy.

Y todos se apartaron cuando se levantó y se dirigió hacia la casa. Hacia Harrison Edmondson. Hacia la venganza.

Amy no vio a lord Smith—Kline sacar su telescopio y fijarse en la silueta del acantilado. No lo escuchó anunciar:

—No es Northcliff. Ahí abajo hay una mujer... y lleva allí mucho, mucho tiempo.

Capítulo 25

Harrison Edmondson recorría los pasillos de Summerwind Abbey y los lamentos del gentío en el jardín eran cada vez más lejanos a medida que su pequeña escolta lo llevaba al cuerpo principal de la casa.

Con Walter a un lado, un enorme criado al otro, Biggers pisándole los talones y Merrill deambulando por los pasillos, pensó que tenía alguna oportunidad de escapar. No muchas, porque cada esnob de la alta sociedad había presenciado cómo había tirado al estúpido de Jermyn al acantilado. Sin embargo, sabía que si lo juzgaban lo colgarían, así que cuando viera la oportunidad de salir huyendo, no la desaprovecharía.

Y, al girar la esquina, la oportunidad se presentó. Detrás de él, se abrió una puerta. Alguien salió.

—¿Quién…? —empezó a decir Biggers.

Harrison se giró justo a tiempo para ver cómo Merrill le daba un golpe en la cabeza con un palo. Biggers giró y cayó, inconsciente y sangrando por la sien.

—Bien hecho —le dijo Harrison a su ayudante. Al final, resultaría que habría valido la pena contratarlo.

El más joven se quedó boquiabierto mirando al ayudante, a Biggers, tendido bocabajo en la alfombra, y a Walter, que movió la mano y gritó:

—¡Largo!

El chico abrió los ojos como platos y salió corriendo.

—He dicho en los establos que preparen un caballo, señor Edmondson —dijo Walter.

Harrison gruñó. Hacía diez años que no montaba a caballo.

—Quiero mi carruaje.

—Pero han llegado tantos que no puedo sacar el suyo —Walter empezó a sudar. Sabía perfectamente que si Harrison caía, lo arrastraría a él consigo.

Era excelente tener aliados tan motivados.

—Entonces, prepárame el de otro —cuando Walter intentó protestar, Harrison estalló, impaciente—. Por el amor de Dios, diles que te he obligado —empezó a caminar hacia el despacho de Jermyn y, por encima del hombro, dijo—. Te creerán cuando vean el cuerpo de Biggers. Merrill, acompáñale y asegúrate que cumple mis instrucciones. Os veré a los dos en la entrada de servicio dentro de veinte minutos —no esperó a verlos desaparecer porque se dirigió, con premura, al despacho de Jermyn.

Necesitaba dinero para llegar a un puerto y comprar pasajes de primera para la India, donde había escondido buena parte de la fortuna de los Edmondson a su nombre. Le gustaba estar preparado; siempre había sabido que algo así podía suceder. Aunque no de forma tan… pública.

Apretó los dientes. Siempre había pensado que podría salirse con la suya. Despreciaba a los hombres a los que descubrían cometiendo algún crimen. Y ahora allí estaba, corriendo como un perro.

Las cortinas del despacho estaban cerradas. Allí apenas se escuchaban los gritos de los criados y los invitados. Harrison se quedó de pie, acostumbrándose a aquella poca luz. Recordaba perfectamente aquella habitación. No había cambiado nada. La alfombra era gruesa, los muebles eran imponentes y lo demás estaba todo pensado para impresionar al tonto que tuviera la desgracia de tener que venir a hablar con el marqués de Northcliff.

Cuando Harrison era joven, su padre se sentaba en su majestuoso escritorio y expresaba su disgusto hacia el travieso de su hijo menor.

Cuando su padre murió, el hermano de Harrison ocupó su lugar y repartió obligaciones con mano de hierro y recompensas con cuentagotas. Después de la desaparición de lady Andriana, incluso esas pequeñas recompensas cesaron.

Pero Harrison había pasado mucho tiempo en aquel despacho averiguando a oscuras sus secretos, y lo conocía a la perfección. Fue hasta el escritorio y abrió el cajón con su llave secreta. Rebuscó entre los papeles y cuando su mano dio con un fajo de billetes, reconoció al instante el tacto del dinero… y allí había mucho. El fajo le hacía un bulto muy obvio en el bolsillo, pero estaba más que dispuesto a soportar aquella incomodidad.

Fue hasta el retrato del tercer marqués, lo descolgó de la pared, lo dejó en el suelo y sonrió ante el brillo metálico de la caja de seguridad. Giró la esquina de la vieja alfombra oriental, que tenía algunas manchas de tinta, cogió la llave y la encajó en la cerradura. Metió la mano en las oscuras profundidades de la caja…

Y escuchó un ruido detrás de él.

Se giró, con los puños en alto.

Nadie. Miró a su alrededor. No había nadie. Todo estaba igual.

—¡Sal! —exclamó.

Nada. La habitación estaba en silencio. Soltó el aire que había estado conteniendo. Estaba nervioso, nada más. Todo aquel altercado lo había alterado mucho, y no era para menos. Uno no mataba cada día no a uno, sino a dos hombres.

Bueno, al menos esperaba que Biggers estuviera muerto. Aquel estúpido metomentodo se merecía morir.

Pero… en el escritorio. No la había visto antes. La poca luz que entraba por las rendijas de las cortinas hacía brillar una pistola. ¡Su propia pistola!

Merrill debía de haberla dejado allí pero, ¿cuándo?

Volvió a mirar a su alrededor, pero allí no había nadie.

—Estúpido —dijo, entre dientes, sin saber si hablaba consigo mismo o con la humanidad. Seguro que los nervios hacían que se imaginara amenazas donde no las había.

Volvió a meter la mano en la caja de seguridad. Enseguida encontró el saco lleno de monedas. Lo sacó y lo sopesó en la mano.

Eran guineas de oro, claro; el marqués de Northcliff no tendría otra cosa, y allí había muchas.

Perfecto.

Se llenó los bolsillos de monedas hasta que estaban a rebosar. Notar el peso en la cinturilla de los pantalones lo satisfizo mucho y, por primera vez desde el desgraciado incidente, sonrió. Iba a salir indemne de esa.

Y entonces alguien, algún inconsciente que estaba escondido detrás de las cortinas, las abrió. La luz del sol inundó el despacho. Harrison parpadeó por la ceguera momentánea y fue a tientas hasta el escritorio. Cogió la pistola.

A contraluz, vio la silueta de un hombre. Se parecía a…

—¿Jermyn? —era imposible. Después de aquella caía, tendría que estar muerto.

Pero el muy desgraciado contestó:

—Sí, tío —y dio un paso adelante.

Harrison lo apuntó con la pistola.

—¿Estás seguro que quieres dispararme? —le preguntó Jermyn en un tono muy sereno—. Ya me has tirado por el acantilado. Esto me parece un poco excesivo... y te aseguro que el ruido atraerá a todos los invitados y criados.

—¿Cómo demonios has sobrevivido? —el dedo de Harrison luchaba por contener la necesidad de disparar.

—Cuando caes por el acantilado, sólo necesitas un poco de hojarasca y saber dónde aterrizar. Por desgracia, la tormenta recortó partes de la roca y me he hecho algunos rasguños —cuando se acercó al escritorio, su tío le vio la cara.

Vio un arañazo en la mejilla pero parecía perfecta y asquerosamente sano.

La derrota miraba a Harrison a la cara. Dios sabía que, entre su padre, su hermano y Andriana, ya había visto la derrota antes. Pero jamás pensó en verla a través de los ojos de Jermyn. Sólo podía negociar una salida para evitar la horca.

—¿Podemos hacer un trato, sobrino? —creyó que podría contar con la palabra de Jermyn. El chico tenía la misma estúpida idea del honor que su padre.

—Depende de lo que hagas con esa pistola —respondió Jermyn—. Piensa que Walter está detenido y que tu ayudante está muerto...

—¿Muerto? —aquello sí que era una sorpresa.

—Intentó enfrentarse a mí y acabó muerto.

Si era cierto, entonces su sobrino sabía muy bien cómo defenderse, ya que Merrill sabía desenvolverse muy bien con los puños o cualquier otra arma.

—Los invitados están volviendo a la casa y por último, aunque no menos importante, tengo todos los motivos del mundo para estar terriblemente enfadado contigo —Jermyn sonrió mientras caminaba; era un hombre joven, vital, alegre y atractivo que Harrison odiaba con más virulencia de lo que había odiado a su propio hermano.

—Supongo que sí —lentamente, bajó la pistola, aunque no apartó el dedo del gatillo. En esos momentos, la bala de la recámara era su única moneda de cambio.

—Sí, pero no por los motivos que imaginas. No porque hayas caído en mi trampa y hayas intentado matarme delante de todos los invitados. No puedo estar enfadado por eso, ¿verdad?

—Me has superado, sobrino —seguro que un halago no podía hacerle daño. Harrison no podría salir de la casa, y mucho menos del condado, a menos que Jermyn lo dejara marcharse.

—No, deberías saber que la tormenta hizo que las olas golpearan con fuerza contra la base del acantilado. Algunas de las cuevas han quedado al descubierto. Una de ellas en particular, tío —por un segundo, Jermyn se detuvo y se quedó mirando fijamente a su tío—. Cuando salté, el saliente en el que tenía previsto aterrizar se derrumbó. Apenas tuve tiempo de sujetarme a la roca. Y mientras estaba allí colgado vi… una de las cuevas descubierta. El techo había desaparecido. Al igual que casi todas las rocas. Lo único que quedaba era…

—Andriana —soltó Harrison—. Has encontrado a Andriana.

Ahí lo tenía. La traición. Jermyn la reconoció enseguida. El tío Harrison sabía perfectamente lo que Jermyn había descubierto en el acantilado. Satisfecho con la culpabilidad de su tío, volvió a avanzar.

—Sí. He encontrado el cuerpo de mi madre —tenía una pistola en la cinturilla del pantalón, pero no podía cogerla, apuntar y disparar antes de que su tío le disparara a él. Pero contaba con el factor sorpresa de la pequeña y afilada navaja que escondía en la palma de la mano.

—Sólo es un esqueleto, y su vestido rojo está cubierto por la capa negra de un hombre.

La astucia sustituyó la sorpresa en los ojos de Harrison.

—Entonces, ¿cómo sabes que es ella?

—Porque todavía tiene mechones de pelo pegados al cráneo y… si recuerdas, querido tío, el color caoba es igual al mío —Jermyn rodeó el escritorio, a paso muy lento. Nunca se detenía; caminaba, giraba, miraba a Harrison.

—Oh —Harrison consiguió imitar a la perfección el gesto de dolor—. Si es cierto, te acompaño en el sentimiento pero, ¿por qué me lo explicas?

—Porque, antes de empujarme, me has dicho que bastaba con caer una vez. Es la frase de un hombre que sabe de lo que habla —Jermyn había subido del acantilado por el camino estrecho, decidido a enfrentarse a su tío y a saber toda la verdad, pero no era estúpido. No iba a morir allí. Por la tarde, había perdido los nervios y había echado a la única mujer que le importaba. No, no iba a morir allí. Iba a vivir lo suficiente como para perseguir a Amy, encontrarla y decirle que siempre había tenido razón.

Cualquier pecado que hubiera cometido con sus hermanas, si es que había cometido alguno, quedaba neutralizado por la falta de fe de Jermyn en su madre. Si Amy le perdonaba, prometía hacerla feliz el resto de su vida. Le suplicaría. Le rogaría. Se arrastraría a sus pies porque, sin ella, su vida no tenía sentido.

—Esa frase jamás te servirá de nada en un juicio. Y lo sabes —dijo Harrison.

—Es tu capa, tío. Tu mejor capa de lana. La he reconocido. Recuerdo que cuando mamá desapareció, la perdiste. Recuerdo que pensé que era muy raro que un adulto perdiera la capa pero no me pareció oportuno hablar de ello cuando yo había perdido a mi madre y no podría recuperarla —tenía aquellos momentos, aquellos momentos posteriores a la desaparición de su madre, grabados en la memoria con dolor. Jermyn recordaba el estoico pesar de su padre y su propio comportamiento infantil—. ¿Por qué la mataste? ¿Qué beneficio sacabas?

—¿Beneficio? —Harrison soltó una carcajada—. Por eso, exactamente, lo hice. Andriana era tan bonita, tan elegante… y tan endemoniadamente lista.

Jermyn observó el dorado brillo de malicia en los ojos de su tío y sintió la calidez del fino y afilado filo de la navaja en la mano. Había practicado con esa navaja. Era rápido y mortal, pero primero tenía que saberlo todo…

—Venía de una familia de campesinos. Era capaz de conocer a la gente tan bien que casi era espeluznante. Y a mi me conoció enseguida. Llevaba los libros de tu padre y, a la vez, me estaba construyendo una pequeña fortuna. No era mucho, en realidad, pero soy un Edmondson. Me merezco algo más que las migajas de la mesa.

Al recordar la generosidad de su padre, Jermyn le preguntó con sarcasmo:

—¿Sólo te daban las migas de la mesa?

—Me quedaba con la mitad de los beneficios de los intereses extranjeros. Le dije a tu padre que el negocio se estaba yendo a pique, pero no era verdad —con una voz cargada de nostalgia, dijo—. ¡Qué buenos tiempos!

—Excepto porque mi madre supo lo que estabas haciendo —Jermyn fue hasta el otro extremo de la habitación. Rodeó el atril. Giró y volvió sobre sus pasos, manteniendo alerta a Harrison, que estaba demasiado ocupado siguiendo los movimientos de Jermyn para prestar atención a sus palabras.

—Dijo que el dinero debería ser todo para ella y sus descendientes. Para ti. Pero cuando le dijo a tu padre que sospechaba de mí, discutieron.

—Recuerdo esa pelea —fue la última vez que Jermyn escuchó la voz de su madre. Fuerte y enfadada, le había gritado a su padre mientras Jermyn escuchaba desde el otro lado de la puerta.

—De modo que Andriana fue hasta el puerto para entrevistarse con el responsable de los negocios en el extranjero y, cuando obtuvo las pruebas que necesitaba, volvió a caballo muy altiva. Una campesina insignificante en plena cruzada —Harrison meneó la cabeza con incredulidad—. Intentó con todas sus fuerzas ser noble. Vino a advertirme que, si no dejaba de robar los beneficios de las propiedades, haría que tu padre la escuchara. ¡Vino a advertirme! Así que, cuando me dio la espalda, la golpeé con todas mis fuerzas en la cabeza.

Jermyn aguantó estoicamente aquella cascada de palabras pero, por dentro, el dolor lo quemaba y la rabia lo agitaba. Todos esos años había maldecido a su madre y, en realidad, había muerto de una forma brutal y dolorosa por un acto de honestidad y amabilidad.

Y él… él había echado a Amy por razones que ahora mismo no entendía.

Harrison continuó:

—La envolví en mi capa y la tiré por el acantilado. Pero no cayó al mar. Todavía podía verla. Así que bajé por aquel endemoniado camino y escondí su cuerpo en una de las cuevas. Aquello era mejor que lanzarla al mar porque, al final, el agua siempre acaba devolviendo a sus muertos —Harrison observó a Jermyn con la esperanza de ver una grieta en su máscara.

Su madre. Su pobre madre, asesinada y lanzada como basura.

—Pero el océano te ha acabado traicionando igualmente. Trajo la tormenta. Y la tormenta abrió la cueva para que la encontrara —al recordar la tormenta que había destrozado la propiedad, Jermyn casi creía que su madre había controlado la furia de la climatología—. Tío, no es aconsejable estar en deuda con los elementos.

—¿Me intentas asustar? No creo que los elementos sean sobrenaturales. No creo en los fantasmas ni creo en el destino. El mar se agita y ruge de forma natural, el recuerdo de tu madre jamás me ha perseguido y jamás he tenido que pagar por nada de lo que haya hecho —puede que Harrison hubiera bajado la pistola, pero todavía la tenía en la mano. La tenía agarrada con fuerza y las pequeñas venas de las mejillas estaban muy rojas. Jermyn vio que su tío estaba cerca de uno de esos momentos de inconsciencia de su vida. Sólo un tonto le dispararía a Jermyn, pero Harrison quería hacerlo. Lo deseaba con todas sus fuerzas.

—Eres mi único pariente, tío Harrison. Estamos obligados a tratarnos con estima —dijo Jermyn, en un tono razonable.

—¿Ah, sí?

—Seguramente, debería dejar que te marcharas.

—No te creo —pero aflojó la mano que sostenía la pistola.

—Por supuesto, tendrás que exiliarte —Jermyn cogió un jarrón italiano de cristal y lo sostuvo mientras se dirigía hacia la pared del fondo del despacho, con la esperanza que el papel pintado ayudara a distraerle cuando apuntara—. Pero seguro que un hombre de tus intenciones y experiencia tiene algún refugio preparado en caso de emergencia.

—Sí. Sí, deberías dejar que me marchara. Al fin y al cabo, he sido muy bueno contigo. La fortuna de la familia ha aumentado. La he tratado como si fuera mía.

—Ya lo creo —era increíble que Harrison lo hiciera parecer una virtud cuando, en realidad, había cuidado tan bien del dinero familiar porque pretendía quedárselo—. Cuando mi padre murió, te hiciste cargo de la fortuna familiar. De lo que no me había dado cuenta es de que, después de la muerte de mi madre, él ya no te confió la gestión de las propiedades. El señor Livingstone y lord Stoke me lo han dicho.

—Ese par de gusanos.

—Así que supongo que, cuando te volviste a hacer con el control del dinero, tomaste las precauciones necesarias para garantizarte una importante cantidad independientemente de las circunstancias.

—Después de la muerte de Andriana, arreglé los libros de contabilidad y devolví todo el dinero. Tu padre nunca supo nada, ¿así que por qué cambió de opinión respecto a mí? —él mismo se respondió—. Por la culpa de haber echado a Andriana. O quizá pensara que, después de todo, ella tenía razón. Hasta el día que murió, nunca más volvió a dejar que me hiciera cargo del dinero —demostró su frustración escupiendo saliva—. Y ahora la historia se repite. Te prometes con esa perla, esa princesa Amy, y te vuelves listo. Ella estaba metida en todo esto, ¿no es así? Me envió a tu habitación a propósito, ¿verdad?

—Tío, no te entiendo —era la parte que se suponía que Amy tenía que hacer, la de mensajera, pero Jermyn le había dicho que se marchara aquella misma tarde.

—Vino y me engatusó, me explicó una historia conmovedora sobre la pelea que habíais tenido y me dijo que había ido a tu habitación y que habías estado bebiendo…

Sorprendido y emocionado, Jermyn dejó caer el jarrón al suelo. Se le rompió en los pies, una explosión de azul cobalto que cubrió toda la alfombra.

Harrison dio un salto. Levantó la pistola y la apuntó hacia Jermyn.

—¿Qué demonios te pasa? ¿Estás loco? Cuando lo compramos hace más de veinte años, valía más de treinta y siete libras.

Jermyn no le prestaba atención. ¿Era posible? ¿Amy? ¿Amy se había quedado para hacer lo que había prometido? Pero, entonces, eso significaría que… significaría que siempre mantenía su palabra a pesar de las provocaciones. Que Jermyn jamás había soñado con conocer a una mujer tan buena, y mucho menos hacerla suya. Significaba que estaba equivocado, que tendría que arrastrarse a sus pies para recuperarla, y que lo haría de buena gana, porque era la única mujer para él. Era su mujer y la quería.

Levantó la navaja, decidido a terminar con aquella farsa y a ir detrás de Amy, pero entonces la puerta del despacho se abrió. Chocó contra la pared.

Amy entró presa de la ira.

No vio a Jermyn, que estaba al fondo, pero su delicada figura era lo más dulce que Jermyn había visto en su vida. El corazón le dio un vuelco. Así que era verdad. No había roto su promesa.

Con la mirada fija en Harrison, Amy caminó hacia el escritorio con la espalda recta y los puños cerrados.

—Miserable.

El placer de Jermyn se rompió en mil pedazos, como el jarrón. En su lugar, aparecieron el miedo y el horror.

Amy estaba a punto de interponerse en la trayectoria de la bala.

—Me alegro mucho que hayas llegado —Harrison dibujó una sonrisa de satisfacción, y miró a Jermyn—. Voy a utilizarte para escapar.

—¿Qué quiere decir? —preguntó Amy—. No va a escapar. Ya me he asegurado de eso. He tomado la precaución de montar una guardia.

Jermyn corrió hacia Amy.

—¡Mira, sobrino! —Harrison apuntó la pistola hacia Amy—. Cuando le dispare a tu preciosa prometida, porque no la mataré, sólo la heriré, estarás tan ocupado intentando detener la hemorragia que podré escapar. Así que…

Amy giró la cabeza. Vio a Jermyn. La alegría le iluminó la cara.

Jermyn lanzó la navaja hacia Harrison. Cogió a Amy por la cintura. Cayeron los dos al suelo.

Pero había llegado tarde. Sabía que había llegado tarde.

Escuchó el ensordecedor ruido del disparo y el grito agudo.

Y olió a cenizas y miedo.

Capítulo 26

«Estás vivo. ¡Estás vivo!» Amy intentó hablar, pero se habían dado un buen golpe contra el suelo.

No le importaba. ¡Jermyn estaba vivo!

«Y la estaba tocando por todas partes.»

—¿Dónde te ha dado? Amy, ¿dónde te ha dado la bala?

El pánico en su voz hizo que ella abriera los ojos.

—No me ha dado, estoy bien.

—¿Estás segura? —a pesar de todo, él siguió moviéndole los brazos, las piernas y la recorrió con las palmas de la mano buscando alguna herida.

—Estoy bien —repitió ella. Se incorporó sobre un codo y le acarició el hombro a Jermyn—. ¿Y tú?

—Yo… estaré bien —le acarició la cara, con un sombrío brillo en los ojos—. Ahora que estás aquí.

—Entonces, tenemos que salir de aquí —el señor Edmondson había disparado la pistola. Lo había escuchado. «¿Acaso tendría otra?» Intentó ponerse de pie.

Jermyn la sujetó para que no se moviera. Miró hacia el escritorio, escuchó atentamente y luego dijo:

—Sí, tenemos que salir de aquí.

Ella también lo escuchó. De detrás del escritorio llegó un ruido seco, un ruido ahogado.

Jermyn se levantó. Miró detrás del escritorio y se giró.

—Ven —ayudó a Amy a levantarse—. No quieres verlo.

Ella escuchó la expiración que delataba el fin de la vida. Y el ruido cesó.

No sabían cómo había pasado, pero el señor Edmondson estaba muerto.

Amy reconoció el olor a sangre y muerte. Lo reconoció de sus días crueles en la calle.

La habitación empezó a dar vueltas. Vio un rayo de luz cuando un hombre abrió las cortinas y entró por la ventana. Vio a los criados y a los invitados amontonados en la puerta. Escuchó que una mujer exclamaba:

—¡Gracias a Dios, lord Northcliff, está vivo!

Amy alargó la mano para apoyarse en algo, pero sólo encontró aire. Velos negros y puntos rojos le taparon la visión… y se desmayó.

—¡Dios mío, no! —Jermyn la cogió en brazos antes de que cayera al suelo—. Amy. ¡Amy!

Estaba inerte en sus brazos, sin vida, con la cara pálida y el pelo colgando hacia atrás.

Todos los presentes gritaron y susurraron.

Un extraño le cogió la cabeza y se la colocó en el hombro de Jermyn.

—Está bien.

—¿Cómo lo sabe? —le preguntó Jermyn con sequedad. Parecía tan… muerta.

—He visto casos como este antes.

Jermyn escuchó el tono humorístico en su voz y le lanzó una mirada de hielo. Pelo negro, corpulento, buena ropa, buenas maneras pero duro de una forma que Jermyn reconocía y respetaba. Lo había visto caminando con Amy por la tarde.

Ese hombre era una amenaza.

—¿Es médico? —le preguntó, muy seco.

—No.

—Entonces, encuéntreme uno… ahora —caminó hacia la puerta con el cuerpo de Amy en sus brazos.

Los criados se apartaron, pero los aristócratas se apelotonaron en la entrada, ávidos por una imagen, susurrando, peleando por la posición, llamando a Jermyn. Sin embargo, cuando le vieron la cara, se apartaron. Los escuchó detrás de él. Y escuchó la voz del extraño pidiendo un médico… y un enterrador para el cuerpo que había detrás del escritorio.

Y entonces Jermyn se olvidó del extraño. Se olvido de todo excepto de la mujer que tenía en los brazos.

Amy se había desmayado. Estaba tan quieta. Jamás hubiera imaginado que la mujer alegre y jovial que quería pudiera estar tan quieta. Ni siquiera en el umbral de la muerte.

Jermyn subió las escaleras hacia la habitación de Amy. La navaja se había clavado en el hombro de Harrison, pero no lo había matado. La pistola había explotado… una ironía que no le pasó desapercibida a Jermyn.

Pero, ¿cómo era posible que aquella estuviera trucada si había hecho revisar todas las pistolas?

Miró a Amy y se dio cuenta que no le importaba nada… siempre que ella estuviera bien.

Cuando se acercó a su habitación, descubrió que el extraño estaba a su lado.

—¿Qué quiere? —le preguntó.

—Quiero asegurarme de que está bien —ese tipo caminaba como quien tuviera el derecho de saber la verdad sobre el estado de Amy.

—No le han disparado —Jermyn esperaba que con aquello tuviera bastante.

—Claro que no —el extraño tenía un acento un poco raro—. Ya lo sabía. Truqué el cañón de la pistola y la dejé en la mesa para que su tío la encontrara.

La sinceridad de aquel hombre dejó a Jermyn sin habla. Se detuvo. Acercando a Amy todavía más contra su pecho, se giró y lo miró a la cara.

—¿Quién es usted?

El extraño hizo una reverencia.

—Soy el príncipe Rainger.

Amy se despertó en su cama cuando alguien le colocó un paño húmedo en la frente. Acosada y molesta, se lo quitó y lo lanzó al otro lado de la habitación.

Escuchó que chocaba contra algo y una voz extraña, una voz masculina, maldijo en un idioma que hacía años que no escuchaba.

No le importó. En un tono de profunda exasperación, preguntó:

—¿De verdad tienes que empaparme de esta forma? —se secó el agua de la cara. Abrió los ojos y vio a Jermyn a su lado, con el pelo castaño rojizo brillando a la luz de las velas y los ojos dorados y concentrados en ella.

De repente, la mente se le llenó de recuerdos de lo que había pasado. La pelea con Jermyn, la farsa del balcón, el salto desde el acantilado, la muerte del señor Edmondson… y, por encima de todo, su felicidad porque Jermyn estaba vivo. Estaba aquí, estaba vivo y era suyo. Sería siempre suyo.

—¿Estás bien? —Jermyn se sentó en la cama junto a ella—. Te has desmayado. Me has asustado mucho… Pensaba que estabas muerta.

—No ha sido un sueño. Estás vivo —durante los espantosos treinta minutos que había tardado en localizar al señor

Edmondson, creyó que había ayudado a matar a su amado. Y ahora estaba aquí, respirando, hablando… estaba vivo. Le acarició la protuberante barbilla y los huesos de los pómulos. Le atrapó la cara y lo besó—. Soy la mujer más feliz del mundo.

—Como debería de ser —él le apartó el pelo mojado de la cara—. ¿Ya te encuentras mejor?

Amy miró a su alrededor confundida. ¿Por qué estaba en su habitación? ¿Qué había pasado?

—¿Tu tío…?

—No pienses en eso —dijo enseguida Jermyn—. Ya se han llevado su cuerpo.

—Mejor. Esté donde esté, que encuentre la paz —lo dijo más a regañadientes de lo que debería haber hecho.

—No creo que la encuentre. Al menos, no allí donde va. Cuando creí que te había matado… —Jermyn apoyo su frente en la de Amy y cerró los ojos y, por una eternidad, respiraron el aire del otro. Entonces, él levantó la cabeza—. También mató a mi madre y está…—el arrepentimiento y el dolor tiñeron sus ojos marrones—… yace en capilla ardiente en el salón.

—¿Tu madre? —Amy no daba crédito.

—El cuerpo que había en el acantilado era…

—¿Tu madre? —Amy intentó incorporarse.

Jermyn ahuecó las almohadas que tenía detrás de la espalda.

Estaba intentando cuidarla como a una enferma… y lo estaba haciendo fatal. Pero a ella le encantaban sus atenciones.

—Explícamelo todo.

Cuando terminó, Amy le tomó la mano porque, aunque había recuperado los recuerdos de su madre, la acababa de perder. Por primera vez en veintitrés años, sabía con certeza que su madre estaba muerta y el dolor renació como si fuera nuevo.

Se aclaró la garganta.

—Además, Biggers está en cama con un fuerte golpe en la cabeza y un dolor de cabeza todavía mayor. Los invitados podían marcharse, pero han preferido quedarse para no perderse cualquier otro jugoso chisme. Y... —se levantó para que pudiera ver toda la habitación—... el príncipe Rainger espera impaciente un informe médico sobre tu estado.

Rainger dio un paso adelante. Tenía un paño húmedo en la mano y una mancha de agua en la chaqueta negra.

Ah, lo había golpeado a él con el paño. Alargó la mano y se la ofreció para que se la besara y, por un momento, pensó en lo fácil que había sido recuperar los hábitos de princesa.

Él no le soltó la mano. Le apretó los dedos, la miró a los ojos y dijo:

—Princesa, quiero que me expliques todo, por intrascendente que parezca, sobre dónde puede haber ido Sorcha.

Ella parpadeó ante aquella petición tan repentina.

—Buenas noches a ti también, Alteza.

Él frunció el ceño ante aquella reprimenda. En tono imponente, dijo:

—No tengo tiempo para cortesías. El destino me viene pisando los talones.

—Eso podríamos decirlo todos —dijo ella, muy seca. Sabía cómo hacer el papel regio tan bien como él.

La mirada de Rainger recorrió la riqueza de la habitación, las velas brillantes, las telas preciosas y el fuego encendido.

—Me pasé siete años en un calabozo tan profundo y oscuro que mis únicas compañeras eran las ratas. Sólo comía gachas una vez al día. Me azotaron por capricho del hombre que se quedó con mi país. Mis amigos, los hombres que me apoyaron, vivieron y murieron allí. Nos comunicábamos mediante golpes en la pared y pude escapar gracias al túnel que hicimos con las uñas y las cucharas. Sólo sobrevivimos dos —se acercó sin que pareciera que estaba caminando.

Amy quería apartarse, pero el horror de la historia la tenía hechizada.

—Debo mi vida a esos hombres —dijo—. Les debo recuperar mi reino, que ahora está en manos de un desgraciado. En cuanto me ayudes, me marcharé. Voy a contrarreloj para salvar nuestros dos países… y, para hacerlo, necesito a Sorcha.

¿Lo creía? Sí, tenía la mirada de un hombre decidido a hacer cumplir el destino. Pero, ¿se atrevería a confiar en él?

—No sé nada.

—Pues dime lo que sospeches y, por favor, no me des información falsa —la miró con intensidad—. Cuando pregunté por ti, Clarice me dio muchas pistas falsas pero, te lo aseguro, cuanto más tiempo Sorcha esté sola, mayor riesgo corre.

—¿De modo que es cierto que hay asesinos persiguiéndonos? —¿era aquella la amenaza que Amy y Clarice tanto temían?

—Sí —Rainger se quedó pensativo—. ¿Quién te lo ha dicho?

—Godfrey, el cortesano de la abuela, hace siete años.

—Entonces no existía tal amenaza —admitió él con voz ahogada.

Amy miró a Jermyn.

—Es lo que sospechábamos —dijo Jermyn.

—Pero me persiguen desde que escapé de la cárcel —sin embargo, Rainger no actuaba como una presa, sino como un cazador—. Debo encontrar a Sorcha y llevarla a casa. Es la princesa heredera. Es mi prometida. Tengo que casarme con ella. Tenemos que tener hijos y crear una dinastía.

—¿Se te ha ocurrido que quizá ella no quiero eso? —le preguntó Amy.

—¿Se te ha ocurrido que es una princesa y que debería cumplir con su obligación? ¿Que una de vosotras debe cumplir con su obligación? —más calmado, añadió—. ¿Se te ha ocurrido que convertirse en reina puede ser justo lo que ella quiere?

Amy recordaba a Sorcha como la hermana mayor callada, dulce y obediente. ¿Casarse con aquel hombre la haría de acero o la derretiría como el sebo?

Rainger acarició la cruz de plata de Beaumontagne que Amy llevaba colgada al cuello con una cadena.

—En cualquier caso, ayudarme le salvará la vida.

—Amy, no tienes otra opción —dijo Jermyn—. Tendrás que confiar en la decisión de Sorcha y hablar con el príncipe. Si tu hermana se parece a ti, el pobre no tendrá un cortejo fácil.

Ella le sonrió.

—¿Qué insinúas, milord?

Jermyn apoyó los puños en el colchón y se acercó a ella, con una sonrisa lasciva.

Rainger se aclaró la garganta.

Jermyn se incorporó y se cruzó de brazos como un guardia que vigila a su señora.

—Está bien. Escucha, Rainger —Amy respiró hondo—. No sé nada con seguridad. Nada. Pero Clarice y yo hablamos de dónde podría estar Sorcha y creímos que, posiblemente, la abuela la habría escondido en una abadía. Sorcha es la princesa heredera y, mientras que era importante que nosotras dos estuviéramos a salvo, era imperativo que ella estuviera viva. Pero en Inglaterra no hay muchas abadías, están muy separadas y llegar hasta ellas es complicado. Nosotras empezamos buscando por el sur y fuimos subiendo. Cuando llegamos a la frontera con Escocia, preguntamos si había alguna abadía en el país. Nos dijeron que no y nos trataron como a víboras. Pero yo tomé un barco en Edimburgo. Uno de los marineros era de los Highlands y dijo que había oído que en un valle escondido de una isla había una pequeña abadía llamada Monnmouth. Quizá puedas encontrarla —se inclinó hacia delante, miró a Rainger y le acarició la mano—. Te ruego que si encuentras a mi hermana, salves su vida. Si la encuentras, házmelo saber.

—Lo haré —se levantó, la tomó de la mano, hizo una reverencia y le besó los dedos—. Adiós, princesa Amy.

—Adiós, príncipe Rainger. Ve con Dios.

En el umbral de la puerta, Rainger se giró. Sonreía.

—Y enhorabuena a los dos por el hijo que esperáis.

Los dejó a los dos mirando hacia la puerta.

Amy agarró con fuerza a Jermyn por la camisa.

—¿Cree que estoy…?

—¿Lo estás? —Jermyn no se había dado cuenta antes, pero ahora que Rainger lo había dicho, recordó lo pálida que estaba durante la discusión de la tarde y el desmayo posterior a la muerte de Harrison. Tenía que ser cierto. Amy estaba embarazada.

Pero ella lo negó.

—¡Por supuesto que no! Sería demasiado rápido —se cubrió el estómago plano con las manos—. No sucede tan deprisa, ¿verdad?

Él le hizo una carantoña en la mejilla y se rió.

—Eres tan inocente.

Ella contó con los dedos.

—No me ha venido el periodo desde aquella noche en el sótano de la señorita Victorine pero…

Cuando se le apagó la voz, intervino él.

—Y hoy te has desmayado. ¿Te sucede a menudo?

—Jamás en la vida me había desmayado pero… hoy estaba muy cansada y…

Él estalló a reír, eufórico. Gracias a Dios. Amy iba a tener un hijo.

—Cuando te desmayaste, me diste un susto de muerte.

—Obviamente, no es demasiado difícil —dijo ella, cortante. Lo miró, perpleja, mientras él se reía.

—Un hijo. Vamos a tener un hijo —estaba que no cabía en sí de gozo… y ella no parecía para nada contenta. Se puso serio—. ¿Qué pasa? ¿Es demasiado pronto? ¿Habrías preferido esperar?

—No pero, ¿no te das cuenta de lo que significa? —se le apagó la voz—. Nuestro matrimonio es legal. Vinculante. Eterno.

Ahora había llegado el momento de decirle la verdad.

—Siempre quise que fuera así.

Ella lo seguía mirando, con una pregunta reflejada en sus preocupados ojos.

Suavemente, aunque sin demora, Jermyn dijo:

—Siento mucho si querías ser libre pero, el día que me pusiste ese grillete en el pie, quedé unido a ti para siempre.

Amy se sentó, dobló las piernas y apoyó la barbilla en las rodillas. Lo miró con aquellos ojos del verde del océano.

—Pero hoy me dijiste que me marchara.

«La hora de las confesiones.»

—Estaba… enfadado. Tenía… miedo. Te llevé a hombros por debajo del arco matrimonial… porque te quería —aquello era muy incómodo. Apenas conseguía que le salieran las palabras—. Y tú no me querías.

—¿Me querías? —¿cómo podía estar sorprendida cuando todo el mundo en la isla y en Summerwind Abbey sabía la verdad?—. ¡Pero no me lo dijiste!

—No sabía si me querías.

—Me ataste y, a pesar de todo, fui incapaz de dispararte. ¿Qué creías?

El enfado de Amy consigo misma lo hizo reír, y luego volvió al gesto serio.

—Tenía que obligarte a prometerme que te quedarías. Sólo soy un tonto, pero sé lo que valen las promesas hechas a la fuerza.

—No hago promesas a menos que tenga la intención de cumplirlas.

—Ahora ya lo sé. Y entonces también lo sabía —odiaba desnudar así su alma pero, ¿por qué no? Ella ya sabía la verdad, y lo quería igualmente—. Pero los viejos miedos no desaparecen así como así y tenía miedo que, algún día, te marcharías de mi lado. Parecía más seguro decirte que te fueras a esperar a perderte.

—No. Una vez cerré aquel grillete, supe que no podría alejarme de ti —curvó un lado de la boca y le repitió sus palabras—. Quedé unida a ti para siempre.

—Exacto. Esa cadena funciona en ambos sentidos —su sonrisa desapareció y se puso serio, tan serio que ella se asustó. Del bolsillo, sacó una pequeña caja de madera tallada—. Tengo algo para ti.

El corazón de Amy dio un respingo y después comenzó a latir a un ritmo muy acelerado.

De la caja, Jermyn sacó un anillo: de oro, de diseño sencillo y con una esmeralda tan calida y verde que Amy creyó que podía perderse en sus profundidades. Era perfecto, el tipo de anillo que la hacía pensar en votos y en la eternidad.

—En cuanto me besaste y el grillete se rompió, le escribí una carta a mi joyero de Londres y le describí exactamente lo que quería —se arrodilló a su lado y la tomó de la mano.

Amy nunca lloraba, pero sí que debía de estar embarazada porque, cuando escuchó aquellas palabras, y vio su gesto y su dulce expresión, las lágrimas volvieron a humedecerle los ojos.

Con una voz tan profunda y sincera que la emocionó y la agitó hasta lo más profundo, Jermyn le preguntó:

—He esperado que llegara el momento de hacerte una pregunta: ¿quieres casarte conmigo?

—Sólo —tenía que hacer un esfuerzo por hablar sin llorar—… sólo si es para siempre.

—Te lo juro con todo mi corazón —le deslizó el anillo en el dedo.

Ella se secó las lágrimas de las mejillas y movió la mano hacia los lados, observando los destellos del anillo a la luz de las velas.

—Pero yo no tengo nada para ti.

Él se rió y la abrazó.

—Me harás el mejor regalo del mundo. Me darás un hijo.

—Eso es cierto —se le ocurrió una idea y, con travesura y mucho amor, dijo—. Y mañana, te regalaré tu grillete para que recuerdes que sé cómo mantener a un hombre a mi lado.

—Está roto —le recordó él.

—Te daré uno nuevo… y este no se romperá —sonrió—. Y esa es otra promesa que pienso cumplir.

Epílogo

La luna llena de otoño brillaba, enorme y anaranjada, en el cielo sobre la isla de Summerwind. La luz de la luna bañaba las colinas y el pueblo, se reflejaba en el océano e iluminaba el banquete que se había servido en mesas de tablones en la colina que dominaba el lugar. También iluminaba las caras de los mayores mientras se quejaban que tenían la barriga demasiado llena, y las de los jóvenes mientras bailaban al ritmo de los violines y los tambores alrededor de la enorme fogata. Algunas chispas rojas salían volando hacia el cielo y el olor a leña quemada y a buey asado invadía el ambiente.

Jermyn subió a la precaria plataforma donde estaba el cuarteto de músicos, que dejaron de tocar. El párroco Smith pidió silencio. Todos dejaron de bailar, de hablar y festejaron ver a su señor, la persona que había hecho posible aquel festín, ante ellos.

Jermyn levantó la jarra hacia Mertle, el párroco, la señora Kitchen y John y, por último, hacia Amy y la señorita Victorine, que estaban sentadas juntas en la mesa principal.

Dijo:

—Hace seis meses, en un sombrío día de primavera, una chica con los ojos del color del veneno me sirvió un brebaje que me dejó inconsciente.

El pueblo lo aclamó, levantaron las jarras de cerveza y brindaron a la salud del marqués.

—Y, desde que me desperté con un grillete en el pie, nada ha vuelto a ser lo mismo.

El pueblo volvió a aclamarlo, a levantar las jarras de cerveza y a brindar a su salud.

Amy sonrió al ver que Jermyn se tambaleaba un poco. La cerveza era fuerte y había empezado a beber a última hora de la tarde... a beber, a bailar con ella y con todas las mujeres del pueblo, a cantar como un barítono y a jugar. Juegos de hombres. Le habían dado una paliza en las regatas de remo, había ganado a todos menos a Pom en la lucha y había estado a punto de aplastarse el pie con la roca pagana durante el lanzamiento de roca. Ahora se había quedado en pantalones y mangas de camisa. Era casi imposible diferenciarlo de los demás. Llevaba la cara y la camisa llenas de manchas de suciedad y hierba y, a juzgar por la expresión de adoración de todos, Amy supo que le habían perdonado el comportamiento de los últimos años.

Continuó:

—A causa de ese brebaje, pronto iba a llevar otro grillete más pesado: un anillo de casado.

—Ooohhh —la gente, muy divertida, se giró hacia Amy.

—Podemos descruzar el arco matrimonial —gritó ella.

La gente empezó a darse codazos.

—Explícaselo a nuestra hija —respondió él.

La señorita Victorine acarició la barriga de Amy. Durante los tres primeros meses de embarazo, el bebé se había hecho notar mediante un cansancio terrible, vómitos diarios y un increíble aumento del perímetro de la cintura de Amy. Ahora sintió cómo el bebé se movía bajo la caricia de la señorita Victorine y sonrió al ver la sorpresa en la cara de la anciana.

La señorita Victorine le devolvió la sonrisa. La fragilidad de la señora se había compensado con comidas más consistentes, los cuidados diarios de Mertle y una posición privilegiada en la boda de Jermyn y Amy, la segunda boda, en la capilla de Summerwind Abbey hacía cinco meses. Ahora la señora se colocó bien la corona de crisantemos que llevaba en la cabeza y a Amy se le humedecieron los ojos de emoción al ver el brillo en sus ojos.

—Vosotros, todos los presentes, sabíais que la señorita Victorine y mi princesa Desdén me habían encerrado en el sótano de su casa. Y ninguno hizo nada por ayudarme —Jermyn se puso serio... durante medio minuto—. Muchas gracias. Sin vuestra severidad, habría acabado muerto por alguna de las diabólicas maquinaciones de mi tío.

—¡Eso, eso! —gritó el párroco Smith. Todos se giraron hacia él que, impacientemente, añadió—. Ese es el espíritu correcto: reconocer que le salvamos la vida.

—Exacto —Jermyn volvió a ponerse serio—. Mi encarcelamiento me enseñó muchas cosas sobre mí mismo que no me gustó descubrir. En el pasado, he sido irresponsable, perezoso y estúpido por imaginar que, debido a la tragedia de mi pasado, merecía ser todas esas cosas y mucho más. Sin embargo, mientras estaba en ese sótano, aprendí otra forma de pensar. Al ver cómo la señorita Victorine siempre anteponía mi bienestar al suyo, aprendí gentileza. Al ver cómo la princesa Amy sólo tenía palabras amables y de ánimo...

Amy se rió.

—... aprendí que le había estado robando a la gente que me había criado. Y las largas horas en solitario me enseñaron que conseguir algo, por pequeño que sea, siempre puede alegrar las horas bajas. Y, por encima de todo —respiró hondo—, aprendí a dudar de lo que siempre había creído, que mi madre había traicionado a su familia. No tenía ningún motivo en concreto para dudar de mi convicción y, sin embargo, a medida que fui conociendo a gente de principios, recordé la amabilidad, la generosidad y el amor de mi madre. Su cuerpo yace ahora junto al de mi padre en las tierras de Northlciff de esta isla y os doy las gracias, a todos —su mirada se desvió hacia Amy—… por ayudarme a descubrir la verdad.

Las mujeres se secaron las lágrimas que les resbalaban por las mejillas al ver a su señor tan sincero y serio.

El funeral de lady Northcliff había sido un acto solemne al que habían acudido desde los principales aristócratas del país hasta los pescadores más humildes. Todos le dijeron a Jermyn que jamás habían pensado mal de su madre, que siempre habían sospechado que detrás de su desaparición había trampa.

Jermyn aparentó que los creía. No le haría ningún bien no hacerlo.

Amy había estado junto a él en todo momento, cogiendo su mano y compartiendo su dolor de un modo que nadie más podía hacer.

Gracias a ella, el funeral por la madre de Jermyn había sido la ocasión de llorar formalmente al padre de Amy. La ropa de luto, las canciones de dolor y el acto de enterrar el ataúd eran símbolos de amor y muerte, y ella lloró por lady Northcliff y por el rey Raimund a partes iguales, dejando que las lágrimas se llevaran la amargura.

El funeral de Harrison Edmondson había sido mucho más pequeño y sólo habían acudido sus amigos; es decir, nadie.

Ahora, a Jermyn le tembló la voz:

—Pero, ante todo, quiero darle las gracias a la princesa Amy, a mi princesa Desdén, por enseñarme a tener fe en un viejo sueño. Me enseñó lo que significa el amor eterno. Gracias, Amy. Gracias, amor mío.

Amy sonrió, temblorosa… y se horrorizó al darse cuenta que estaba llorando. Y no era un llanto reprimido, propio de una dama, sino una gran demostración de gimoteos. Le pasaba constantemente porque, por lo visto, llevar un bebé en el interior, hacía que las mujeres se comportaran como tal. Sin embargo, ver a Jermyn sin la máscara de cinismo que llevaba al principio, escucharlo confesar delante de todos que la quería y que ella era la responsable de su felicidad, y saber que él también le había dado lo que necesitaba: un hogar, una pasión, un alma gemela… bueno, quizá los gimoteos estaban justificados.

Los habitantes del pueblo chasquearon la lengua y se dieron codazos. La señorita Victorine abrazó a Amy y le ofreció su pañuelo.

Jermyn observó, con una sonrisa algo extraña, hasta que, por fin, Amy se secó las últimas lágrimas y levantó la cabeza.

—Por fin —dijo—. Quiero enseñaros la prueba de que he aprendido la lección y de que jamás volveré a olvidarla —metió la mano en el bolsillo, sacó una pequeña pieza de artesanía y la levantó para que la luna iluminara el delgado, plano y arrugado círculo de encaje y cuentas azules. Lo agitó en el aire, con la expresión expectante.

Las señoras empezaron a aplaudir.

Los hombres ni se inmutaron.

—Es un collar —les dijo Jermyn.

Amy sonrió. El collar era demasiado pequeño para Jermyn o para ella, tenía una forma extraña y no era del todo redondo. Pero Jermyn estaba muy orgulloso de sí mismo y se lo acercó a Amy. Se arrodilló ante ella, se lo ofreció e, incluso a la luz de la luna, Amy vio cómo le brillaban los ojos.

—Es para la niña. Para el bautizo.

«Arrugado, de forma extraña, no era del todo redondo…» Pero lo había hecho Jermyn con sus propias manos en horas perdidas que Amy se había imaginado que estaba cabalgando. El collar colgaría del cuello de su hija en el momento más importante de su primer año de vida como prueba sólida que su padre la quería… y a su madre también. Cuando Amy aceptó el regalo, le tembló la barbilla:

—Gracias. Es precioso. Es justo… —lo miró a los ojos, tan abrumada por la ternura de aquel hombre alto, corpulento y magnífico que apenas podía hablar—. Gracias.

Él le tomó la mano y le besó los dedos.

—Eres preciosa.

—Es verdad —se sonó la nariz, intentando reprimir las constantes oleadas de emoción que la hacían hundirse en un valle de lágrimas. De felicidad, pero lágrimas al fin y al cabo—. Tienes razón, lo soy, y tienes suerte de tenerme. Ahora —le dio un empujón en los hombros—, ve a buscarme un pedazo del pastel de la señorita Victorine antes de que se acabe.

Él sonrió y la miró a los ojos. Sabía que, más tarde, Amy le demostraría lo que sentía.

Lo observó alejarse y, sin mirar a la señorita Victorine, le dijo:

—¿Me escuchó bajar esa noche?

—¿Cómo, querida? —la señorita Victorine hizo una imitación perfecta de la señora mayor confundida—. ¿Bajar adónde? ¿Cuándo? ¿A qué te refieres?

—Ya —Amy le lanzó una mirada letal y la descubrió riéndose sin una pizca de confusión en la cara—. ¿Y me animó de forma deliberada a secuestrarlo sabiendo perfectamente que era irresistible?

—Querida, ya sabes que cuando te empeñas en algo, no hay quien te detenga. Y nadie, y mucho menos yo, podía imaginarse que Harrison iba a negarse a pagar el rescate y que dejaría a Jermyn a nuestro cuidado durante días. Además, ¿no crees que «irresistible» es un término un poco excesivo?

—No, y no ha respondido a mi pregunta.

—Uy, qué lastima —la señorita Victorine miró hacia la mesa donde estaban las tartas y los pasteles, y meneó la cabeza—. Por lo visto, mi pastel se ha terminado.

Jermyn volvía hacia ellas, con las manos vacías, y Amy experimentó una profunda irritación, y no sólo porque le encantara el pastel de la señorita Victorine, sino porque ahora mismo necesitaba un pedazo de ese pastel. Cuando Jermyn se detuvo para hablar con la señora Kitchen, Amy se apoyó en la mesa y se levantó.

—Me siento como si alguien me hubiera estado manipulando durante meses.

—Creo que la palabra «manipular» es una exageración, querida —dijo la señorita Victorine.

—¿Ah, sí? —Amy la miró con incredulidad—. El mes pasado, Jermyn escuchó hablar de un balneario famoso por garantizar la salud y un parto fácil a las embarazadas. Pensé que era una estupidez y una superstición, así que se las arregló para llevarme allí sin que yo sospechara nada. ¡Sin ni siquiera mencionar el nombre del lugar!

Mertle se levantó y ayudó a la señorita Victorine a levantarse.

—Señora, vamos a ver si encontramos un pedazo de pastel para usted entre la multitud —miró su propia barriga hinchada—. Dos pedazos.

—Tres —dijo la señorita Victorine.

Amy se paseó entre el gentío, buscando aquel escurridizo pedazo de pastel entre los platos.

—A veces me pregunto si alguna vez podré volver a hacer algo por mí misma.

—Entiendo cómo se siente —Mertle miraba a los hombres con los ojos entreabiertos como si estuviera segura que uno de ellos escondía el preciado pastel—. Sobre todo sabiendo cómo el marqués la convenció para casarse con él y le hizo creer que podría marcharse pasado un año.

Amy se detuvo.

—¿Qué quieres decir?

—¿El marqués no se lo ha explicado? —Mertle sonrió con insolencia—. Los matrimonios que se celebran en el arco siempre duran.

—¿Por qué? —Amy sospechaba que aquello no le iba a gustar.

El párroco Smith se acercó y debía de coincidir con ella, porque miró a Mertle con el ceño fruncido.

—Siempre hablando de más.

Mertle lo ignoró.

—Porque las mujeres siempre están embarazadas antes del año. Se dice que hace años, antes de que aquella roca se convirtiera en el arco matrimonial, los paganos lo adoraban porque daba fertilidad —se acarició su barriga—. Nuestro hijo también nacerá de pasar por debajo del arco matrimonial.

—Esa rata asquerosa —Amy vio que Jermyn se acercaba, encajando manos a su paso. La había llevado a hombros por debajo del arco, pero se había comportado como si fuera posible disolver su matrimonio si no eran compatibles. Y, durante todo ese tiempo, había sabido la verdad...

Él llegó a su lado e intentó rodearla con el brazo.

—Rata manipuladora, maquinadora y traidora —le soltó ella.

Jermyn miró a su alrededor en busca de una explicación.

—Mertle le ha dicho lo del arco —le explicó el párroco.

—Ah —Jermyn miró la altiva y tozuda barbilla de Amy y sonrió con todo su encanto—. Pero querida, sólo es una superstición. Y tú dijiste que no creías en supersticiones —volvió a intentar rodearla con el brazo.

Y ella volvió a rechazarlo.

—El arco matrimonial es una superstición pero, a pesar de todo, dijiste que estábamos casados después de pasar por debajo de él, así que, por lo visto, tú sí que crees en las supersticiones.

—Hm —Jermyn se acarició la barbilla—. Ahí llevas razón.

La señorita Victorine cogió la mano de Amy.

—Querida, ¿no es más halagador pensar que le importabas lo suficiente como para coaccionarte y que no quería arriesgarse a perderte?

—Señorita Victorine, ¿de qué lado está? —le preguntó Amy.

—Del tuyo, querida. Quiero que seas feliz —igual de feliz que ella.

Jermyn miró por encima de la cabeza de Amy hacia el embarcadero. Abrió los ojos como platos y su vibrante aura de nervios dio paso a otra cosa. A algo sólido y satisfecho.

—Aquí llega tu regalo de boda.

La señorita Victorine se giró a mirar. Igual que Mertle. Como si hubieran visto la señal, la banda interrumpió una canción muy animada y empezó a tocar una melodía más lenta y sentimental. Los habitantes del pueblo se amontonaron a su alrededor, atraídos por la promesa de un espectáculo sin igual.

Amy intentó girarse, pero Jermyn la detuvo y le tapó los ojos.

—Todavía no —le dijo.

—¿Qué es? —todo el mundo parecía muy emocionado. ¿Qué sería?

Él no le respondió. La giró para encararla hacia el embarcadero, si destaparle los ojos, y la hizo avanzar lentamente.

—¿Por qué no puedes decírmelo? —preguntó mientras caminaba.

—Porque entonces ya no sería una sorpresa.

—No me gustan las sorpresas —sospechaba que sonaba un poco hosca.

En contraste, Jermyn sonaba lleno de brío.

—No te preocupes, no importa si te vuelvo a hacer pasar por debajo del arco. Ahora ya estás embarazada. Casi hemos llegado —la detuvo y la mantuvo quieta—. Está bien. Puedes mirar.

Apartó las manos y ella miró.

Estaban en lo alto de la colina mirando hacia el embarcadero. Pom sobresalía detrás de una pareja que subía por el camino hacia ella. El hombre era un extraño… no, no lo era, pero casi: alto, bastante corpulento, moreno, con una nariz aguileña.

Pero la mujer: menuda, rubia, con un bebé en los brazos… caminaba decidida, con la mirada fija en Amy y con una sonrisa impresionante.

Amy parpadeó. Se la quedó mirando. Era imposible pero… el reconocimiento y la fe la golpearon de repente.

—¡Clarice! —corrió hacia ella. Gritó—. ¡Clarice!

Clarice le dio el bebé al extraño y corrió hacia Amy.

Las hermanas se encontraron. Clarice abrazó a Amy y Amy abrazó a Clarice. Amy rió y lloró. Clarice rió y lloró. Se separaron y se miraron a la luz de la luna.

Amy reconoció aquellos rasgos tan queridos, familiares y preciosos.

—Oh, Clarice. Te he echado de menos —dijo, con voz ahogada—. Mucho.

—No ha pasado un día sin que me preguntara dónde estabas y qué estarías haciendo. Rezaba para que estuvieras a salvo —con las manos temblorosas, acarició el pelo de su hermana.

—No debí haberte dejado. Hice mal. Lo siento —la disculpa salió con facilidad, con mucha más facilidad de lo que Amy se hubiera imaginado—. Pero me enseñaste bien. Jamás me metí en líos. Estoy bien.

Clarice sonrió entre lágrimas.

—¡Sí que lo estás! Lo sé —le colocó la palma de la mano encima de la barriga—. ¡Y ahora esto!

—Bueno, me metí en un pequeño lío —admitió Amy.

Los demás se acercaron. Todos estaban felices.

Amy se giró hacia Jermyn y lo abrazó con todas sus fuerzas.

—Me has hecho muy feliz.

—Era justo que te devolviera tanta amabilidad —le dijo, al oído y, durante un precioso momento, él también la abrazó con fuerza. Después, cogidos del brazo, se giraron hacia los demás.

Hicieron todas las presentaciones. Clarice saludó calurosamente a Jermyn, fascinándolo sin ningún esfuerzo. Amy recordaba al hombre que estaba junto a su hermana: Robert MacKenzie, conde de Hepburn. Era el marido de su hermana, el padre de su hijo y un hombre al que, en Escocia, Amy tenía mucho miedo. Sin embargo, al verlo con su hijo en los brazos sintió que era… accesible.

—El día que recibí tu carta me alegré mucho. Habría venido enseguida pero… —Clarice señaló el bebé.

—¡Déjamelo ver! —Amy se asomó para ver aquella carita y le acarició la cabecita—. Es precioso. ¿Qué es? ¿Un niño o una niña?

—Una niña. Se llama Sorcha —la voz de Clarice se tiñó de tristeza.

Amy la miró.

—¿Has sabido algo de ella? ¿Has sabido algo de nuestra hermana?

Clarice negó con la cabeza.

—Nada.

—El príncipe Rainger me encontró —dijo Amy—. Le dije que creíamos que estaba en una abadía.

—Robert buscó por los Highlands, intentando encontrarla —Clarice cogió a su hija en brazos y la meció como si el peso de aquel pequeño y cálido cuerpo la tranquilizara.

—No encontré nada —la voz de Robert reflejaba su frustración—. Si hay una abadía en una isla, está muy bien escondida.

—Dijo… —a Amy le tembló la voz—. Rainger dijo que su vida corría peligro.

—Si eso es cierto, Rainger es quien mejor la protegerá —Jermyn sonó totalmente seguro.

Robert asintió.

Amy y Clarice se tranquilizaron ante la convicción de sus maridos.

—Venid a mi casa a hablar —la señorita Victorine rodeó a cada una de las hermanas con un brazo y las acompañó—. He hecho otro pastel sólo para vosotros.

Cuatro semanas más tarde, el príncipe Rainger de Richarte estaba frente a una abadía en una solitaria isla de los Highlands escoceses. Contempló los muros cubiertos de liquen, observó la enorme puerta y las pequeñas ventanas en lo alto. Con una sonrisa pícara, se ató un pañuelo alrededor de la cabeza y de un ojo y se preparó para secuestrar a su futura esposa.

Otro título de
Christina Dodd

publicado en
books4pocket

> >

Christina Dodd

Una noche encantada

books4pocket

> Robert Mackenzie, conde de Hepburn, no puede dar crédito a sus ojos. En la plaza de su pequeño pueblo escocés una mujer hermosa y radiante como no ha visto nunca intenta vender cremas y ungüentos milagrosos a las aldeanas. Asegura ser una princesa desterrada por la revolución que arrasa Europa. El apuesto e implacable conde no cree en su historia, pero lo que realmente le interesa es que, con ella, puede ejecutar un plan que lleva mucho tiempo preparando. Para ponerla de su parte está dispuesto a utilizar todo lo que haga falta... Pero hasta este hombre duro y decidido puede llevarse algunas sorpresas.

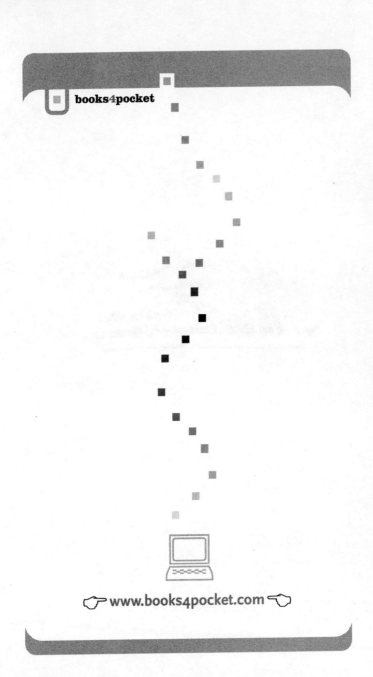

books4pocket

www.books4pocket.com